GRöLS Verlage

„Bücher sind wie Fallschirme. Sie nützen uns nichts, wenn wir sie nicht öffnen."

Gröls Verlag

Redaktionelle Hinweise und Impressum

Das vorliegende Werk wurde zugunsten der Authentizität sehr zurückhaltend bearbeitet. So wurden etwa ursprüngliche Rechtschreibfehler regelmäßig *nicht* behoben, denn kleine Unvollkommenheiten machen das Buch – wie im Übrigen den Menschen – erst authentisch. Mitunter wurden jedoch zum Beispiel Absätze behutsam neu getrennt, um den Lesefluss zu erleichtern.

Um die Texte zu rekonstruieren, werden antiquarische Bücher von Lesegeräten gescannt und dann durch eine Software lesbar gemacht. Der so entstandene Text wird von Menschen gegengelesen und korrigiert – hierbei treten auch Fehler auf. Wenn Sie ebenfalls antiquarische Texte einreichen möchten, finden Sie weitere Informationen auf www.groels.de

Viel Freude bei der Lektüre wünscht Ihnen das Team des Gröls-Verlags.

Adressen

Verleger: Hermann-Josef Gröls,

Im Borngrund 26, 61440 Oberursel

Externer Dienstleister für Distribution & Herstellung:

BoD, In de Tarpen 42, 22848 Norderstedt

Unsere „Edition | Werke der Weltliteratur“ hat den Anspruch, eine der größten und vollständigsten Sammlungen klassischer Literatur in deutscher Sprache zu werden. Nach und nach versammeln wir hier nicht nur die „üblichen Verdächtigen“ von Goethe bis Schiller, sondern auch Kleinode der vergangenen Jahrhunderte, die – zu Unrecht – drohen, in Vergessenheit zu geraten. Wir kultivieren und kuratieren damit einen der wertvollsten Bereiche der abendländischen Kultur. Kleine Auswahl:

Francis Bacon • Neues Organon • **Balzac** • Glanz und Elend der Kurtisanen • **Joachim H. Campe** • Robinson der Jüngere • **Dante Alighieri** • Die Göttliche Komödie • **Daniel Defoe** • Robinson Crusoe • **Charles Dickens** • Oliver Twist • **Denis Diderot** • Jacques der Fatalist • **Fjodor Dostojewski** • Schuld und Sühne • **Arthur Conan Doyle** • Der Hund von Baskerville • **Marie von Ebner-Eschenbach** • Das Gemeindekind • **Elisabeth von Österreich** • Das Poetische Tagebuch • **Friedrich Engels** • Die Lage der arbeitenden Klasse • **Ludwig Feuerbach** • Das Wesen des Christentums • **Johann G. Fichte** • Reden an die deutsche Nation • **Fitzgerald** • Zärtlich ist die Nacht • **Flaubert** • Madame Bovary • **Gorch Fock** • Seefahrt ist not! • **Theodor Fontane** • Effi Briest • **Robert Musil** • Über die Dummheit • **Edgar Wallace** • Der Frosch mit der Maske • **Jakob Wassermann** • Der Fall Maurizius • **Oscar Wilde** • Das Bildnis des Dorian Grey • **Émile Zola** • Germinal • **Stefan Zweig** • Schachnovelle • **Hugo von Hofmannsthal** • Der Tor und der Tod • **Anton Tschechow** • Ein Heiratsantrag • **Arthur Schnitzler** • Reigen • **Friedrich Schiller** • Kabale und Liebe • **Nicolo Machiavelli** • Der Fürst • **Gotthold E. Lessing** • Nathan der Weise • **Augustinus** • Die Bekenntnisse des heiligen Augustinus • **Marcus Aurelius** • Selbstbetrachtungen • **Charles Baudelaire** • Die Blumen des Bösen • **Harriett Stowe** • Onkel Toms Hütte • **Walter Benjamin** • Deutsche Menschen • **Hugo Bettauer** • Die Stadt ohne Juden • **Lewis Caroll** • *und viele mehr….*

George Webb Appleton
Die Frau im Spiegel

Erstes Kapitel

Von einer benachbarten Kirche kamen, langsam nacheinander durch die Nacht hinrollend, zwölf Schläge, als wir zwei – Richard Hamilton und ich – den „Savageklub" verließen und gemächlich dem Strand zuschlenderten.

Bei der Kreuzung mit der Adamsstraße blieben wir stehen, da uns hier unser Weg trennte. Richard besaß eine Junggesellenwohnung im Middletemple, woraus sein Beruf zu ersehen ist, ich dagegen hatte vor kurzem in Oxford mein Baccalaureat bestanden und hatte, da ich außer meinem akademischen Grade wenig besaß, in Westkensington ein bescheidenes Zimmer inne.

Und nun, Teddy, sagte er, wirst du wohl einsehen, daß ich persönlich nichts von dem Manne weiß. Der Rechtsanwalt Baldwin, der mir zu meinem ersten Prozess verholfen hat, führte ihn gestern zu mir. Er wollte ein Gutachten über die Rechtsgültigkeit gewisser Ansprüche, die er zu machen hat, einholen, wie das Thema vom Privatsekretär aufs Tapet kam, weiß ich nicht mehr. Irgendwie kamen wir eben im Verlaufe unserer Unterhaltung darauf zu sprechen, und sofort dachte ich an dich.

Das sieht dir wieder gleich, lieber Freund, bemerkte ich.

Laß doch das! wie gesagt, ich weiß persönlich nichts von dem Manne. Aber schon sein Aeußeres spricht zu seinen Gunsten. Er hat silberweißes Haar, ein glattrasiertes Gesicht, rote Wangen und eine wohlerhaltene weiße Hautfarbe. Ein oberflächlicher Blick allein schon gibt dir den Eindruck von feinem schwarzem Tuch, einer Goldbrille und Wohlwollen – du kennst ja den Typus!

Gewiß. Das klingt ja vielversprechend!

Allerdings. Baldwin sagt, es sei ein Amerikaner. Auch ich halte ihn dafür, nach seiner Aussprache zu urteilen, die gerade eine Spur des amerikanischen Akzentes an sich hat. Baldwin behauptet ferner, er sei reich, besitze drüben Silber- und Kupferminen und dergleichen. Auf jeden Fall rate ich dir, ihn aufzusuchen. Du kannst dir ja dann selbst ein Urteil über den Mann bilden und tun, was dich gut dünkt.

Ich zog den Empfehlungsbrief aus der Tasche, den Richard vorhin im Klub für mich geschrieben, und besah mir noch einmal die Adresse. Sie lautete:

Herrn *Nahum Goliby*
Villa Rabenhorst

Elsinore Road
St. John's Wood.

Einverstanden, Richard, sagte ich, ich will den alten Knaben morgen aufsuchen. Bin dir sehr verbunden. Ein Geschenk vom Himmel bedeutet das für mich – 250 Pfund Sterling sagtest du, nicht?

Soviel hat er mir gegenüber angedeutet. Versuch' auf jeden Fall, ob du nicht mehr aus ihm herausschlagen kannst.

Ich werde es schon tun, mein Junge. Ein neugebackener Baccalaureus läßt sich nicht über die Schulter ansehen; was meinst du, Richard? Gute Nacht also, ich werde mich beeilen müssen, um meinen Omnibus noch zu erreichen.

Gute Nacht und viel Glück! erwiderte er. – Damit trennten wir uns und verfolgten jeder seinen Weg.

Ich war so glücklich, den letzten Omnibus am Piccadillyzirkus noch rechtzeitig zu erreichen, während der langen Fahrt nach Westkensington blieb mir genügend Zeit, um über die Sachlage nachzudenken.

Meine Verhältnisse waren keine glänzenden. Meine Neigungen hatten mich zur juristischen Laufbahn geführt. Sie stimmten mit den Absichten meines Vaters überein. Aber das Schicksal machte mir einen Strich durch die Rechnung. Gegen das Ende meiner letzten Studienjahre verstarb mein

Vater plötzlich, und erst da wurde die unheilvolle Entdeckung gemacht, daß er sich zu tief in Spekulationen eingelassen hatte, und der Rest eines beträchtlichen Vermögens kaum hinreichte, um die Kosten seiner Bestattung zu bezahlen. Der entzückende alte Besitz in Richmond kam unter den Hammer, mit der gesamten Ausstattung, und meine Mutter, die noch ein kleines Haus in Cheltenham zu eigen hatte, ließ sich mit meinem Schwesterchen Lucie dort nieder.

So verflossen all meine goldenen Hoffnungen von Auszeichnung in meinem Berufe, von einer hohen Stellung bei Gericht, von der Möglichkeit einer glänzenden Karriere im Parlament, alle diese Jünglingsträume zu nichts. Ich konnte nicht für einen Augenblick daran denken, von den geringen Einkünften meiner Mutter zehren zu wollen. Daher war ich mit einem Male vor das ernsteste der Probleme gestellt: meinen Unterhalt zu verdienen. Dieser Gedanke war mir bisher nie in konkreter Form begegnet. Bis jetzt war die Sache so einfach wie das Atmen gewesen. Ich wurde genährt und gekleidet und beherbergt, ohne daß ich diesem Umstand auch nur einen Augenblick meine Aufmerksamkeit geschenkt hätte. Nunmehr, mit leeren Taschen, begann ich einzusehen, daß Brot und Butter bezahlt werden müssen und daß man hierfür Geld brauche, daß Hausfrauen sich nicht mit meinem ehrlichen Aussehen begnügen konnten, daß Schneiderherzen steinhart seien, selbst einem Baccalaureus gegenüber, wenn er kein bares Geld in der Tasche hatte.

Es war eine grausame Erkenntnis der grundlegenden Begriffe des Wirtschaftslebens. Aber ich mußte den wirklichen Verhältnissen ins Auge blicken und ging vor allem meinen alten Freund Richard Hamilton, der nur wenige Jahre älter war als ich, um Rat an. Er war im Besitze eines Ueberflusses an den Gütern dieser Welt und daher in der Lage gewesen, seiner Neigung zu folgen. Jetzt war er bereits ein aussichtsreiches Mitglied der jüngeren Generation im Dienste der Gerechtigkeit.

Diese Unterredung war von Erfolg begleitet gewesen. Und während nun der Omnibus sich allmählich meinem Ziele näherte, wurde ich ganz aufgeheitert bei dem Gedanken, daß ein jährliches Einkommen von 250 Pfund in meinem Bereiche lag.

Pünktlich um die Mittagszeit des folgenden Tages fand ich mich in der Elsinorestraße ein. Auf beiden Seiten der Straße waren hohe Backsteinmauern sichtbar, über die das heitere Grün des Laubwerks herabhing; nirgends konnte ich ein Haus erblicken. Auch begegnete ich keiner Seele, mit Ausnahme eines Postbeamten, der einen schweren Sack auf dem Rücken trug und sich zum nächsten Briefkasten begab. Ich faßte jede Zufahrt ins Auge, an der ich auf der Suche nach meinem Bestimmungsort vorüberkam. Aber erst am Ende der Straße gelang es mir, ein Schildchen mit der Inschrift „Villa Rabenhorst" in goldenen Lettern zu entdecken. Es war an einem Tore von beträchtlicher Höhe und unverkennbarer Stärke angebracht. In dem großen Tore war, wie an allen anderen dieser Stadtgegend, ein kleines Pförtchen mit einem Guckloch und daneben ein Glockenzug, eine Kette mit einem Ring am Ende, angebracht.

Trotzdem es in den ersten Tagen des Juni war, spürte ich die Sonne schon ganz gehörig auf meinen Rücken brennen, so ungebührlich lange dauerte es, bis man auf mein Läuten reagierte. Endlich hörte ich auf dem Kies des Fußwegs drinnen Schritte, ich hatte das Gefühl, daß mich jemand durch das Guckloch beobachtete, und dann flog das Pförtchen auf.

Ich sah mich einem Manne gegenüber, der augenscheinlich weder ein Diener noch ein Hausmeister war, einem kleinen, etwas verrunzelten Manne, der ähnlich wie ein Geistlicher gekleidet war und mich mit seinen Luchsaugen betrachtete und mit einem einzigen scharfen und sachkundigen Blick einschätzte. Er überließ es mir, das Gespräch zu beginnen.

Ich habe einen Empfehlungsbrief an Herrn Goliby, sagte ich daher. Ist er zu sprechen? – Mit diesen Worten überreichte ich ihm meine Karte.

Er warf einen Blick darauf und entgegnete augenblicklich:

Bitte, wollen Sie näher treten!

Ich trat durch das Pförtchen, das sich geräuschlos und selbsttätig hinter mir schloß, und folgte dem Manne. Der Garten war mit hohen Bäumen und dichtem Gesträuche bestanden, so daß ich schließlich beinahe an das Haus anstieß, das bis dahin unsichtbar geblieben war. Es war ein etwas luxuriöser Bau mit doppelter Front und einer Säulenhalle. Das Portal war geöffnet. Ich stieg die Stufen hinan und folgte dem Manne in eine geräumige Halle, von da führte er mich in ein kleines Vorzimmer.

Wollen Sie so freundlich sein und Platz nehmen, sagte er. Ich werde Ihre Karte Herrn Goliby überbringen!

Ich brauchte dieses Mal nicht lange zu warten. Die Türe ging auf, und ein wohlwollender, alter Herr kam mit ausgestreckter Hand und einem Lächeln, das mich sehr angenehm berührte, auf mich zu.

Freut mich sehr, Sie kennen zu lernen, Herr Lart, begann er. Sie sind, wie ich annehme, der junge Herr, von dem mir Herr Hamilton gestern gesprochen hat.

Ich verbeugte mich und händigte ihm Richards Schreiben ein. Während er damit beschäftigt war, betrachtete ich ihn mit kritischem Blicke und fand Richards Beschreibung von ihm in jeder Kleinigkeit bestätigt. Ehrenhaftigkeit sprach aus jedem seiner Züge. Ich hatte das Gefühl, daß ich hier einem Menschen gegenüberstand, dem man seine Frau, seine innersten Geheimnisse, sein Geld, ohne es zu zählen, anvertrauen konnte. Nur etwas berührte mich eigentümlich. Ohne Zweifel war es seine ungewöhnlich zarte Gesichtsfarbe. Abgesehen von seinem weißen Haar und einigen Runzeln auf der Stirne und um den Mund, der volle Lippen aufwies, hatte er ein sehr jugendliches Aussehen. Seine Augen glänzten lebhaft und hell, als er den Brief durch seine in Gold gefaßte Brille las.

Ganz gut, sagte er nunmehr, Herr Hamilton spricht sehr warm von Ihren Fähigkeiten. Seine Empfehlung ist mehr als genügend. Ich brauche keine weitere Auskunft. wollen Sie die Güte haben, mir nach oben zu folgen, Herr Lart?

Ich folgte seiner Einladung. Er führte mich in ein im ersten Stock gelegenes Zimmer, dessen Fenster auf den Garten gingen. Eine offenstehende Türe ließ in ein kleines Schlafzimmer sehen. Ihr gegenüber stand ein großer, eiserner Kassenschrank. Karten und Entwürfe bedeckten die Wände. Ein wohlgefüllter Bücherschrank, ein amerikanisches Rollpult, Lehnstühle und ein dicker Bodenteppich, der die Schritte zur Lautlosigkeit dämpfte, vervollständigten die Einrichtung, die ebensogut in einem Büro in der City hätte stehen können.

Ich übersah alles mit einem einzigen Blicke.

Dies, Herr Lart, wird Ihr Zimmer sein, und da wir gerade bei diesem Punkte angelangt sind: darf ich Sie fragen, ob Sie etwas dagegen haben, hier im Hause zu wohnen?

Nein, keineswegs, Herr Goliby, entgegnete ich.

In diesem Falle, sagte er und deutete auf die offene Türe, wird das da Ihr Schlafzimmer sein. Es ist klein, Herr Lart – hierbei lächelte er wieder – aber sehr komfortabel, was das Essen anlangt, so glaube ich recht zu gehen, wenn ich annehme, daß Sie es am liebsten hier vorgesetzt haben möchten.

Bevor ich antworten konnte, fügte er hinzu: Jawohl, das wird das Beste sein, und zwar zu *den* Zeiten, die Ihren Neigungen und Wünschen am besten entsprechen. Und nun zu Ihrem Honorar. Ich habe Herrn Hamilton gegenüber eine gewisse Summe genannt, ohne Zweifel hat er sie Ihnen mitgeteilt. Halten Sie den Betrag für annehmbar?

Ich hatte in diesem Augenblicke nicht den Mut, mehr zu verlangen, und so erwiderte ich sofort:

O ja, vollständig, Herr Goliby.

Gut also. Und nun, Herr Lart, nehme ich an, daß Sie sich nicht beleidigt fühlen werden über das, was ich Ihnen jetzt zu sagen habe. Herr Hamilton erzählte mir von gewissen unerwarteten Schicksalsschlägen, die Sie betroffen haben, und es ist leicht verständlich, daß Ihnen ein wenig bares Geld von Nutzen sein möchte. Nein, nein, setzte er hinzu, als ich durch eine Bewegung verriet, daß ich nicht mit ihm einverstanden war, ich habe mich selbst schon in ähnlicher Lage befunden, den meisten Menschen geht es so – und ich weiß, was das bedeutet. Es macht mir Vergnügen und ist mein Wunsch, Ihnen ein Quartal im voraus zu bezahlen.

Und bevor ich mir der Tatsache recht bewußt geworden war, hatte er sich schon an das Pult gesetzt, einen Scheck auf den Betrag ausgestellt und ihn mir in die Hand genötigt. Dann fuhr er fort, ohne auf meine herzlichen Dankesworte für seine ungewöhnliche Freundlichkeit zu hören:

Und jetzt, Herr Lart, wann wird es Ihnen angenehm sein, Ihren Posten anzutreten?

Sofort, erwiderte ich. Soweit wenigstens dieser Nachmittag in Betracht kommt. Alle Vorkehrungen zu meinem Umzuge kann ich leicht heute abend treffen. Daher bleiben mir noch fünf oder sechs Stunden für die Arbeit. Wenn Sie so liebenswürdig sein wollen, mir meine Arbeit anzuweisen, werde ich mich mit Vergnügen sofort daran machen.

Er zögerte einen Moment und sah sich im Zimmer um, als suche er etwas, bis seine Augen auf dem Bücherschrank haften blieben. Dann schaute er auf die Uhr.

Ich habe, sagte er, heute nachmittag ein Rendezvous in Brighton, daher ist es wirklich nicht nötig, daß Sie heute dableiben, wenn Sie indes, fügte er hinzu, indem er zum Bücherschrank trat und ein Buch herausnahm, eine oder zwei Stunden darin blättern wollen, ist es mir auch recht. Es ist ein ausführlicher Bericht über gewisse mineralreiche Ländereien in Norddakota. Ich möchte einen Auszug daraus haben – verstehen Sie, einen konzentrierten Extrakt. Es wird, wie ich fürchte, eine langweilige Arbeit absetzen und Sie einige Zeit kosten, werfen Sie, bitte, für heute einen Blick hinein, wenn Sie Lust haben. Und jetzt entschuldigen Sie mich, ich darf meinen Zug nicht verfehlen. Machen Sie es sich bequem, als ob Sie zu Hause wären, wenn Sie irgend etwas wünschen, so läuten Sie! Ich werde Sie morgen wieder aufsuchen.

Als sich die Türe hinter ihm geschlossen hatte und ich mich allein fand, begann mir das Bewußtsein davon aufzudämmern, was geschehen war. Ich war ganz aufgeregt. Es schien mir unfaßlich, daß ich auf diese erstaunliche Weise ein Heim gefunden hatte und daß ich bereits einen Scheck von über sechzig Pfund in der Tasche haben sollte. Ich zog ihn heraus und sah ihn an. Nein, es war keine Täuschung. Da standen der Name der Bank, der „London und Westminster", der Name – N. Goliby – und der Betrag klar verzeichnet. Ich brauchte nur meinen Namen darunter zu setzen und am nächsten Morgen eine Bank aufzusuchen und – hurrah! – ein gähnendes Loch in meinen Finanzen wäre augenblicklich ausgefüllt.

Das war das reinste Wunder.

Ich warf einen Blick in das Schlafzimmer und entdeckte, daß es ein kleines Wunder von Komfort und Gemütlichkeit vorstellte. Sicherlich war mein Stern im Aufgehen begriffen, und für eine Weile vergaß ich ganz den „Bericht über einige mineralreiche Ländereien in Norddakota".

Schließlich dachte ich wieder daran. Ich setzte mich an das Pult, legte den schweren Band vor mich hin und suchte in seinen Inhalt einzudringen. Ich fand, daß es keine leichte Arbeit war, aber eine Stunde lang mühte ich mich ab, Herr darüber zu werden. Schließlich erregte etwas ganz Undefinierbares meine Aufmerksamkeit, etwas geheimnisvoll Lebendiges schien in der Luft zu sein, ich wußte nicht was. Da sah ich auf. Mir gegenüber hing ein Spiegel. Er schien meine Blicke anzuziehen. Als mein Auge darauf fiel, fuhr es mir wie ein Stich durch das Herz: in dem Spiegel erblickte ich ein Frauengesicht, ein geisterhaftes, aber unbeschreiblich schönes Frauenantlitz. Ich sah einen wirren Knoten kohlschwarzen Haares und ein paar funkelnder Augen, die die meinigen anzuglühen schienen. Mein Herz schlug laut. Ich sprang auf und sah mich um. Aber ich konnte nichts erblicken. Ich wandte mich wieder um und schaute von neuem in den Spiegel. Das Gesicht war verschwunden.

Zweites Kapitel.

Es war wirklich eine unheimliche Geschichte. Ich befand mich im vollen Besitz meiner Geisteskräfte. Die Sonne sandte ihre Strahlen durch das Fenster in mein Zimmer. Ich war nicht das Opfer einer Sinnestäuschung.

So klar ich jetzt mein eigenes Gesicht im Spiegel sah, hatte ich auch das entsetzte, hagere, aber entzückende Frauenantlitz darin erblickt, wohin war es entflohen? Jeder Gegenstand im Zimmer war scharf beleuchtet. Die Stille war geradezu bedrückend. Ich hätte einen Schmetterling schweben hören, so scharf war mein Gehör, aber nicht die geringste Schwingung hatte mein Ohr erreicht. Das geheimnisvolle Leben in der Luft, das ich schon erwähnt habe, hatte eher meine Gefühle als meinen Gehörsinn erregt.

Mit einiger Anstrengung gelang es mir, meine Ruhe wieder zu erlangen.

Nervengeschichten, sagte ich mir, gegen besseres Wissen, das müssen meine Nerven sein. Es ist ausgeschlossen, daß ein menschliches Wesen dieses Zimmer betreten und verlassen haben kann, ohne ein Geräusch zu verursachen, das seine Anwesenheit verraten hätte.

Alles das dachte ich mit dem Bewußtsein, nicht die Wahrheit zu sagen.

Ich machte die Türe auf und schloß sie wieder. Eine kreischende Angel verriet mir in diesem Moment, daß kein weibliches Wesen auf diesem Wege hatte kommen und gehen können. Alle anderen Oeffnungen waren Fenster. Das Zimmer war hoch, der Teppich von einer Textur, die Zauberstreiche unmöglich machte.

Bei mir, dachte ich, ist etwas nicht in Ordnung. Ich habe mir wohl in der letzten Zeit zu vielen Kummer gemacht. Ein wenig frische Luft wird mir gut tun.

Daraufhin stellte ich den „Bericht über einige mineralreiche Ländereien usw.“ wieder an seinen Platz zurück, griff nach meinem Hute, begab mich leise die Treppe hinab und versuchte, die Haustüre zu öffnen. Aber ebensogut hätte ich versuchen können, eine Gefängniszelle ohne die Beihilfe eines Wärters aufzutun, so kompliziert war das System von Riegeln und Schlössern an der Türe. Bevor ich aber Zeit hatte, mich über diesen Umstand zu verwundern, sprang der kleine, runzelige Mann, der mich in das Haus eingelassen hatte, scheinbar aus der Luft plötzlich auf mich zu und sagte:

Sie erlauben, diese Verschlüsse muß man schon kennen, um sie aufmachen zu können. Es ist bisweilen soviel Geld im Hause, daß Herr Goliby große Vorsichtsmaßregeln gegen Einbrecher zu ergreifen gezwungen ist. So! – Das Tor flog weit auf. Dann setzte der kleine Mann hinzu:

Ich glaube, es wird gut sein, wenn ich Sie bis zum Gartentor begleite und Ihnen den Kunstgriff zeige, mit dem Sie das Schloß öffnen können. Er ist sehr einfach, sobald Sie ihn einmal kennen.

Das war in der Tat der Fall. Er führte meinen Zeigefinger auf eine Art Drahtstiftkopf, worauf das kleine Pförtchen sich selbsttätig öffnete.

So, sagte er. Herr Goliby, wird Ihnen, wie ich denke, morgen die Schlüssel geben.

Die Türe fiel wieder geräuschlos ins Schloß, und mit einem Gefühl der Erleichterung stand ich auf der Straße. Ich sah auf die Uhr.

Ein Viertel nach Drei, murmelte ich. vor vier Uhr verläßt Richard seine Wohnung nicht. Ich werde ihn gerade noch rechtzeitig antreffen.

Das war auch der Fall. Ich begegnete ihm auf der Treppe.

Du bist es, mein Junge? rief er mir zu. Ich kann dir nur ein paar Minuten widmen. Ein wichtiges Rendezvous, ich bin bereits etwas spät dran, wie steht's? Hast du deinen Mann getroffen?

Jawohl.

Gefällt er dir?

Ich weiß noch nicht recht.

Engagiert?

Gewiß. Er hat mir ein Vierteljahr im voraus bezahlt. was sagst du dazu?

Kommt mir etwas seltsam vor. Etwas ungewöhnlich, verstehst du.

Mir auch. –

Um diese Zeit querten wir den Pump Court in der Richtung nach dem Strande.

Nun, ich denke, es kam nicht ungelegen, setzte er hinzu, aber da du es angenommen hast, bist du verpflichtet, jetzt wenigstens drei Monate bei ihm zu bleiben. Na, darüber wirst du dir ja im klaren sein, vermutlich tust du es gern, was?

Offengestanden, ich weiß es nicht, erwiderte ich. Ich habe etwas Seltsames, um nicht zu sagen, Mysteriöses in dem Hause entdeckt.

Wieso? Das mußt du mir näher erklären, nur bitte ich, dich kurz zu fassen. Sobald wir die Fleetstraße erreichen, muß ich in die erste freie Droschke springen, der wir begegnen.

Ich teilte ihm so knapp als möglich mit, was sich ereignet hatte. Mein ernstes Gebahren belustigte ihn augenscheinlich. Er lachte.

In deinem Hirnkasten ist ein Schräubchen los und –

Unsinn, unterbrach ich ihn, ein wenig gereizt, du schenkst mir scheint's keinen Glauben.

Ich muß einem vertrauenswerten Manne doch wohl Glauben schenken, entgegnete er, selbstverständlich. Das Haus ist vielleicht verhext, es spukt. Das mußt du dir schon gefallen lassen. Ich selbst hätte nicht viel dagegen einzuwenden, mir einen derartigen hübschen weiblichen Spuk vormimen zu lassen, versuch's das nächste Mal, sie zu haschen. Sie soll eine Erklärung oder Entschuldigung abgeben. So, hier kommt eine leere Droschke gefahren. Ich muß dich nun verlassen, Teddy. T – t! Tut mir leid. Besuch mich bald wieder!

Im nächsten Augenblick entführte ihn der Wagen in der Richtung der St. Paulskirche.

Zuerst war ich über sein Benehmen etwas verstimmt. Er hatte mich nicht, wie ich es hätte verlangen können, ernst genommen. Wahrscheinlich hielt er mich für das Opfer einer Sinnestäuschung. Und doch hätte er mich besser kennen sollen. Mein Verdruß war indes vergangen, bevor ich noch in Charing Croß anlangte; und ich hatte die Ueberzeugung gewonnen, daß es besser wäre, mein eigenartiges Erlebnis bei mir zu behalten, wenn ich vermeiden wollte, ausgelacht zu werden. Denn sicherlich würde mir niemand Glauben schenken. Schon begann ich selbst an meinem Erlebnis zu zweifeln.

Auf dem Heimweg suchte ich unseren alten Familienanwalt in der Albermarlestraße auf. Er streckte mir auf Herrn Golibys Scheck 10 Pfund vor und überhob mich so der Notwendigkeit, am nächsten Morgen in die City zu fahren. Mit dem Gelde fuhr ich wieder nach Westkensington, berichtigte die kleine Schuld bei meiner Hausfrau und packte meine wenigen Habseligkeiten zusammen, worauf ich entdeckte, daß der Rest des Tages und die Nacht zu meiner eigenen Verfügung standen.

Diesen Abend leistete ich mir ein gutes Essen und geriet dann, ich weiß selbst nicht wie, in das Empire-Theater. Dort ereignete sich etwas Seltsames. Es mochte um elf Uhr sein. Das Gedränge in den Wandelgängen war auf seinem Höhepunkt angelangt. Aus dem wirren Lärme drang plötzlich eine mir merkwürdig bekannte Stimme an mein Ohr, und ich verstand die Worte:

„Ein ehrenwerter feiner junger Mann – ein bißchen grüner Junge. Er ist recht – Baccalaureus von Oxford usw. Gerade der richtige, um ..."

Das schrille Gelächter aus dem Munde eines weiblichen Wesens schnitt den Rest des Satzes ab.

Eilends wandte ich mich um. Gerade hinter mir stand eine Gruppe von Herren. Unter ihnen fiel mir durch seine geisterhafte Blässe ein hübscher junger Mann auf, dessen Gesicht ich bestimmt schon irgendwo gesehen hatte, war *er* es, der die Worte gesprochen hatte, die mir eben aufgefallen waren? Das war nicht zu bestimmen, und übrigens, was für eine Beziehung konnten sie zu mir haben? Ich glaubte fast, daß ich mich durch seine Worte ein wenig getroffen gefühlt hatte, nach der Behandlung, die mir Richard am Nachmittag hatte zuteil werden lassen. Im nächsten Augenblick war übrigens der junge Mann weitergegangen und in dem Trubel untergetaucht.

Ich mußte über den Zwischenfall lachen, zündete mir eine frische Zigarre an und verließ das Theater. Der Leicester Square war taghell erleuchtet, die Nachtluft entzückend kühl. Ich schlenderte nach

Westminster hinunter und bestieg wieder den Zug nach Earl's Court. Man könnte glauben, daß die letzte Nacht, die ich in meiner bescheidenen Bude verbrachte, eine sehr friedliche gewesen sei. Das war indes nicht der Fall. Denn schwere Traumgesichter von Ungeschick und Leid peinigten mich. Es war nichts Bestimmtes, nichts Greifbares daran, nur verschwommene Vorstellungen, in denen das zynische, bleiche Gesicht eines Mannes und die wirren Locken und glühenden Augen eines Weibes immer wieder auftauchten. Zuletzt erwachte ich, die Stirne in Schweiß gebadet. Die Sonne sandte ihre Strahlen in breiten Streifen in das Zimmer. Als ich auf die Uhr schaute, sah ich, daß es sechs Uhr war.

Der Kuckuck hole solche Träume! dachte ich, und im nächsten Moment fuhr ich aus dem Bett und in mein Wannenbad.

Es geht doch nichts über kaltes Wasser, um den Trübsinn zu verjagen, sagte ich mir, als ich neugeboren und in bester Stimmung mich ankleidete.

Ich trat ans Fenster und zog den Vorhang zurück. Die warme, einschmeichelnde Junimorgenluft strömte mir entgegen und machte meine Zufriedenheit vollständig.

Jetzt ist mir wieder wohl, lachte ich, hahaha! Richard hatte doch recht. Muß ein Hirngespinst gewesen sein, oder ein Streich meiner Nerven. Nimm dich zusammen, Teddy, und blamiere dich nicht noch einmal!

Ich griff tüchtig aus, als ich meine Bude verließ, um die letzten Besorgungen vollends zu erledigen. Es war noch nicht zehn Uhr, als ich mit meinem Handkoffer vor der Villa Rabenhorst in der Elsinorestraße vorfuhr.

Dieses Mal wurde das Tor gastfreundlich weit für mich geöffnet, und die Droschke fuhr bis zu der Säulenhalle des Haustors. Der runzelige, kleine Mann war die Fröhlichkeit selbst. Ein Diener in Livree erschien und nahm mir mein Gepäck ab.

Ein hübsches Zimmermädchen in weißem Häubchen und weißer Schürze knixte vor mir, als ich die Halle querte. Konnte ich eine günstigere Aufnahme erwarten?

Binnen einer halben Stunde hatte ich mich in meiner neuen Wohnung bequem eingerichtet. Ich war in bester Stimmung, verjagte das Weib mit dem wirren Haar aus meinen Gedanken und machte mich mit frischer Lust an den „Bericht über einige mineralreiche Ländereien in Norddakota“. Die Arbeit war in keiner Weise anregend, aber ich ochste vier lange Stunden daran, bis ich endlich ans Essen dachte.

Wie mich Herr Goliby angewiesen hatte, drückte ich auf die Klingel. Das hübsche kleine Zimmermädchen, das in der Halle so freundlich vor mir geknixt hatte, erschien auf mein Läuten, und es währte keine halbe Stunde, bis das einladendste Mahl, das man sich wünschen konnte, für mich aufgetragen war.

Ob ich Rheinwein oder Bordeaux vorziehe? fragte das nette Zimmermädchen. Ich begann einzusehen, daß mich mein Geschick auf eine annehmbare Bahn geführt hatte und wunderte mich über meine schlimmen Vorahnungen vom vorhergehenden Tage.

Ich entschied mich für Bordeaux und fand ihn sehr gut. Und als ich zuletzt meinen Stuhl von der appetitlichen kleinen Tafel wegrückte, mit dem angenehmen Gefühl, ausgezeichnet gespeist zu haben, holte meine Hand gewohnheitsmäßig aus der Tasche mein Pfeifchen hervor, und im nächsten Moment paffte ich wohlriechende Tabakswolken in die Luft.

Herz, was begehrst du noch mehr? fragte ich mich, was zum Kuckuck habe ich mir auch so schwarze Gedanken gemacht? Ich will nun einen kleinen Bummel unternehmen!

Am Portal fragte ich den kleinen runzeligen Mann, wie er heiße.

Sawkins, erwiderte er mit einem Grinsen, das ich niemals vergessen werde.

Danke, Sawkins, sagte ich, wann denken Sie, daß Herr Goliby zurückkehren wird?

Heute abend. Ich kann Ihnen nicht genau sagen, um wieviel Uhr.

Ein Stündchen etwa ging ich in der Umgebung von St. Johns Wood spazieren. Dann kehrte ich zurück und machte mich wieder an meinen „Bericht". Es war ein gewichtiger Band, von nahezu tausend Seiten, und langweiligere Lektüre war mir nie vorgekommen. Ich warf mich mit allem Eifer auf die Arbeit, und doch überfiel mich Schläfrigkeit. Eine Weile kämpfte ich dagegen an. Dann überwältigte mich die Müdigkeit.

Als mein Geist sich wieder zu regen begann, war mein erstes Gefühl, daß sich etwas außer mir im Zimmer befinde, ein unbestimmbares Etwas, das ich im ersten Augenblick nicht bezeichnen konnte. Ich hätte beschwören können, daß außerdem für einen Moment eine menschliche Hand auf der meinigen geruht hatte. Erschreckt fuhr ich auf und sah mich im Zimmer um. Nichts war zu sehen. Ich hatte wieder geträumt, sagte ich mir, das war alles. Aber als mein Blick wieder zu meiner Beschäftigung zurückkehren wollte, fand er quer über meinem Auszuge liegend, einen Zettel, auf dem in unverkennbar weiblicher Handschrift die Worte niedergekritzelt waren:

> „*Wenn Ihnen Ihr Leben und Ihre unsterbliche Seele lieb sind, so verlassen Sie sofort dieses verfluchte Haus!*"

Ich las die erstaunliche Botschaft zum zweiten Male durch, da vernahm ich Schritte im Zimmer. Ich zerknüllte das Papier in meiner Hand, wandte mich um und sah mich Herrn Goliby gegenüber.

Drittes Kapitel.

Wenn Herr Goliby irgend ein Zeichen von Verwirrung in meinem Gesicht entdeckte, so war wenigstens in seinem Auftreten nichts von einer solchen Entdeckung zu lesen. Er war die Leutseligkeit selbst, als er auf die kleinbeschriebenen Bogen meines Manuskriptes deutete und sagte:

Sie kommen rasch vorwärts, wie ich sehe. Aber ich fürchte, Sie können der Arbeit nicht viel Geschmack abgewinnen, Herr Lart.

Ich dachte über die Worte auf dem Zettel, den ich zerknüllt in der Laust verbarg, nach und zwang mich zu einem Lächeln.

Allerdings ist das Buch etwas trocken, antwortete ich, aber ich habe mich schon durch Schlimmeres hindurchgearbeitet. Die Integralrechnung zum Beispiel.

Er lächelte seinerseits.

Das erinnert mich an meine eigene Studienzeit, sagte er. Ich zweifle indes, ob ich jetzt noch auch nur eine einfache Gleichung zu lösen imstande wäre, wie doch die Zeit verfliegt und gleichzeitig damit das Gedächtnis! O jerum, jerum, jerum, o quae muntatio usw.

Mit einem leichten Seufzer ließ er sich in einen Stuhl neben mich fallen.

Ich wollte, ich hätte Sie vor eine Ihren Interessen entsprechendere Beschäftigung stellen können, setzte er nach einer nachdenklichen Pause hinzu. Es hat indes keine Eile mit der Arbeit. Ueberarbeiten Sie sich nur nicht! Ich glaube bestimmt, daß Sie sich nach und nach hier einleben werden. Hoffentlich bedient man Sie gut.

Ich beruhigte ihn über diesen Punkt. Dann fuhr er fort:

Wir führen ein sehr ruhiges und seßhaftes Leben hier. Ich vermute, daß es Sie ein wenig eintönig ansprechen wird. Als meine arme Frau noch lebte, war das alles sehr, sehr verschieden. Es ist traurig, eine geliebte Lebensgenossin zu verlieren, Herr Lart. Ich wünsche Ihnen, daß Ihnen nie dieses Unglück zustoßen möge.

Ich murmelte eine sehr triviale Bemerkung über die Schicksalsschläge des Lebens vor mich hin. Er nickte nachdenklich dazu und fuhr fort:

Ja, ich führe ein einsames Leben und suche Trost oder vielmehr Zerstreuung in finanziellen Unternehmungen. Das betäubt ein wenig die Schmerzen meines Elends und macht das Leben etwas interessant, das sonst ganz ohne Gehalt wäre. Aber in meinem Alter fühle ich die Notwendigkeit der Hilfe eines Menschen, der jünger und energischer ist als ich, und auf den ich mich ohne Rückhalt verlassen kann. Mein Instinkt in diesen Dingen läßt mich selten im Stich, und ich glaube in Ihnen den

Richtigen gefunden zu haben. Dem Namen nach sind Sie mein Privatsekretär. In Wirklichkeit aber wünsche ich, daß Sie mehr als das sind. Meine Pläne, ich meine in Geschäftsdingen, sind großzügig, und ich wünsche, daß Sie daran teilhaben, zum wenigsten, eine aktive Rolle in ihrer Förderung spielen.

Ich starrte ihn mit großen Augen an.

Aber, entgegnete ich, ich verstehe ja nichts von Geschäften.

Na ja, erwiderte er. Sie müssen sich eben an mich halten. Sie haben noch alles zu lernen und nichts zu vergessen. Unter meiner Leitung kann manches, was Sie sich jetzt noch nicht träumen lassen, zur Wirklichkeit werden, wenn Sie sich meine Methoden aneignen und meine Interessen zu den Ihrigen machen, ist es möglich, daß Sie in nicht allzuferner Zeit ein kleines Vermögen erwartet, Herr Lart.

Auf diese Eröffnung wußte ich nichts zu erwidern. Der Mann schien meines Vertrauens wert, war es denn möglich, daß ich auf einen Philanthropen gestoßen war? War es glaubhaft, war es auch nur anzunehmen, daß dieser Mann, mit dem ich mich bis jetzt kaum eine Stunde unterhalten hatte, so rückhaltlos von der Förderung meiner Vermögensverhältnisse reden konnte, wenn er nicht irgend einen höheren Zweck damit verfolgte oder wenn er nicht ein toller Altruist war, der mit einem sehr harmlosen jungen Menschen experimentieren wollte?

Ich zermarterte mir das Gehirn, um eine angemessene Antwort zu finden, aber es fiel mir um alle Welt nichts Passendes ein, und so sagte ich nur:

Ich bin Ihnen sehr für Ihre Güte verbunden, Herr Goliby.

Bitte sehr, entgegnete er. Sie sind mir sympathisch. Sie haben ein ehrliches Gesicht. Ich habe das Gefühl, daß ich mich auf Sie verlassen kann. Ich schenke Ihnen mein Vertrauen und will Sie ohne Verzug in meine Pläne einweihen. Sind Sie in Paris bekannt?

Diese unvermittelte Frage setzte mich in Erstaunen. Aber ich erwiderte nur:

Nein, Herr Goliby.

Nun, das tut auch nichts, Ich habe Informationen betreffs gewisser französischer Wertpapiere erhalten und meine Londoner Agenten beauftragt, davon bis zu dem Werte von 20 000 Pfund aufzukaufen. Die Papiere werden, wie ich anzunehmen Grund habe, bis morgen in Ihren Händen sein. Da ich nun vielleicht nicht hier bin – ich weiß das bis jetzt noch nicht bestimmt –

Hier wurde er durch ein Pochen an der Türe unterbrochen. Sawkins betrat das Zimmer; er hatte ein Telegramm in der Hand.

Ein Telegramm, Herr Goliby, sagte er und händigte es seinem Herrn ein. Dieser brach sofort den Umschlag auf.

Aha, sagte er, genau wie ich erwartete. Dann sah er auf seine Uhr. Ich muß um fünf Uhr dreißig mit dem Manchester Schnellzug noch abfahren. Keine Widerrede, Sawkins. verflixte Geschichte, aber das läßt sich nun nicht ändern, setzte er hinzu, als Sawkins das Zimmer verlassen hatte. Ich werde morgen sobald als möglich zurückkehren. Mittlerweile möchte ich, daß Sie sich in die City begeben. Ich werde Ihnen einen Brief an meinen Agenten, Herrn Warmley, mitgeben und ihn beauftragen, Ihnen die vorhin erwähnten Papiere auszuliefern. Das beste wird sein, wenn ich den Brief gleich schreibe.

Damit trat er an das Pult, kritzelte ein halbes Dutzend Zeilen auf ein Briefbögchen, steckte es in einen Umschlag, adressierte ihn und übergab mir zuletzt das Schreiben, ohne den Umschlag zu verschließen.

Es wird rätlich sein, daß Sie hin und zurück eine Droschke nehmen, vorsichtshalber, bemerkte er. Die Papiere versorgen Sie dann in diesem Geldschrank. Ich will Ihnen rasch zeigen, wie er geöffnet wird.

Er erhob sich und trat zu dem großen eisernen Schrank und lud mich ein, näherzutreten.

Es ist ein wundervoller Geldschrank, erklärte er. Amerikanisches Fabrikat. In der Bank von England haben sie keinen besseren. Ich bin zwar auf alle Fälle für 10 000 Pfund gegen Einbruch versichert; aber es würde keinem Einbrecher der Welt gelingen, diesen Schrank aufzumachen. Er hat zwei Schlösser.

Bei diesen Worten zog er zwei Schlüssel aus der Tasche, steckte den einen in das vordere, den anderen in ein Schloß, das sich mehr in der Mitte der Türe befand, und sagte: Jetzt merken Sie auf!

Aufmerksam folgte ich seinen Bewegungen, die nicht wenig kompliziert waren, worauf die Türe aufging.

Der Schrank schließt sich einfach mittels einer Feder, bemerkte er nun, und da gegenwärtig keine Wertsachen darin befindlich sind, lasse ich ihn geöffnet, wenn Sie morgen mit den Papieren zurückkehren, so versorgen Sie sie in diesem Fach und stoßen die Türe zu. Sie werden die Feder einschnappen hören und so wissen, daß alles in Ordnung ist. Andere Einzelheiten muß ich Ihnen nach meiner Rückkehr von Manchester erklären, Warten Sie mal: heute ist Mittwoch. Halten Sie sich bereit, Freitag morgen nach Paris abzufahren. Ist Ihnen alles klar, Herr Lart?

Gewiß, Herr Goliby.

Gut also. Es bleibt mir nicht viel Zeit übrig. Ich muß jetzt weg. – Damit ließ er mich mit meinen etwas verwirrten Gedanken allein.

Was sollte ich denken? Was glauben? Auf der einen Seite war wenigstens etwas Greifbares vorhanden. Ein Mensch von Fleisch und Blut, der mit einer nicht alltäglichen Liebenswürdigkeit ausgestattet ist, macht mir aller Ehren werte Versprechungen und betraut mich mit einem Auftrage, dessen Natur eine Zuversicht in meine Ehrlichkeit voraussetzt, die, wie ich glauben muß, unter den gegebenen Umständen sehr ungewöhnlich ist. Was ist dabei nicht vertrauenerweckend?

Auf der anderen Seite hatte ich in meiner Hand ein zerknülltes Papier, das eine zweifellos unheimliche Botschaft an mich enthielt. Ich glättete den Zettel auf dem Pulte und las die Mitteilung noch einmal durch. Woher stammte sie? Wer hatte die Worte geschrieben? Auf welch unbegreiflichem Wege war sie in mein Zimmer, auf meinen Schreibtisch geschmuggelt worden? Das war ohne allen Zweifel eine sehr geheimnisvolle Geschichte, aber war sie es wirklich wert, daß ich ihr auch nur einen Augenblick meine Aufmerksamkeit schenkte? Nichts hätte mich mehr vergewissern können, als die Unterredung mit Herrn Goliby. Als er mir die Aufsicht über 20 000 Pfund anvertraute, hatte auch er mein Vertrauen gewonnen. Irgend jemand im Hause versuchte, möglicherweise im Interesse eines enttäuschten Bewerbers um meine Stelle, mich einzuschüchtern. Das ging mich nichts an. Und um dem Gedanken die Tat folgen zu lassen, zerriß ich den Zettel in kleine Stücke und warf sie in den Papierkorb.

Trotzdem ich mich von dem Gefühl der Unruhe befreit hatte, blieb doch die Neugierde in mir bestehen. Daß ein geheimer Eingang in mein Zimmer vorhanden sein mußte, sagte mir die einfachste Ueberlegung. Ich glaubte nicht an Gespenster. Somit gab es keine andere Lösung als diese Annahme. Und dies wollte ich ergründen und beweisen, wenn es, woran ich nicht zweifelte, menschenmöglich war.

Außer dem allgemeinen Eindruck der Front kannte ich bis jetzt nichts von der Bauart des Hauses. Ich vermutete, daß sich dahinter ein großer Garten befand, aber Mauern ohne Oeffnungen gestatteten keinen Ausblick nach dieser Richtung. Die geräumige Halle empfing ihr Licht durch einen Lichtschacht, der mit einer Glaskuppel gedeckt war. Bis jetzt hatte ich keine Fenster entdeckt, die auf die Rückseite des Hauses gingen. Mein Zimmer befand sich auf der Straßenseite. Seine zwei Fenster reichten bis zum Fußboden und führten auf einen Balkon. Eines derselben war geöffnet. Ich betrat den Balkon, von dieser Seite konnte man, außer mit Hilfe einer Leiter, nicht in das Zimmer gelangen. Soviel war mir augenblicklich klar. Die Ausstattung meines Zimmers habe ich bereits beschrieben. Sie gab mir keine Anhaltspunkte zur Lösung des Rätsels an die Hand. Ich untersuchte sorgfältig alle freien Stellen der Wände, da ich mir sagte, es könnte eine Geheimtüre vorhanden sein. Aber ich entdeckte auch nicht die Spur eines Spaltes in der geblümten Tapete. Zweifellos war dies eine merkwürdige Geschichte.

Mein Schlafzimmer war eingebaut und bezog sein Licht nur durch die Türe und ein kleines Fenster, das auf die Halle im ersten Stock ging. Dieses Fensterchen war nicht nur geschlossen, sondern überdies mit Riegeln an der inneren Seite gesichert. Das größte Möbelstück in diesem Zimmer bildete ein nicht benützter Kleiderschrank von der üblichen Form. Eine eingehende Untersuchung ergab nichts Besonderes in seiner Bauart. Die Tapete verriet nichts Verdächtiges. Die Nachforschung hatte also nicht das geringste Ergebnis gezeitigt. Höchst enttäuscht kehrte ich an mein Pult zurück. Ich hatte ein Gefühl äußersten Unbehagens. Gerade in diesem Moment klopfte es an meiner Türe. Sawkins trat ein.

Erstaunt sah ich ihn an, als er sagte:

Entschuldigen Sie, daß ich Sie störe, Herr Lart. Aber Herr Goliby hat mich beauftragt, Ihnen diese zwei Schlüssel einzuhändigen. Der da ist für das Gartentor und dieser für die Haustüre, damit Sie nach Gefallen aus- und eingehen können.

Ich nahm die Schlüssel in Empfang und dankte ihm dafür. Er wollte sich schon entfernen, als mir plötzlich ein Gedanke durch den Kopf fuhr.

Ach, fällt mir eben ein, Sawkins, sagte ich, ich fühle mich noch etwas fremd im Hause. Ich weiß ja kaum, wer darin wohnt. Herr Goliby sagte mir, er sei Witwer.

Jawohl, das ist er.

Somit ist keine Dame des Hauses da?

Sawkins hatte seltsame Augen, die mich an die einer Ratte erinnerten. In diesem Augenblick erschien darin ein merkwürdiges Aufblitzen.

Nein, rief er, beileibe nicht! wie kommen Sie zu dieser Frage?

Nun, erwiderte ich etwas verwirrt, ich – hm – vielleicht war meine Frage nicht angebracht.

Wieso denn? fragte er.

Nun, ich denke, ich hätte nicht so neugierig sein sollen. Ich habe natürlich nur aus Neugierde gefragt.

Gewiß, Herr Lart. Was also die Bewohner des Hauses anlangt, so haben wir die Köchin. Sie ist die eine weibliche Person. Sie haben Sie wohl noch nicht gesehen. Dann kommt Marie, das Zimmermädchen, die Sie bereits gesehen haben, und sie ist die zweite. Das wären die weiblichen Bewohner. Außer Herrn Goliby wäre ich da, und der Hausmeister und der Diener und – entschuldigen Sie, daß ich Sie zuletzt nenne. Sie selbst. – Hierbei überzog ein Grinsen sein Gesicht. Dann ergänzte er seine Auskunft mit den Worten: Sieben Personen im Ganzen wohnen im Hause, zwei weibliche und fünf männliche.

Ich danke Ihnen bestens, erwiderte ich. Sie werden mich wohl für sehr neugierig halten, denke ich, nicht?

Nicht im geringsten, Herr Lart. Es ist sehr natürlich, daß Sie das gerne wissen möchten. An Ihrer Stelle hätte ich genau dasselbe getan.

Der Ton, in dem er das sagte, schien zwar ungekünstelt aufrichtig, doch täuschte ich mich nicht über den unverkennbar argwöhnischen Blick, den er auf mich warf, als er das Zimmer verließ.

Welcher Art mein Argwohn war, brauche ich hier wohl nicht näher auszuführen. Daß ein drittes weibliches Wesen im Hause weilte, davon war ich felsenfest überzeugt. Und bei dieser Ueberzeugung blieb ich auch.

Während der folgenden Nacht ereignete sich etwas sehr Merkwürdiges. Ich hatte mich frühzeitig niedergelegt und schlief den Schlaf des Gerechten, plötzlich erwachte ich an dem schrillen Gelächter von Frauen. Sofort setzte ich mich im Bette auf und lauschte. Ich hatte mich nicht getäuscht. Es unterlag keinem Zweifel, daß nicht nur eine, sondern wenigstens ein Dutzend ausgelassen fröhliche Frauenstimmen sich hören ließen, und zwar, wie mir schien, nicht sehr weit von meinem Bette entfernt. Ich hielt den Atem an und strengte mein Gehör an. Plötzlich drang ein Schrei, der eher dem Schmerze als der Fröhlichkeit zu entstammen schien, durch die Wände. Höhnisches Gelächter folgte. Dann war wieder alles still. Ich suchte vergebens weitere Laute zu erhaschen. Schließlich streckte ich meine Hand zum Nachttischchen aus, das neben meinem Bette stand, zündete ein Streichholz an und schaute auf die Uhr. Es war gerade halb drei Uhr.

Ich schlief erst bei anbrechender Morgendämmerung wieder ein. Unruhige Träume suchten mich heim, aus denen ich um sieben Uhr erwachte. Mein erster Eindruck war, daß ich die ganze Geschichte überhaupt nur geträumt hatte.

Viertes Kapitel.

Sobald ich mich angekleidet hatte, drückte ich auf die Klingel. Das hübsche kleine Zimmermädchen, das, wenn ich Sawkins Glauben schenken durfte, Marie hieß, erschien.

Ich lächelte sie freundlich an, als ich ihr mein Frühstück bestellte, und sie erwiderte mein Lächeln strahlend, wobei zwischen ihren roten Lippen die weißesten Zähnchen der Welt sichtbar wurden.

Ein sehr gescheites und nettes Geschöpf, dachte ich, als sie das Zimmer verließ. Ein so hübsches kleines Ding kann nicht hinterlistig sein. Ich möchte doch wissen, was die Köchin für ein Wesen ist, und ob diese zwei Frauenzimmer mich mit ihrem Gelächter aus dem Schlafe reißen könnten. – Vielleicht hatten sie die Abwesenheit des Herrn am Ende doch benützt, um mit dem Hausmeister und dem Diener und dem mürrischen Sawkins eine kleine fröhliche Unterhaltung zu führen, und ich hatte heute nacht die Laute, die ohne Zweifel aus der Küche kamen, überschätzt.

Richard, der Weise aus dem Temple, mußte trotz allem und allem recht haben. Ich war das Opfer von Halluzinationen. Diese Gewißheit, die nun in mir aufstieg, berührte mich nicht angenehm. Marie kehrte binnen kurzem mit einem Frühstück zurück, das jedes Feinschmeckers Herz entzückt haben würde.

Als sie den Tisch mit einem reizenden Tuche bedeckte, bemerkte ich, scheinbar nur, um etwas zu sagen:

Sie haben heute nacht drunten ein hübsches Festchen gefeiert, Marie. Sie haben mich geweckt. Ich wollte, ich hätte dabei sein können, wenn die

Katze aus dem Haus ist, was? Das nächste Mal lassen Sie mich's wissen, nicht wahr?

Sie war eben im Begriff, eine Platte Rippchen für mich aufzutragen. Nun hielt sie in ihrer Beschäftigung inne. Ihr Gesicht, ihr ganzes Benehmen, sogar ihre Stimme waren verändert, als sie erwiderte:

Was meint der Herr? Ich verstehe Sie nicht. Es ist keine Katze im Hause, und um zehn Uhr war jedermann schlafen gegangen. Das dürfen Sie mir glauben.

Ich war erstaunt. Offenbar hätte ich mich getäuscht. Richard war mit seiner Vermutung nicht fehl gegangen. Ich sah in die großen, blauen, unschuldigen Kinderaugen, die forschend auf die meinigen gerichtet waren und fühlte mich beschämt.

So? sagte ich stockend. Ich – hm – dachte, ich hätte Geräusche gehört, die von einer Belustigung herzukommen schienen. Es scheint – Oder – sollte ich geträumt haben?

Jedenfalls, Herr, erwiderte sie. Es gibt in ganz London kein so ruhiges Haus wie das unserige. Früh zu Bett und früh heraus, das ist Herrn Golibys Grundsatz. Das war auch meiner Mutter ihrer, und ich wüßte selber keinen besseren.

Ich fürchte, daß ich verlegen errötete.

Entschuldigen Sie, Marie, nicht wahr? sagte ich schließlich. Ich glaubte wirklich, Gelächter zu hören und allerlei Allotria, während der vergangenen Nacht. Sicherlich habe ich geträumt, wie lächerlich! Bitte, sagen Sie nichts davon, Marie, nicht wahr?,

Sie sah mich wieder strahlend an.

Bewahre, Herr, wenn Sie es so nett sagen – wir träumen ja alle, nicht? Ob wir wollen oder nicht, wir können nichts dafür.

Ich mußte die Wahrheit dieses Gemeinplatzes zugeben, aber als ich mich einige Minuten später allein befand, schüttelte ich den Kopf.

Was bedeutet all das? dachte ich. Haben mich meine geistigen Fähigkeiten verlassen? Leide ich an beginnender Geisteskrankheit? Nein und nochmals nein! Meine Sinne haben mich nicht getäuscht. So sicher ich vor zwei Tagen im Spiegel das schöne betrübte Antlitz erblickt habe, so überzeugt bin ich davon, daß ich vergangene Nacht in diesem Hause Frauen lachen hörte. Darum frage ich mich noch einmal, was bedeutet all das?

Da in dieser Frage etwas Beunruhigendes lag, machte ich mich alsbald wieder an meine eintönige Arbeit über die Mineralschätze Norddakotas. Diese Beschäftigung erlöste mich von meinem Argwohn, bis die Standuhr auf dem Kamin elf Uhr schlug. Dann erinnerte ich mich meines Auftrags in der City, und wenige Minuten später schloß ich das Gartentürchen auf. Ich schlüpfte auf die Straße hinaus und überlegte mir, wo ich den nächsten Droschkenhalteplatz finden könnte.

Während ich einen Moment stille stand und mich noch besann, erblickte ich plötzlich auf der gegenüberliegenden Seite einen Mann, seiner Kleidung und allgemeinen Erscheinung nach einen Fremden, der nichts besonderes vorzuhaben schien und in aller Ruhe eine Zigarette rauchte. In diesem Augenblick fiel mir die Haltestelle Schweizerhäuschen ein. Sofort eilte ich in der Richtung dorthin davon. Als ich zufällig einmal zurückblickte, bemerkte ich, daß der Mann mir folgte.

Ich schenkte diesem Umstand wenig Aufmerksamkeit. Als ich indes eine Droschke gefunden und dem Kutscher die nötigen Weisungen erteilt hatte, lehnte ich mich, ich weiß nicht von welchem Instinkte getrieben, zum Fenster hinaus und schaute zurück. Da sah ich, daß der, Fremde, ebenfalls in einer Droschke, der meinigen folgte. Diese Entdeckung setzte mich etwas in Erstaunen. Aber bald dachte ich, es sei ein rein zufälliges Zusammentreffen, und schenkte dem Umstand keine weitere Beachtung. Daher war ich aufs höchste überrascht, als ich zufällig den Mann in seinem Wagen wiederum erblickte, während wir unseren Weg durch das wirre Durcheinander von Fuhrwerken auf der Oxfordstraße suchten. Nunmehr wurde ich in Anbetracht meiner Aufgabe ordentlich nervös und stieg an der Kreuzung der Tottenham Court Road aus. Eilends begab ich mich von hier auf dem kürzesten Wege zum Strand, wo ich unverzüglich auf einen Omnibus aufsprang, der nach dem Mansion House bestimmt war.

Ist ja wohl alles Einbildung, sagte ich mir, aber es ist doch besser, mich hier in Sicherheit zu wissen. – Zufrieden stieg ich vom Omnibus und erkundigte mich nach dem Weg nach Copthall Court, wo Herr Warmley wohnen sollte.

Immer noch schmunzelnd über meinen Erfolg in der Flucht vor dem Manne, der möglicherweise mein Feind war, gelangte ich rasch an mein Ziel. Die Geschäftsräume des Herrn Warmley bestanden aus einem äußeren Büro, in dem auf hohen Stühlen eine Anzahl Schreiber sich mit Erfolg den Anschein gab, fleißig zu sein, einem kleinen Wartezimmer und dem Allerheiligsten, aus dem das unregelmäßige Klappern einer Schreibmaschine kam.

Herr Warmley war da. Auf Vorweisen von Herrn Golibys Brief wurde ich sofort zu ihm geführt. Er erhob sich bei meinem Eintritt, überflog den Brief und schüttelte mir sodann mit großer Kordialität die Hand.

Es war ein junger Mann, etwa dreißig Jahre alt, mit einem gewichsten Schnurrbart von unbestimmbarer Färbung, abgesehen davon, daß er hell war, und stahlgrauen Augen, die mich durchbohren zu wollen schienen, als mein bescheidenes Augenpaar ihrem herrischen Glanze begegnete.

Freut mich sehr, Sie kennen zu lernen, Herr Lart, begann er. Herr Goliby hat mir schon von Ihnen erzählt. Bitte, empfangen Sie meine Glückwünsche zu der glücklichen Verbindung, die Sie mit ihm eingegangen sind. Herr Goliby hat einen höchst günstigen Eindruck von Ihnen erhalten, wie ich Ihnen versichern kann, und glauben Sie mir, daß, wenn Sie sich richtig halten, Ihr Glück gemacht ist. Wenn er Sympathie zu einem Manne faßt, was nicht alle Tage vorkommt, so ist es geradezu wundervoll, was er für diesen Mann zu tun bereit ist. Und was nun die Papiere anlangt, so stehen sie zu Ihrer Verfügung. Haben Sie eine Handtasche mitgebracht?

Ich mußte gestehen, daß dies nicht der Fall war.

Eine unscheinbar aussehende Tasche, fuhr er fort, ist immer das Beste; eine Mappe könnte man Ihnen leicht unter dem Arme hervorziehen, oder könnten Sie sie in einem Moment der Zerstreuung verlegen. Da es ausländische Papiere sind, die leicht verkauft werden könnten, möchte ich doch zu besonderer Vorsicht anraten. Warten Sie mal!

Er überlegte einen Augenblick, währenddessen das Klappern der Schreibmaschine eintönig weiterging. Dann holte er aus einem Schrank eine glänzende, schwarze Handtasche hervor und wischte mit einem Taschentuch den Staub davon ab. Gerade, was wir brauchen, sagte er, man kann heutigentags nicht vorsichtig genug sein. Es ist noch nicht eine Woche her, daß ein junger Mann, etwa in Ihrem Alter, gerade hier in diesem Hofe einer Summe von über 100 000 Pfund beraubt wurde. Solch ein Ereignis lehrt Vorsicht. So!

Er versorgte die Wertpapiere in der Tasche und klappte sie zu. Dann bemerkte er:

So, Herr Lart! An Ihrer Stelle würde ich mich unterwegs nirgends aufhalten. Kehrt Herr Goliby heute abend wieder nach Hause zurück?

Er sagte, er habe es im Sinne.

Ach ja, ich erinnere mich jetzt daran. Sie fahren morgen mit diesen Papieren nach Paris. Es sind städtische Obligationen, die nächsten Samstag fällig sind. Guten Tag, Herr Lart. Ich werde hoffentlich noch öfters die Ehre haben!

Einen Augenblick später war ich draußen; ich hielt die Tasche krampfhaft in der Rechten und war entschlossen, die erste freie Droschke zu nehmen und geradeswegs nach St. Johns Wood zu fahren. Plötzlich spürte ich, wie eine Hand meine Schulter berührte. Ich wandte mich um und fand mich Auge in Auge dem Fremden gegenüber, dem ich zu entkommen so lebhafte Anstrengungen gemacht hatte. Er schob seine Zigarette in die Mundecke und sagte:

Entschuldigen Sie, vor einer oder zwei Stunden sah ich Sie aus einem gewissen Hause in St. Johns Wood herauskommen. Darf ich fragen, ob Sie dort wohnen?

Durch diese unerwartete Frage wurde ich dermaßen überrumpelt, daß ich zusammenfuhr und ohne Ueberlegung antwortete:

Jawohl. Ich – hm – wenigstens wohne ich seit zwei Tagen dort.

Dann erholte ich mich von der Ueberraschung und fügte hinzu, indem ich den Griff der Tasche noch krampfhafter umschlossen hielt:

Wie kommen Sie, ein völlig Fremder, dazu, mir eine so unverschämte Frage vorzulegen? Ich habe nicht die geringste Lust, mich in ein Gespräch mit Ihnen einzulassen!

Schon wollte ich weiter eilen, da legte er mir die Hand schwer auf die Schulter und sagte:

Nicht so heftig, junger Mann! Sie werden mich wahrscheinlich noch besser kennen lernen, bevor wir miteinander fertig sind. Prägen Sie sich das ein! – Mit einem grimmigen Lächeln wandte er sich zum Gehen und war plötzlich in der Menge verschwunden.

Daß mir diese Begegnung einen höllischen Schrecken einjagte, brauche ich wohl nicht besonders zu betonen. Sogar hier, im Herzen Londons, schien die Atmosphäre mit Geheimnissen geladen. Ich bin in keiner Weise ein Feigling. Einer wirklichen, greifbaren Gefahr wollte ich, ohne zu zwinkern, ins Auge sehen. Aber die fremdartigen, ich möchte fast sagen verhexten Ereignisse der letzten paar Tage waren mir, wie man sagt, auf die Nerven gegangen, und ich muß gestehen, daß ich wie Espenlaub zitterte, als ich die erste vorüberfahrende Droschke anrief und in dieselbe hineinsprang.

Da der Temple vom direkten Wege nicht weit abseits lag, beschloß ich, meinen Freund Richard dort aufzusuchen und ihn zu bitten, mich auf meiner Fahrt zu begleiten. Daher wies ich den Kutscher an, den kleinen Umweg über den Strand zu machen. Als wir am Temple anlangten, kam

Richard gerade heraus, so daß ich nicht auszusteigen brauchte. Ich rief ihn an.

Als er sich erstaunten Blickes mir näherte, rief ich ihm mit mühsam verhaltener Stimme zu:

Hast du Zeit, Richard, mich nach St. Johns Wood zu begleiten?

Was ist denn los? fragte er, ohne meine ängstliche Frage zu beantworten, du bist ja weiß wie eine Kalkwand! Bist du krank?

Schlimmer als das. Kommst du mit? Kannst du kommen?

Wenn es sein muß, ja, erwiderte er mit besorgtem Blick. Aber dann muß ich rasch noch einmal auf mein Büro zurück, um die nötigen Anweisungen zu geben. Gehst du mit?

Nein, ich warte hier, entgegnete ich.

Gut! In zehn Minuten bin ich zurück. – Damit verschwand er durch das Portal des Temple.

Ein tiefer Seufzer der Erleichterung stieg aus meiner Brust. Meine zitternden Nerven beruhigten sich. Bis jetzt wenigstens befand sich das kostbare Täschchen sicher in meinem Besitze, und wenn Richard mich begleitete, war eine weitere Gefahr ausgeschlossen. Es dauerte fast eine Viertelstunde, bis er zurückkehrte. Er stieg ein und setzte sich neben mich.

Und nun, begann er, was zum Henker ist denn los mit dir?

Ich habe seltsame Erlebnisse hinter mir, Richard, erwiderte ich. Ich wollte, ich hätte jenes Haus in St. Johns Wood niemals gesehen.

Er lachte.

Schon wieder Halluzinationen, Ted? Was hast du da in deinem Täschchen?

Für zwanzigtausend Pfund Wertpapiere.

Er sah mich von der Seite an und pfiff leise vor sich hin.

Ist das auch eine Halluzination? fragte er schließlich in ruhigem Tone.

Ich bitte dich, Richard, es ist mein voller Ernst! Und ich wollte, ich hätte das verflixte Zeug nicht mehr in Händen, wie bin ich froh, daß du bei mir bist. Ich habe Geschichten erlebt, ich sage dir *Geschichten*. Ich habe sogar – Heiliger Gott! Da ist er schon wieder!

Der Verkehr war in diesem Augenblick ins Stocken geraten. Wir hielten an der Ecke der Wellingtonstraße. Ein paar Meter von uns entfernt, bei dem Gerüst des neuen Gaiety-Theaters, stand, seine unvermeidliche Zigarette im Munde, der geheimnisvolle Fremde.

Richard sah mich verwundert an.

Mein Wort drauf, sagte er, ich glaube wahrhaftig, du hast einen Stich!

Statt zu antworten, deutete ich nur auf den Mann drüben. Der Kerl mit der Zigarette, sagte ich, siehst du ihn?

Richard warf einen Blick in der Richtung, die ihm mein Zeigefinger wies und zuckte überrascht zusammen.

Der mit der Zigarette? sagte er dann. Zufällig kenne ich den Mann, weißt du, wer es ist? Niemand anders als Le Noir von der Pariser Polizei, einer der gewandtesten Detektivs in ganz Europa. Nun sage mir aber, wie du dazu kommst, ihn zu kennen!

Fünftes Kapitel.

Ich starrte Richard sprachlos vor Erstaunen an. Endlich fand ich Worte, um ihn zu fragen:

Bist du deiner Sache gewiß?

Vollständig.

Einer der gewandtesten europäischen Detektivs?

Als das gilt er. Du mußt dich getäuscht haben. Es ist vollständig ausgeschlossen, daß du jemals dem Manne begegnet bist.

So? Glaubst du wirklich? erwiderte ich. Vor kaum einer halben Stunde habe ich mit ihm gesprochen. Er war die einzige Ursache meiner Nervosität.

Richard maß mich mit einem hocherstaunten Blicke.

Ted, sagte er, ich kann jetzt nicht mehr daran zweifeln, daß du einen kleinen Sparren hast, Ich hatte keine Ahnung, daß es so mit dir steht.

Das konntest du auch nicht wissen, erwiderte ich, aus dem einzigen Grunde, weil ich früher nicht so war. Ein Wunder, wenn ich einen Sparren habe, wie du so nett sagst! Oder, wenn du das wenigstens glaubst! Alle meine Mitteilungen über das seltsame Haus in St. Johns Wood empfängst du mit faulen Witzen. Und dabei ist es kein Thema zum Lachen. Es ist viel zu ernsthaft dafür. Ich erkläre dir noch einmal, daß in dem Hause Dinge vorgehen, die mir vollständig rätselhaft sind.

Richard sah immer bestürzter aus. Behandelt man dich nicht anständig? fragte er.

Nur zu gut behandelt man mich, erwiderte ich, das ist es ja gerade, was mich verblüfft!

Das würde mir nicht lästig sein, bemerkte er trocken.

Wer spricht denn von „lästig sein“? gab ich etwas ärgerlich zurück. Es ist mir nicht lästig, daß ich in dem Hause geradezu wie ein geehrter Gast behandelt werde, aber es setzt mich in Erstaunen. Ich brauche nur zu klingeln und erhalte, was ich mir nur wünschen kann. Ich werde sozusagen bei jedem Schritte bedient. Ist das im allgemeinen die Stellung von Privatsekretären? Bis jetzt bin ich noch in keiner Hinsicht ein Privatsekretär. Ich habe bis heute noch nicht einen einzigen Brief geschrieben. Die Arbeit, die man mir zugewiesen hat, ist lediglich Scheinarbeit. Davon bin ich fest überzeugt – ich trage nur Wasser ins Meer.

Richard zuckte mit den Achseln.

Warum sollte dir Herr Goliby 250 Pfund im Jahr bezahlen und dich wie einen Prinzen behandeln, damit du nur Wasser ins Meer tragen solltest?

Wenn du mir diese Frage beantworten kannst, bin ich dir zu großem Dank verpflichtet, erwiderte ich.

Was soll das aber dann heißen? fuhr Richard fort, der nunmehr offensichtlich paff war, was mich nicht wenig freute. Sicherlich hat er dir die Art deiner Beschäftigung erklärt?

Ja, in der denkbar unbestimmtesten Weise, erwiderte ich. Er behauptet, er habe einen Mann gesucht, dem er ohne Rückhalt sein Vertrauen schenken könne, und diesen Mann habe er in mir gefunden.

Und darüber knurrst du? fragte Richard mit zynischem Lächeln.

Wie sollte ich das? antwortete ich. Aber warum sollte *er* das tun? Warum sollte er mir sagen, er habe weitgehende Pläne, an denen ich teilhaben soll, und mir gerade heraus erklären, daß ein Vermögen für mich dabei abfallen kann?

Das ist sehr einfach. Du bist auf einen freundlichen, alten Philanthropen gestoßen – er sieht auch darnach aus – und du solltest dem Himmel für dein Glück dankbar sein. Ich weiß nicht, ob ich nicht die üblichen zehn Prozent für die Vermittlung auf das Vermögen beanspruchen darf, sobald es da ist.

Sei nicht so frivol, Richard, versetzte ich gereizt. Die ganze Geschichte ist absurd – unerhört – und erregt nur meinen Argwohn, wenn ich auch bisweilen mir einzubilden suche, daß all das wahr ist und –

Ist es wahr, unterbrach er mich, daß du da in der schwarzen Tasche 20 000 Pfund hast?

Gewiß.

In börsenfähigen Papieren?

Jawohl. Obligationen der Stadt Paris, die kommenden Samstag fällig sind. Ich soll morgen nach Paris fahren und das Geld einlösen.

Ich glaubte, die Augen würden ihm aus dem Kopfe fahren, als er das hörte.

Ei, ei, ei, sagte er dann. Du bist der größte Glücksvogel, den ich je gesehen habe. Würdest du einem Menschen, den du erst seit ein paar Tagen kennst, 20 000 Pfund anvertrauen, ihn damit nach Paris schicken und erwarten, je wieder einen Penny davon zu sehen?

Ich würde es wahrlich nicht tun, erwiderte ich.

Worüber beklagst du dich dann? Das Vertrauen, das dir Herr Goliby entgegenbringt, macht mich einfach sprachlos.

Mich ebenso, und dazu argwöhnisch.

Richard machte eine verzweifelte Bewegung.

Hol mich der Kuckuck! sagte er. Sei jetzt vernünftig! Du mußt doch irgend einen Grund für diesen Argwohn haben, den du gegen den Mann hegst. Heraus damit!

Recht so! Das wollte ich ja von Anfang an. Aber jetzt Schluß mit deinen Witzen, mein Junge! Höre in aller Ruhe, was ich zu sagen habe, ohne mich zu unterbrechen, und gib *dann* deinen Senf dazu! Als ich dir von dem Frauengesicht erzählte, das ich im Spiegel erblickte, hast du mich ausgelacht.

Allerdings.

Gut. Am folgenden Tage ereignete sich die folgende seltsame Geschichte.

Ich erzählte ihm nun ausführlich, wie ich die geheimnisvolle Mitteilung auf meinem Pulte vorgefunden hatte.

Mein Bericht schien Eindruck auf ihn zu machen.

Hast du den Zettel noch? fragte er.

Nein, ich habe ihn zerrissen. Das war vielleicht ungeschickt von mir.

Vielleicht. Bist du sicher, daß es die Handschrift einer Frau war?

Vollständig.

Hm, sagte er und dachte einen Augenblick nach. Gut, gehen wir zum mysteriösen Ereignis Nro. 2 über! fügte er dann hinzu.

Unverzüglich erzählte ich ihm von dem unerklärlichen Gelächter, das mich in den frühen Morgenstunden geweckt hatte.

Hm, machte er abermals. Ein wenig sonderbar klingt das. Weißt du bestimmt, daß du das nicht geträumt hast?

Geträumt? Unsinn! Das Gelächter hielt noch an, als ich schon völlig wach war, und dann kreischte das Weib auf. Der Schrei hat einen gewaltigen Eindruck auf mich gemacht. Eine ganze Weile hatte ich die Gänsehaut. Ich erzähle dir Tatsachen, an denen kein Zweifel möglich ist.

Und das Zimmermädchen war beleidigt, als du am Morgen davon sprachst?

Gewiß, und ihre Augen schauten so unschuldig wie die eines kleinen Kindes in die Welt.

Höchst merkwürdig, sagte Richard kopfschüttelnd. Nun, und weiterhin?

Das Allermerkwürdigste! antwortete ich und erzählte, was ich an diesem Morgen erlebt hatte.

Das, schloß ich, erheischt am Dringendsten eine Erklärung. Du behauptest, der Mensch sei einer der gewandtesten Detektivs von ganz Europa. Wenn dies der Fall ist, was sucht er in St. Johns Wood? Warum hat er mich in die City verfolgt? Und vor allem, warum hat er mich angesprochen und die drohenden Worte an mich gerichtet, die ich dir eben mitgeteilt habe? Erkläre mir das! Antworte, du weisester der Weisen!

Zu meiner Genugtuung erkannte ich, daß ich ihn nun doch in die Enge getrieben hatte.

Ich bin am Ende meines Witzes, erwiderte er, hol' mich der Henker, wenn ich weiß, was für einen Vers ich mir darauf machen soll!

Ein ganz klein wenig mehr als merkwürdig, was?

Allerdings, bemerkte er. Sag auf jeden Fall Goliby nichts davon. Du hast für deine Person nichts zu befürchten, warten wir ruhig die weitere Entwicklung ab. Ich bin sehr gespannt, wie die Geschichte weitergeht. Ich habe dich in das Haus gebracht und bin so gewissermaßen selber in die Sache verwickelt, wir müssen den Fall zusammen verfolgen.

Na, endlich bist du wieder der alte Freund, versetzte ich. Solche Töne höre ich gerne. Du wirst jetzt einsehen, daß deine Witze mir auf die Nerven gingen.

Entschuldige, bitte, alter Junge. Zu deinem Gebahren würde noch mancher Witze gerissen haben. Es ist eine ganz verflixte Geschichte! wir sind übrigens beim Schweizerhäuschen angelangt. Ich begleite dich bis ans Haus, oder soll ich Goliby aufsuchen? Ich bin ja mit ihm bekannt.

Du vergißt, erwiderte ich, daß er in Manchester ist. Aber komm nur mit!

Ist mir recht. Ich möchte mir ganz gern mal deine Zimmer ansehen. Zu zweien entdecken wir vielleicht mehr, als einer allein.

Wir stiegen aus und schlenderten zusammen in der Richtung der Elsinorestraße davon.

Da wären wir, sagte ich, als wir bei dem Gartentor angelangt waren und ich in der Tasche nach den Schlüsseln suchte.

Macht wirklich einen anständigen Eindruck, urteilte Richard nach einem prüfenden Blick auf die hohen Mauern und das schwere Tor.

Gewiß, bemerkte ich und öffnete das Pförtchen. Komm nur herein! Du wirst hier alles auf diesen Ton gestimmt finden. Ehrbarkeit und Ordnung scheinen die guten Geister dieses Wohnsitzes zu sein, und doch, wie paßt dieser Le Noir dazu?

Richard gab keine Antwort. Er schien aus Verwunderung zu schweigen. Als wir zu der Säulenhalle gelangten, wies ich mit der Hand nach rechts und links.

Betrachte dir diese Fassade! sagte ich. Sieht diese Stuckarbeit nicht unschuldig aus? Und doch frage ich noch einmal: wie kommt dieser Le Noir –

Richard kniff mich in den Arm. Die Haustüre ging auf, Sawkins wurde sichtbar, wir stiegen schweigend die Treppe hinan, wie mir schien, betrachtete Sawkins meinen Begleiter mit argwöhnischem Blicke.

Ich habe einen Freund aus der City mitgebracht, erklärte ich, der auch mit Herrn Goliby bekannt ist. Ich habe in der Tasche da ein hübsches Sümmchen Geld. So wurde ich ein wenig nervös und bat ihn, mich zu begleiten, um es ohne unliebsamen Zwischenfall in dem Geldschrank droben zu versorgen.

Ah so? Das kann ich wohl verstehen, pflichtete er mir bei, und trat mit beifälligem Grinsen zur Seite, als wir die Treppe hinanstiegen.

Was ist das für ein Bursche? fragte Richard, als sich die Türe meines Zimmers hinter uns geschlossen hatte.

Ich habe keine Ahnung, mit Ausnahme des Umstandes, daß er Sawkins heißt. Welche Rangstufe er in diesem Hause einnimmt, weiß ich nicht.

Oh, bemerkte Richard, das ist gleich. Ich habe nur so gefragt, ohne tieferen Grund. Und das ist deine Wohnung? fügte er hinzu und sah sich in dem Zimmer um. Gemütlich, sehr gemütlich, was ist denn das für ein großer Geldschrank? Würde eine Million bequem fassen!

Allerdings! erwiderte ich. Ich bitte dich, mir zu bezeugen, daß ich nun meinen Auftrag doch erledigt habe.

Mit diesen Worten schwang ich eine der großen Eisentüren des Geldschrankes auf und wollte eben das Täschchen in dem von Herrn Goliby bezeichneten Fache unterbringen, als Richard sagte:

Einen Moment: Bist du auch gewiß, daß die Wertpapiere in dem Täschchen drin sind? Das muß festgestellt werden, wenn ich Zeuge sein soll. Ich sehe dich nur eine schwarze Tasche hier deponieren.

Du hast recht, Richard, erwiderte ich, keineswegs gekränkt.

Ueberhaupt bist du noch etwas zu leichtsinnig und unerfahren in derlei Dingen, setzte er hinzu, nimm mir's nicht übel, aber ich muß dir das sagen!

Auch diese wohlgemeinte Mahnung zur Vorsicht verübelte ich ihm nicht. Ich öffnete die Tasche und zeigte ihm das Bündel Papiere. Da, sagte ich, es ist ganz intakt, genau, wie es mir eingehändigt wurde.

Gut, versetzte er. Jetzt kannst du es hineinlegen. – Daraufhin versorgte ich die Papiere in dem Schrank und schlug die Türe dahinter zu.

So, bemerkte Richard, dieses Geschäft wäre erledigt. Apropos, was du für schöne Blumen auf deinem Tische hast!

Ich hatte sie noch nicht bemerkt. Ich wußte nur, daß sie morgens, als ich mein Zimmer verlassen hatte, noch nicht dagestanden hatten.

Oh ja, wirklich sehr schön, sagte ich. Ich denke mir, daß Marie –

In diesem Augenblick pochte es an der Türe, und Marie trat ein.

Wünschen Sie etwas zu essen, Herr? fragte sie.

Ich sah Richard an. Er schüttelte das Haupt.

Willst du nicht lieber mit mir speisen? fragte er.

Ist mir recht. Nein, danke, Marie, heute nicht.

Das Mädchen schickte sich an, das Zimmer zu verlassen. Da setzte ich hinzu:

Ach, Marie, haben *Sie* diese schönen Blumen auf den Tisch gestellt?

Sie blickte mich erstaunt an.

Ich? Nein, Herr Lart, ich war nicht mehr in Ihrem Zimmer, seit ich Ihr Bett gemacht habe. Das war gerade, nachdem Sie ausgegangen waren.

So, ach natürlich. Ich erinnere mich jetzt, wie ich nur so vergeßlich sein konnte! Danke, Sie können jetzt gehen.

Als sie die Türe hinter sich zugemacht hatte, wandte ich mich an Richard und sagte, auf die Blumen deutend:

Noch ein Geheimnis mehr, alter Freund! Die Blumen waren nicht hier, als ich das Zimmer verließ. Löse du das Rätsel an meiner Stelle!

Nachdenklich rieb sich Richard einen Augenblick das Kinn.

Tja, sagte er. Das ist ein wenig ungewöhnlich, das gebe ich zu. Wollen wir nicht nähere Bekanntschaft mit dem Strauß machen?

Er hob die Blumen aus dem Glase und teilte sie vorsichtig auseinander. Plötzlich schien etwas seine Aufmerksamkeit in Anspruch zu nehmen, was ist denn das? rief er aus und zog einen schmalen Streifen Papier aus dem Blumenstrauß.

So sieh doch nach! versetzte ich.

Er folgte meiner Weisung.

Es stehen ein paar Worte darauf, mit Tinte geschrieben.

Damit überreichte er mir den Zettel. Er enthielt den Satz:

Warum befolgen Sie meine Warnung nicht?

Die gleiche Handschrift? fragte Richard lakonisch.

Dieselbe, und noch einmal, du Weiser aus dem Temple, erkläre mir die Bedeutung! erwiderte ich ein wenig triumphierend.

Seltsam! sagte er kopfschüttelnd. Das Haus scheint für einen Geisterspuk nicht geeignet. Der Sonnenschein, der über diesen vortrefflichen Teppich seine Strahlen ergießt, scheint mir recht harmlos. Die Wände und die Decke sehen einheitlich und ordentlich aus. Von geheimen Türen zu reden, wäre Unsinn. Nein, mein Junge – hiebei schüttelte er abermals ungläubig den Kopf – aus irgend einem Grunde narrt dich irgend ein Dienstbote. Komm jetzt, wir wollen gehen. Keiner von uns beiden glaubt an Geister. Wir können nur lachen über – Großer Gott!

Er schnappte nach Luft. Sein Gesicht hatte sich plötzlich mit Totenblässe überzogen. Seine weit geöffneten Augen richteten sich auf mich und sahen sich dann nervös im Zimmer um.

Was in aller Welt hast du denn? fragte ich, ganz erstaunt und besorgt wegen seines seltsamen Gebahrens.

Er packte mich bei der Hand. Ich fühlte, daß er heftig zitterte. Endlich bewegten sich seine Lippen, die er vor Ueberraschung zu schließen vergessen hatte.

Es ist jemand hier, sagte er, ein Weib. Ich habe sie einen Moment im Spiegel gesehen. Ein wildes ungekämmtes Geschöpf mit Augen so schwarz wie die Nacht, die Flammen auf mich schossen, und saftigen Lippen, die vom Zorn verzerrt waren. Wo ist sie? Wer ist es?

Frage die Blumen da, erwiderte ich. Sie allein können dir's sagen. Tut mir leid, Richard, daß ich entdecken mußte, daß du, wie auch gewisse andere Menschen, Halluzinationen zugänglich bist.

Laß deine sarkastischen Bemerkungen! sagte er und griff nach seinem Hut. Ich zittere noch durch und durch und möchte diesen verhexten Ort verlassen. Komm!

Mit diesen Worten eilte er aus dem Zimmer. Ich folgte ihm die Treppe hinunter, und einige Augenblicke später befanden wir uns wieder auf der Elsinorestraße.

Ted, sagte er, ich muß dich um Verzeihung bitten. Ich habe nun selbst gesehen und ich glaube. Es war ein Weib, ein wundervolles Weib, und sie war eher lebendig, als ich es in diesem Momente bin. Aber wie zum Henker hat sie es angestellt, durch die Tapete hindurch zu verschwinden? Auch habe ich nicht einen Schritt gehört. Wer weiß, vielleicht haben wir beide einen Stich!

Sechstes Kapitel.

Ich mußte beinahe lachen, als ich zu meiner Befriedigung erkannte, daß Richard nun schließlich doch mit mir einer Ansicht war. Dieser Gedanke kam meinem Mute zu Hilfe. Warum sollte ich nicht die Sache zu Ende führen? Warum sollte ich das Rätsel nicht lösen, wenn das für einen Menschen möglich war? Von Le Noir hatte ich nichts zu befürchten, mochte er ein noch so großer Detektiv sein. Ich hatte außerdem den

Eindruck, daß er einen Irrtum begangen und mich mit irgend jemand anderem verwechselt hatte. Jetzt lachte ich von Herzen.

Die Sache wird interessant, Richard, sagte ich. Und mit deiner Hilfe will ich auf meinem Posten ausharren und die Sache verfolgen.

Gut, meinte er. Die Sachlage wimmelt von verhexten Vorfällen. Ich beneide dich nicht darum, aber ich bewundere unbedingt deinen Mut. Da kommt eine leere Droschke gefahren. Was meinst du zu einem kleinen Essen bei Pagani?

Der Vorschlag war mir willkommen. Der Nachmittag verlief sehr gemütlich, und erst um neun Uhr kehrte ich nach St. Johns Wood zurück.

Wie ich erfuhr, war Herr Goliby von Manchester zurückgekehrt und hatte sofort nach mir gefragt. Dann war er wieder ausgegangen und hatte hinterlassen, daß er nicht vor elf Uhr zurück sein würde, mich aber um diese Zeit zu sprechen wünsche.

Daher blieben mir noch zwei Stunden, die ich nach Belieben verwenden konnte. Ich zündete meine Pfeife an und ging noch zu einem kleinen Spaziergang aus.

Ich schlenderte die Elsinorestraße zur Linken hinunter. In dieser Richtung war ich noch nie gegangen. Eine Strecke lang folgten hohe Mauern, die ausgedehnte Grundstücke einschlossen, dann kreuzte ein Fußweg ebenfalls zur Linken die Straße. In diesen bog ich nunmehr ein.

Bald begann er nach der Richtung einzuschwenken, die, wie ich annahm, an die rückwärtige Mauer der Villa Rabenhorst führen mußte. Aber der Weg war eng, die Mauern erhoben sich zu beträchtlicher Höhe, und Dunkelheit füllte den Raum dazwischen aus. Diese Umstände munterten mich nicht gerade auf, den Weg noch weiter zu verfolgen, und ich war bereits entschlossen, wieder umzukehren, als an einem scharfen Umranke eine kleine Ueberraschung meiner harrte. Die hohe Steinmauer machte mit einem Male einem eisernen Gartengitter Platz, das mir den Durchblick auf eine mitten im Garten stehende schneeweiße Villa erlaubte. Alle Fenster waren durch elektrisches Licht hell erleuchtet, je nach den Vorhängen, die einen hochrot, die anderen blaßgelb schimmernd. Es war ein hübscher Anblick, der aber in den Londoner Vorstädten keine Seltenheit bildet. Und so wäre ich vielleicht weitergegangen, ohne ihm große Aufmerksamkeit zu schenken, hätte ich nicht am Gartentor einen Wagen bemerkt und gehört, daß sich auf dem Kieswege des Gartens Schritte dem Tore näherten. Es war ein Privatgefährt, wie ich an der ganzen Aufmachung und der vornehm einfachen Livree des Kutschers erkannte. Meine Neugier war erwacht. Ich drückte mich an die entgegengesetzte Mauer hinter einen Busch und zog den Hut über die Stirne herunter. So konnte ich beobachten, daß jemand den Kutschenschlag öffnete, und als der Schein der Wagenlaterne auf sein Gesicht fiel, erkannte ich in ihm sofort den auffallend blassen jungen Mann, dem ich einige Tage bevor abends im Empire-Theater begegnet war. Dann vernahm ich seine Stimme, die mir abermals merkwürdig bekannt vorkam.

In den Klub, sagte er, möglichst schnell!

Zu Befehl, Herr Baron, antwortete der Kutscher.

Ich hörte die Peitsche sausen, die Räder schwirren und flüchtige Hufe klappern. Dann war ich wieder allein.

Einem gewöhnlichen Spaziergänger wäre an dieser Begegnung nichts aufgefallen, aber mich interessierte der Unbekannte. Und so wollte ich wenigstens sehen, wo er wohnte. Daher ging ich zu dem Gitter hinüber und blickte durch die Stäbe hindurch.

Es war jetzt stichdunkel, aber die Sterne strahlten in dieser Nacht ungewöhnlich hell, und der Abendstern warf einen Schein in die Nacht, wie allein er ihn zu vergeben hat. In Verbindung mit dem Lichte aus den Fenstern ermöglichte er mir, einen gepflegten Garten zu unterscheiden, mit hübschen, blumenübersäten Terrassen. Da schimmerte ein Faun, dort eine Venus, überall standen schlanke Vasen, denen Geranien entquollen, und das sanfte Geplätscher eines Springbrunnens schlug deutlich an mein Ohr.

Was war es eigentlich, was an diesem Wohnsitze meine Neugier so erweckte? Welcher Instinkt hatte mich zu diesem Eisengitter geführt? Ich wußte es in diesem Augenblicke nicht. Aber mit einem Male erfolgte die Erklärung, als ich zufällig zu einem Fenster aufblickte, das besonders hell erleuchtet war. An diesem Fenster erschien das Antlitz einer Frau, von dem Lichte hinter ihr scharf umrissen. Dann fuhr ein weißer Arm vor, der Vorhang wurde rasch gezogen und die überraschende Erscheinung war mit einem Schlage verhuscht.

In ungläubigem Staunen stand ich wie festgewurzelt. Aber ich konnte nicht leugnen, was meine Augen erblickt hatten. Daran war nicht zu zweifeln. Dort droben war, für einen flüchtigen Augenblick nur, vom elektrischen Lichte umflossen, das weibliche Antlitz erschienen, das sowohl ich als auch Richard in dem, wie ich nun zu glauben geneigt war, Zauberspiegel meines Zimmers erblickt hatten. Ich war überzeugt, es deutlich erkannt zu haben. Oder hatte meine Phantasie das Gesicht, das mehr, als ich mir zu gestehen wagte, in meinen Vorstellungen herumspukte, in ein fremdes Antlitz hineinprojiziert? Nein, ich hatte es deutlich erkannt, und war, bis mir das Gegenteil bewiesen wurde, auch fest davon überzeugt.

Das Geheimnis wurde immer verwickelter. Es hatte eine nicht ganz ungefällige Form angenommen. Allerlei phantastische Ideen jagten sich in meinem Gehirn, während ich wieder nach Hause zurückschlenderte. Welche romantischen Möglichkeiten lagen nicht in dieser eigenartigen Angelegenheit! Wenn ich daran dachte, daß dieses prachtvolle Weib mit den roten Lippen bereits zweimal in mein verschwiegenes Zimmer eingedrungen war und daß sie dies zu jeder Tages- oder Nachtzeit wiederholen könnte, dieser Gedanke war berauschend. Bei meiner Rückkunft sah ich mich im Zimmer um. Ein wahrer Taumel ergriff mich. Nein, nein, es war nicht zu glauben. Die Geschichte war vollständig unmöglich. Meine Vernunft mußte mich verlassen haben. Aber Richard hatte ja auch die schöne Erscheinung gesehen. Es war einfach verblüffend.

Ich versuchte, mich durch Lesen zu zerstreuen. Unmöglich. Bei dem geringsten Geräusch fuhr ich auf, und der kalte Schweiß brach mir aus allen Poren. Mit einer wahren Erleichterung vernahm ich endlich Schritte vor der Türe, die mir die Ankunft Herrn Golibys ankündigten.

Gleich bei seinem Eintritte bemerkte ich, daß er sich nicht ganz so benahm, wie es bisher der Fall gewesen war. Es war nur eine unbedeutende Veränderung, und wenn meine Nerven nicht aufs äußerste gespannt gewesen wären, hätte ich sie vielleicht gar nicht beobachtet. Er ließ mir das erste Wort.

Sawkins sagte mir, begann ich, daß Sie nach mir gefragt haben, Herr Goliby. Es tut mir leid, daß ich nicht zu Hause war.

O bitte, lassen wir das, sagte er. Ich nehme an, daß die Wertpapiere in –

Sie sind im Geldschrank, Herr Goliby. Ich ließ mich vorsichtshalber von einem Freunde begleiten.

Sawkins hat mir das mitgeteilt, bemerkte er kurz. Aus dem Tone, in dem er dies sagte, entnahm ich sofort, daß dies der Grund zu der Aenderung seines Benehmens war.

Es war Herr Hamilton, der Herr, der so freundlich war, mir den Empfehlungsbrief zu geben, welchen –

So, er war es? – Augenblicklich hellte sich seine Miene wieder auf.

Wir sind sehr intim befreundet, Herr Goliby, fuhr ich fort, und ich hatte einen sehr triftigen Grund, mich von ihm begleiten zu lassen, sonst würde ich mir nicht diese Kühnheit herausgenommen haben.

Sein Gesicht wies wieder das alte Wohlwollen auf.

Das war keine Kühnheit, mein lieber Herr Lart, bemerkte er. Sie können Ihre Freunde hieher einladen, so oft Sie Lust dazu verspüren, warum denn auch nicht, möchte ich wissen?

Das ist mir nur ein neuer Beweis Ihres Wohlwollens, Herr Goliby, erwiderte ich, aber ich habe nicht daran gedacht, diese Erlaubnis vorwegzunehmen. Mein Beweggrund war folgender, von dem Augenblick an, da ich heute morgen dieses Haus verließ, wurde ich von einem Manne verfolgt, einem Fremden offenbar. Er ging mir bis zu der Station Schweizerhäuschen nach, wo ich eine Droschke nahm. Er bestieg eine andere, die mir folgte. In der Oxfordstraße stieg ich aus und eilte durch die Seven Dials davon. Ich dachte, ihm entschlüpft zu sein, aber in der Copthall Court tauchte er wieder auf, und da wurde ich denn beunruhigt. Daher sprang ich mit den Papieren in eine Droschke, fuhr zum Temple, holte dort meinen Freund Hamilton ab, erklärte ihm rasch die Sachlage und bat ihn, mich hieher zu begleiten und mir zu bezeugen, daß die Wertpapiere unversehrt in diesem Geldschrank versorgt wurden. Ich gebe mich der Zuversicht hin, daß meine Handlungsweise Ihre Billigung findet, Herr Goliby.

Er betrachtete mich nunmehr mit wahrhaft strahlenden Blicken.

Vollständig, erwiderte er, vollständig, Herr Lart. Sie haben wirklich sehr vorsichtig gehandelt, und ich bin Herrn Hamilton für seine Bemühungen in dieser Sache zu großem Danke verpflichtet. Er ist ein ausgezeichneter junger Mann. Ich muß ihn doch einen dieser Abende zum Essen bitten und mit einigen Freunden bekannt machen, die ihm von Nutzen sein könnten. Ich tue das nicht oft, Herr Lart, aber, auf mein Wort, das war wirklich sehr freundlich von ihm. Und nun zu diesem Manne, der Ihnen gefolgt ist! Das ist ein sehr verdächtiges Zusammentreffen. Können Sie ihn mir beschreiben?

Richard und ich waren übereingekommen, daß ich soweit gehen dürfe, wie ich bis jetzt gegangen war, daß ich ihm aber unter gar keinen Umständen eine Andeutung über die Identität des Mannes machen dürfe. Daher begnügte ich mich, ihm eine ausführliche Beschreibung von Monsieur Le Noir zu geben. Während ich dies tat, bemerkte ich, daß Herr Goliby augenscheinlich darüber unruhig wurde.

Merkwürdig, sagte er, sehr merkwürdig. Ich denke, wir sollten für heute besondere Sicherheitsmaßregeln treffen. Zunächst möchte ich Sie bitten, die Nummern dieser Papiere zu notieren.

Damit trat er an den Schrank und zog zwei Schlüssel aus der Tasche.

Wie ich Ihnen sagte, Herr Lart, fuhr er fort, sind zwei Schlüssel nötig, um diesen Schrank zu öffnen. Bitte sehen Sie her, damit ich Ihnen die Vorgehensweise noch einmal zeigen kann.

Ich folgte aufmerksam seinen Bewegungen.

Jawohl, ich verstehe, Herr Goliby, sagte ich, als die großen eisernen Türen aufsprangen.

Ich schlage Ihnen vor, für heute Nacht einen dieser Schlüssel an sich zu nehmen. Ich werde den anderen behalten. Außerdem ist hier eine weitere Vorsichtsmaßregel getroffen. – Er deutete auf einen elektrischen Leitungsdraht, der im Schrank sichtbar war und fuhr fort: Wenn ich diesen Draht hier mit der Klemmschraube in die Türe stecke, ist er mit sämtlichen elektrischen Klingeln im Hause verbunden. Eine sehr sinnreiche Vorrichtung, würde der Versuch gemacht, diese Türe aufzubrechen. So wäre sofort das ganze Haus auf den Beinen. Sind Sie mir gefolgt?

Gewiß, erwiderte ich.

Gut! Jetzt bitte schreiben Sie die Nummern dieser Obligationen auf. Das bietet zwar keine absolute Sicherheit, da sie überall eingelöst werden, aber wenn es sich um Wertpapiere handelt, kann man nicht vorsichtig genug sein.

Ich machte mich sofort an die Arbeit, während er, scheinbar tief in Gedanken versunken, im Zimmer auf und ab ging. Das Geschäft war rasch erledigt, und nach Verlauf weniger Minuten händigte ich ihm eine Liste der Nummern ein.

So, ich danke Ihnen, sagte er. Und nun will ich Sie nicht länger Ihrer Nachtruhe berauben. Der Zug nach Paris fährt um neun Uhr in Charing Croß ab. Ich werde um halb Acht bei Ihnen anklopfen. Zehn Minuten später wird Ihr Frühstück bereit stehen. Sawkins wird dafür sorgen, daß eine Droschke am Gartentor Sie erwartet. In diesem Kuvert werden Sie genaue Instruktionen für Ihren Pariser Aufenthalt und Ihre Geschäfte daselbst vorfinden. Hier haben Sie vier Fünfpfundnoten für Ihre

Ausgaben. Suchen Sie ein gutes Hotel auf, z. B. das Grand Hotel, und schränken Sie sich in keiner Weise ein. Und nun wollen wir diese Papiere wieder einschließen!

Ich schob das Bündel wieder in das innere Fach. Herr Goliby schraubte den Draht ein, und die schweren Türen fielen mit lautem Knacken ins Schloß.

Hier ist Ihr Schlüssel, bemerkte er, gute Nacht!

Liebenswürdig schüttelte er mir die Hand, und im nächsten Moment war ich allein.

Ich verriegelte die Türe, aber da es eine schwüle Nacht war, ließ ich die Fenster weit offen. Dann zog ich meine Uhr auf, versorgte den Schlüssel zum Geldschrank unter meinem Kopfkissen, kleidete mich langsam aus und wollte schon das Gaslicht ausdrehen, als ich mich eines Besseren besann und eine Flamme weiterbrennen ließ. Sie beleuchtete gerade den Geldschrank, und vom Bette aus konnte ich ihn vollständig überblicken. Eine Zeitlang konnte ich keinen Schlaf finden. Die unerklärlichen Ereignisse des verflossenen Tages waren schuld daran. Mehrere Stunden lang lag ich da, den Blick auf den großen eisernen Schrank gerichtet. In meinem Geiste überstürzten sich seltsame Erscheinungen. Zuletzt verfiel ich in einen Halbschlummer, aus dem ich indes wieder erwachte. Da entdeckte ich, daß Dunkelheit das Zimmer erfüllte, und ein mir unbekannter scharfer Geruch mich in der Nase kitzelte.

Ich sprang aus dem Bette, taumelte in das äußere Zimmer und versuchte das Gas wieder anzuzünden. Aber es war umsonst. Ich vermochte nichts zu sehen, nichts zu hören und fühlte mich einer Ohnmacht nahe. Nunmehr schleppte ich mich zu meinem Bett zurück, von da ab weiß ich nichts mehr, als daß ich durch ein lautes Pochen an der äußeren Türe wieder geweckt wurde. Alsbald sprang ich aus dem Bett, rannte zu der Türe und öffnete sie. Vor mir stand Herr Goliby und sagte, als er das Zimmer betrat, in gereiztem Tone:

Potz Kuckuck, Mensch, was Sie für einen gesunden Schlaf haben! Ich hämmere bereits eine volle Viertelstunde an diese Türe. Kleiden Sie sich so rasch als möglich an! Sie werden keine Zeit mehr zum Frühstück haben. Die Droschke wartet bereits am Gartentor. Nicht für tausend Pfund ließe ich Sie den Zug verfehlen. Geben Sie mir Ihren Schlüssel! Ich werde die Papiere aus dem Schranke holen, während Sie sich eilends ankleiden.

In höchster Verlegenheit holte ich den Schlüssel unter meinem Kissen hervor, händigte ihn ihm ein und fuhr hastig in meine Kleider. plötzlich hörte ich im ganzen Hause die Klingeln läuten, und augenblicklich erfolgte ein Ausruf, der merkwürdig heftig klang.

Kommen Sie! rief Herr Goliby.

Ich stürzte, halbangekleidet, wie ich war, hinaus.

Er deutete auf den geöffneten Geldschrank.

Wo sind die Papiere? fuhr er mich drohend an.

Ich starrte, fast blind vor Bestürzung, in den Schrank: er war leer!

Siebtes Kapitel.

Ich konnte auf Herrn Golibys erstaunte Frage nur eine einzige Antwort erteilen.

Welche Antwort erwarten Sie von mir? fragte ich, indem ich mich aufrecht vor ihn hinstellte. Ich kann nur Ihr Erstaunen teilen, Herr Goliby, und Ihnen Ihre Frage zurückgeben, wo in aller Welt sind die Papiere hingekommen?

Herr Goliby änderte augenblicklich sein Benehmen.

Entschuldigen Sie, sagte er. Diese Entdeckung hat mich zu sehr überrascht. Sie hat mich zu meiner Frage verführt. Aber immerhin, was können Sie zur Aufklärung dieses Rätsels anführen, wenn Sie nicht –

Wenn ich nicht was? fragte ich, den Kopf zurückwerfend, als er in seinem Satze innehielt.

Ich meinte nur, erwiderte er in der sanftesten Weise, deren er unter den obwaltenden Verhältnissen fähig war, da Sie praktisch genommen in dem gleichen Zimmer geschlafen haben, dachte ich mir, daß während der Nacht vielleicht irgend ein verdächtiger Umstand Ihre Aufmerksamkeit auf sich gezogen hat. Sie haben dazu indes wohl zu fest geschlafen.

Keineswegs, erwiderte ich, stundenlang habe ich kein Auge zugetan. Ich ließ absichtlich eine Gasflamme brennen und hatte die Augen fest auf den Schrank gerichtet. Schließlich verfiel ich in einen leichten Schlummer, aus dem ich aber bald wieder erwachte. Ich fand, daß das Zimmer dunkel und die Luft mit irgend einem seltsamen Geruch erfüllt war. Sofort sprang ich aus dem Bett und versuchte, das Gas wieder anzuzünden, was mir aber nicht gelang. Ich hörte nichts und bin überzeugt, daß niemand außer mir in dem Zimmer war. plötzlich überkam mich eine eigenartige Müdigkeit. Ich konnte gerade noch bis in mein Bett zurückkehren, weiter weiß ich nichts mehr, als daß ich durch Ihr Pochen an der Türe geweckt wurde. Richtig, hier haben Sie einen Beweis für meine Aussage, setzte ich hinzu und deutete auf den Gasleuchter. Sehen Sie, der Hahn ist immer noch aufgedreht und trotzdem ist in dem Zimmer kein Gasgeruch. Das ist schon sehr merkwürdig, finden Sie nicht auch?

Ich strich rasch ein Zündholz an und hielt es an den Leuchter. Vergebens.

Was sagen Sie dazu? fragte ich.

Ich bemerkte nun, daß er augenscheinlich bestürzt war.

Was ich dazu sage? erwiderte er. was soll ich dazu sagen? Ohne Zweifel ist der Haupthahn ausgedreht worden, aber wie und von wem? Großer Gott, das ist ja unfaßbar!

Allerdings, Herr Goliby.

Die Fenster waren wohl die ganze Nacht über geöffnet?

Genau, wie Sie sie jetzt sehen.

Er näherte sich dem offenen Fenster und trat auf den Balkon hinaus, wo ihm ein lauter Ausruf entfuhr.

Sehen Sie mal da her! rief er aus.

In einem Augenblick war ich an seiner Seite. Ich folgte seinem ausgestreckten Finger und erblickte das Ende einer Leiter, die kaum eine Spanne über die Brustlehne hervorragte.

Hier ist auf alle Fälle der Anfang einer Erklärung, bemerkte er; war denn Sawkins mit Blindheit geschlagen, daß er das nicht gesehen hat, als er die Droschke holte? Verstehen Sie jetzt, Herr Lart, daß heute nacht Einbrecher im Hause gewesen sind?

Freilich muß das der Fall gewesen sein, entgegnete ich, aber wie ist es ihnen denn möglich gewesen, diesen Geldschrank zu öffnen, ohne das Schloß zu beschädigen und ohne die elektrischen Klingeln in Bewegung zu setzen? Sie haben vorhin einen Lärm gemacht, der hinreichend wäre, einen Toten zu erwecken, wie können Sie sich das erklären?

Er schüttelte den Kopf und betrat wieder das Zimmer.

Ich kann es gar nicht erklären. Es handelt sich um einen der raffiniertesten Einbrüche, von denen ich je gehört habe. Es ist vollständig unglaublich. Die Erklärung müssen wir den Sachverständigen überlassen. Ich bin nur herzlich froh, daß ich einen der Schlüssel Ihnen übergeben habe. Das war eine sehr weise Vorsichtsmaßregel von mir, denn so können Sie mir bezeugen, daß die Papiere gestern nacht in den Geldschrank eingeschlossen wurden und daß sie heute morgen, als ich ihn aufschloß, nicht mehr darin waren.

Diese Tatsache kann ich mit gutem Gewissen beschwören, Herr Goliby, pflichtete ich ihm bei.

Gewiß, und darüber bin ich sehr froh. Der Mann, der Sie gestern verfolgt hat, ist sicherlich in die Geschichte verwickelt. Auf irgend eine Weise muß er in Erfahrung gebracht haben, daß die Papiere, die Sie nach Hause schafften, börsenfähig sind. Und entweder er oder ein Komplize von ihm macht sich in der nächsten Viertelstunde auf den Weg nach Paris. Es ist bereits schon so spät, daß wir weiter nichts tun können, als meinem Agenten die Nummern der gestohlenen Papiere zu drahten, welch ein Glück, daß Sie die Nummern notiert haben, Herr Lart!

Allerdings, erwiderte ich, aber für den Fall, daß alles umsonst wäre, was doch nicht gerade wahrscheinlich ist, würden Sie den Verlust allein tragen müssen, wenn ich fragen darf? Haben Sie mir nicht von einer Versicherung gesprochen?

Jawohl, aber nur für 10 000 Pfund. Der übrige Verlust trifft natürlich mich, und sogar was die Versicherung anlangt, kann es Schwierigkeiten und Verzögerungen geben. Das ist ein Grund, warum ich so froh bin, daß Sie in der Lage sind, als Zeuge in dieser Sache aufzutreten, wenn sonst alles fehlschlägt, so können Sie mir einen großen Dienst bei der Ersetzung des Betrages erweisen. Das erinnert mich wieder daran, daß Ihre Droschke immer noch draußen wartet. Es wird gut sein, wenn Sie sofort frühstücken und dann mit mir in die Stadt fahren. Sie haben die Nummern der gestohlenen Papiere, nicht wahr?

Nein, ich gab sie Ihnen gestern abend.

Ach ja! Ach ja! Hol's der Kuckuck! Diese verflixte Geschichte hat mich so aus dem Häuschen gebracht, daß ich kaum mehr weiß, wo mir der Kopf steht. Sie sind, wie ich sehe, selbst ein wenig aufgeregt, Herr Lart.

Kein Wunder, Herr Goliby, erwiderte ich. So etwas Aufregendes habe ich noch nie erlebt, das versichere ich Ihnen.

Das glaube ich allerdings. Aber aus diesem Grunde dürfen wir den Kopf noch lange nicht verlieren, wir müssen retten, was zu retten ist. Die Sache muß der Polizei gemeldet, ein Telegramm mit den Nummern der Papiere nach Paris meinem dortigen Agenten geschickt werden und dann wollen wir bei den verschiedenen Versicherungsgesellschaften, die von dem Vorfall betroffen sind, vorsprechen und ihnen über alle Einzelheiten des Einbruchs, soweit sie uns bis jetzt bekannt sind, Bericht erstatten.

In diesem Augenblicke erschien Marie, der ich geklingelt hatte. Ich wies sie an, mir sofort mein Frühstück zu bringen, wandte mich dann wieder an Herrn Goliby und sagte:

Sehr wohl, Herr Goliby. In zehn Minuten stehe ich zu Ihrer Verfügung.

Er nickte beifällig und ließ mich in dem Zimmer allein. In meinem Kopfe wirbelten die Gedanken toll durcheinander.

Die Nachricht verbreitete sich rasch im Hause. Als mir Marie mein Frühstück brachte, sprudelten ihr vor Aufregung die Worte nur so aus dem Munde.

Oh, wie schrecklich, rief sie, Sie hätten ja in ihrem Bett ermordet werden können, ohne etwas davon zu wissen! O mein Gott! Und auf einer Leiter sind sie heraufgestiegen und haben den Gasometer zugedreht, und kein Mensch im Hause hat was davon gehört! O Gott! O Gott! – In dieser Tonart plauderte sie weiter, während sie den Tisch deckte.

Ich war nicht in der Stimmung, mich selbst mit einem so netten Geschöpf wie Marie in eine Unterhaltung einzulassen, und nachdem ich mir den Anschein gegeben hatte, zu frühstücken, erwartete ich ungeduldig Herrn Golibys Rückkehr.

Pünktlich holte er mich ab, und zusammen stiegen wir die Treppe hinunter. Sawkins stand, mit sehr traurigem Gesicht, unten an der Treppe, und meldete, er habe Leitungsdrähte entdeckt, die durch die Wageneinfahrt zur Rechten und die wenigen Blößen im Garten gelegt worden seien, ferner habe er bei der östlichen Gartenmauer Spuren vorgefunden. Es war daher klar, daß der Plan ebenso sorgfältig vorbereitet, als kunstgerecht ausgeführt worden war. Die Kühnheit des Unternehmens versetzte mich in das tiefste Erstaunen.

Gut! sagte Herr Goliby mit seiner üblichen unerschütterlichen Ruhe. Lassen Sie alles, wie es ist, und seien Sie der Polizei in jeder Weise behilflich, wenn sie auf dem Platze erscheint. Ich werde sie jetzt sofort von dem Vorgefallenen in Kenntnis setzen.

Zwei Minuten später fuhren wir in der Richtung der nächsten Polizeistation dahin. Zufällig war der Inspektor selbst anwesend. Herr Goliby erklärte ihm in wenigen Worten, was geschehen war, und übergab ihm die ganze Angelegenheit rückhaltlos zur Untersuchung.

Es kam mir vor – vielleicht war es auch nur eine Täuschung –, daß der Inspektor einen seltsamen Blick aus seinen stahlgrauen Augen auf Herrn Goliby warf, als dieser ihm die Geschichte erzählte und besonders, als er seine Adresse angab. Auf jeden Fall verschwand der Ausdruck sofort wieder aus seiner Miene. Er notierte sich die spärlichen Einzelheiten, die ihm Herr Goliby mitteilte, stellte einige wenige Fragen und sagte dann, er werde unverzüglich die Sache in die Hand nehmen, wir wandten uns zum Gehen, als Herr Goliby sich noch einmal umkehrte und bemerkte:

Mein Diener ist angewiesen worden, Ihnen während meiner Abwesenheit jede Unterstützung, die in seiner Macht steht, angedeihen zu lassen. Ich selbst begebe mich mit meinem Sekretär hier in die City, um die Nummern der gestohlenen Papiere meinem Pariser Agenten telegraphisch mitzuteilen und die verschiedenen Versicherungsgesellschaften von den Vorfällen in Kenntnis zu setzen. – Ich brauche Ihnen wohl nicht erst zu versichern, fügte er mit seinem sanftesten Lächeln hinzu, daß alles und jedermann in meinem Hause zu Ihren Diensten stehen.

Der Inspektor verbeugte sich, wie mir vorkam etwas steif, und einen Augenblick später trug uns unser Wagen in der Richtung der City davon.

An einem Postamt in der Oxfordstraße machten wir Halt. Herr Goliby verfaßte dort ein langes Telegramm und gab es auf. Es war an Herrn Vignaud, 23 Rue St. Marc, Paris, gerichtet und enthielt die Anweisung, sofort eine Reihe von Papieren zu sperren, deren Nummern angegeben waren.

Und nun, sagte Herr Goliby, wollen wir nach Cliffords Inn fahren und dort Herrn Baldwin, meinen Anwalt, aufsuchen, der die Versicherungspolicen in Händen hat und uns die nötigen Anweisungen geben wird. Zur City also, en route!

Nahe beim Temple ließ er die Droschke von neuem halten, und wir begaben uns durch einen Bogen in den letzten und sicherlich den malerischesten der alten Chancery Inns, wo früher die Advokateninnungen ihren Sitz hatten. Mit seinen altersgrauen und bemoosten Ziegeldächern, seinem koketten Gärtchen, einem entzückenden Fleckchen Grün, fast am Fuße des mächtigen düsteren Granitturms des Archivs, seiner mittelalterlichen Halle, die ihrerseits von dem luftigen Turm der St. Dunstanskirche überragt war, bot der Platz einen so weltverlassenen Anblick, wie er sogar in diesem wundervollen London selten ist.

Merkwürdiger alter Fleck, bemerkte Herr Goliby.

Allerdings, erwiderte ich, und dabei nicht ein Dutzend Meter von der Fleetstraße entfernt, Wundervoll!

Durch einen engen Durchgang führte er mich zum Fuß einer alten Treppe aus Eichenholz, über die wir zum ersten Stock hinanstiegen. Dort las ich, in schwarzen Lettern den Namen:

Jakob Baldwin, Rechtsanwalt.

Wir betraten einen Raum, dessen Wände und Decke mit Eichenholz vertäfelt waren, das vom Alter eine fast schwarze Färbung aufwies. Die spärliche Einrichtung machte einen beinahe ärmlichen Eindruck, und ein muffiger Geruch lag in der Luft. Ein weißhaariger Schreiber saß über seiner Arbeit an einem Pulte. Bei unserem Eintritt schaute er auf und erkannte Herrn Goliby.

Guten Morgen, Herr Goliby, sagte er. Sie werden Herrn Baldwin in seinem Büro finden. Er ist eben gekommen.

Herr Goliby klopfte ohne Umstände an eine Türe, die im Hintergrunde des Zimmers sichtbar war, winkte mir, ihm zu folgen, drückte die Klinke herunter und trat ein. Als ich das Büro betrat, fand ich, daß es dem Vorzimmer glich, nur vielleicht noch etwas düsterer war.

Ein alter Herr, mit silberweißem Haar und goldener Brille, der das wahre Abbild von Herrn Goliby zu sein schien, erhob sich, als wir eintraten und begrüßte den letzteren sehr warm. Dann betrachtete er mich mit fragendem Blicke.

Herr Lart, mein Privatsekretär, erklärte mein Chef, von dem ich Ihnen bereits gesprochen habe.

Gewiß, gewiß, sagte er und reichte mir die Hand, freut mich, Sie kennen zu lernen, Herr Lart. Und nun, meine Herren, welchem Grunde verdanke ich das Vergnügen, Sie so früh bei mir begrüßen zu dürfen?

Ein schlimmes Geschäft, Herr Baldwin, entgegnete Herr Goliby, jawohl, ein sehr schlimmes Geschäft führt uns her. Wir haben vergangene Nacht einen sehr unliebsamen Besuch von Einbrechern erhalten. 20 000 Pfund in Papieren sind verschwunden.

Ist das möglich? versetzte der Anwalt mit erschrockener Stimme, die einen mitleidigen Klang annahm. Schrecklich! Schrecklich! Aber ich glaubte doch, daß in Anbetracht der Sicherheitsvorrichtungen, die Sie gegen eine solche Möglichkeit ergriffen hatten, ein derartiger Vorfall ausgeschlossen sei?

Allerdings. Das ist ja das Unverständliche an der ganzen Geschichte. Ich werde sie Ihnen mit allen Einzelheiten erzählen.

Als er den Fall eingehend berichtet, wandte er sich an mich.

Sie können meine Aussage bestätigen, nicht wahr, Herr Lart?

Bis auf die kleinste Einzelheit, erwiderte ich.

Schrecklich! Schrecklich! wiederholte der Anwalt. Und darf ich mir nun gestatten, zu fragen, wie ich Ihnen in dieser traurigen Angelegenheit behilflich sein kann?

Das ist sehr einfach. Auf unserem Wege zur City haben wir, da Sie, wie Sie sich erinnern werden, die Versicherungspolicen in Händen haben, bei Ihnen vorgesprochen, um von Ihnen die Adressen der verschiedenen Gesellschaften zu erfahren. Ich möchte ihnen den Verlust unverzüglich mitteilen. Wollen Sie so freundlich sein und mir die Adressen aufschreiben?

Gewiß, gewiß, antwortete Baldwin, erhob sich, trat an einen altertümlichen Geldschrank und schloß ihn auf. Da sind sie schon, sagte er und setzte sich wieder an sein Pult, auf das er ein mit rotem Lack versiegeltes Bündelchen warf. Er brach die Siegel auf, schrieb die verlangten Adressen auf einen Bogen und überreichte ihn dann Herrn Goliby. Dieser erhob sich sofort.

Entschuldigen Sie, daß wir so schroff wegrennen, Herr Baldwin, sagte er. Aber Sie werden verstehen, daß je rascher diese Sache erledigt ist, desto besser es sein wird.

Gewiß, mein lieber Herr, erwiderte er. Gewiß. Auf jeden Fall. Ich bin aufrichtig betrübt über die traurige Nachricht, die Sie mir mitgeteilt haben und hoffe zuversichtlich, daß Ihr Telegramm nach Paris von befriedigendem Erfolg sein wird. Guten Morgen, Herr Goliby. Guten Morgen, Herr Lart. Ich hoffe. Sie bald wieder zu treffen.

Während ich mit einer Verbeugung das Büro verließ, betrat eben ein junger Mann das Vorzimmer. Ich bemerkte, daß er, als wir an ihm vorübergingen und er meines Chefs ansichtig wurde, ein wenig – ein ganz klein wenig – zusammenzuckte. Als wir einen Augenblick später den kleinen gepflasterten Hof überquerten, fiel mir plötzlich ein, wer der junge Mann war, dessen Gesicht mir droben merkwürdig bekannt vorgekommen. Es war einer der jungen Leute, die ich im Empiretheater in der Gesellschaft des mysteriösen bleichen Herrn gesehen hatte, dem ich am vorhergehenden Abend wieder begegnet war.

Ohne Zweifel ein Zufall, sagte ich mir und vergaß das Zusammentreffen wieder.

Achtes Kapitel.

In der Fleetstraße bestiegen wir wieder unsere Droschke, um bei den verschiedenen Versicherungsgesellschaften vorzusprechen, die bei dem Einbruch in der Villa Rabenhorst in Mitleidenschaft gezogen waren. Es erwies sich, daß das eine bloße Formsache war. In jedem Falle wurde der Vorfall notiert, und es hieß, daß man eine Untersuchung einleiten würde. Damit war die Sache erledigt, wie mir schien, auf eine sehr einfache Weise.

Eine solche Versicherung ist doch eine feine Sache, sagte ich mir, und es ist nur schade, daß Herr Goliby nicht einen höheren Betrag versichert hat.

Daraus ist zu ersehen, daß ich um jene Zeit von dem Geschäftsbetrieb in der City noch gar manches zu lernen hatte und daß Herr Goliby den Mund nicht zu voll genommen, als er behauptete, ich müsse noch *alles* lernen.

Plötzlich überraschte mich Herr Goliby durch eine Frage.

Was meinen Sie, sagte er, wenn wir Ihren Freund Hamilton aufsuchen würden? Er wird sich gewiß für diese Sache interessieren. Sie selbst werden ihm ohne Zweifel gerne von den Vorfällen Mitteilung machen, die sich trotz unserer Vorsichtsmaßregeln zugetragen haben.

Mit beiden Händen griff ich nach seinem Vorschlage.

Nichts lieber als das, Herr Goliby, erwiderte ich.

In der nächsten Minute schlug unsere Droschke die Richtung nach dem Temple ein.

Als wir in Richards Büro eintraten, erfuhren wir, daß er ausgegangen sei.

Er hat eine Verhandlung, meldete uns ein Schreiber. Sie werden ihn im Justizpalast, Kings Bench, Saal sieben finden.

Da wir unsere Droschke schon entlassen hatten, begaben wir uns zu Fuß dorthin. In einem Korridor begegneten wir Richard. Er ging in ernstem Gespräch mit einem Herrn, offenbar seinem Klienten, den mit Steinfließen belegten Gang auf und ab. Zuerst bemerkte er uns gar nicht. Als er uns aber endlich erblickte, blieb er erstaunt stehen und sagte:

Ich habe nur noch einige Minuten zu tun. Wollen Sie solange warten? – Dann nahm er seinen gemessenen Gang, den Korridor entlang, wieder auf.

Wir brauchten nicht lange auf ihn zu warten. Es vergingen nur einige Minuten, bis er auf uns zugeeilt kam.

Wie geht es Ihnen, Herr Goliby? fragte er in seiner frischen Art. Und dir, Teddy? Tut mir leid, daß ich Sie warten lassen mußte – ein Klient – war nichts zu machen. Aber der Fall ist auf morgen vertagt worden. Daher bin ich für den Rest des Tages frei. Kommen Sie mit zu mir, damit ich diese Robe und Perücke loswerden kann. Du siehst ja so ernsthaft drein, wie eine Eule, Ted. Dachte, du seiest schon unterwegs nach Paris, was passiert? Papiere gemaust?

Da hast du es getroffen, erwiderte ich und wandte mich um eine Bestätigung meiner Aussage an Herrn Goliby.

Allerdings, sagte er, leider haben Sie es getroffen.

Was? Unmöglich! rief Richard aus und starrte uns fassungslos an. Die Papiere sind gestohlen worden? Verschwunden?

Aus dem großen Geldschrank heute nacht. Jawohl!

Großer Gott! Wie ist denn das möglich, wenn du außerdem in dem Zimmer warst?

Ich weiß nicht, wir wollen zuerst in dein Büro gehen. Dann sollst du alles hören.

Wir waren nun auf dem Strand. Fünf Minuten später saßen wir alle drei in Richards Privatbüro.

Das ist, wie mir scheint, schon eine ganz ungewöhnlich verflixte Geschichte, sagte Richard. Und nun, heraus damit!

Ich berichtete ihm alle Ereignisse des vorhergehenden Tages, wobei ich auch nicht den geringsten Vorfall wegließ. Eine Zeitlang hörte Richard mit unbeweglicher Miene zu, dann bemerkte ich, wie er die Augenbrauen zusammenzog und seine Augenlider nervös zu zwinkern begannen, und bevor ich noch geendet hatte, war er aufs höchste bestürzt.

Das ist ja eine ganz unerhörte Einbrecherleistung, sagte er schließlich, die eine Erklärung fordert. Ich vermute, daß sie die Polizei ratlos machen wird. Und Sie, Herr Goliby, bestätigen alles, was mein Freund gesagt hat?

Gewiß. Ich habe gesehen, daß die Papiere in den Schrank gelegt wurden, ich habe die elektrische Verbindung selbst hergestellt und, wenn ich mich nicht täusche, auch die Türe selber zugemacht. Um diese Zeit waren die Papiere im Schrank. Da heute morgen die Zeit drängte, und Herr Lart noch nicht ganz angekleidet war, schloß ich auch den Schrank selber auf und entdeckte, daß die Papiere verschwunden waren.

Jawohl, versetzte Richard, so daß Sie meinen Freund auf keine Weise tadeln, noch ihn irgendwelches Mangels an Vorsicht bezichtigen?

Fällt mir nicht ein, entgegnete Herr Goliby ernst. Ganz im Gegenteil. Ich bin der Ansicht, daß er gestern jede Vorsichtsmaßregel ergriffen hat, und ich muß auch Ihnen, Herr Hamilton, dafür danken, daß Sie sich darum bemüht haben.

Oh, bitte sehr, meinte Richard lebhaft, Lart war, wie es scheint, von irgend einem verdächtigen Individuum verfolgt worden und darüber in der größten Angst. Er hatte noch nie die Verantwortung über eine so große Summe gehabt, wie Sie wissen, und das machte ihn nervös.

Das verstehe ich, erwiderte Herr Goliby. Sie haben nicht etwa zufällig diesen – hm – dieses verdächtige Individuum gesehen, Herr Hamilton?

Ich? Nein, leider nein. Ich wollte, ich hätte es gesehen. Ich besitze ein etwas energischeres Temperament als mein Freund hier. Ich wäre wie ein Blitz hinter dem Manne her, hätte ihn beim Kragen gepackt und ihn um sein Begehr gefragt. Ich glaube indes, um der Wahrheit die Ehre zu geben, daß Larts Befürchtungen etwas übertrieben waren. Um ihn jedoch von seinen Sorgen zu befreien und da ich wußte, daß die Straßen zu Ihnen hinaus ein wenig einsam sind, hielt ich es für besser, ihn nach Hause zu begleiten.

Ich kann nur wiederholen, daß dies von Ihnen, Herr Hamilton, sehr liebenswürdig war, versetzte Goliby, und ich möchte mich nochmals herzlich bei Ihnen dafür bedanken. Und nun, Herr Hamilton, Sie sind ein sehr heller Kopf. Können Sie mir in dieser Sache irgend einen Rat erteilen? Glauben Sie, daß die Versicherungsgesellschaften irgend welche Schwierigkeiten machen werden?

Das ist sehr wohl möglich, antwortete Richard. Es ist noch nie vorgekommen, daß Einbrecher aus einem so hervorragenden Geldschrank, wie der Ihrige ist, 20 000 Pfund geraubt haben, ohne dabei Dynamit oder Brechstangen zu benützen oder die Schlösser in irgend einer Weise zu beschädigen. Und dann, wie ist denn das mit den elektrischen Klingeln möglich? Sie haben versagt, während es den Anschein hat, daß sie ihre Pflicht getreulich erfüllten, als Sie heute morgen den Schrank geöffnet haben. Dieser Umstand wird sicherlich eine sehr genaue Untersuchung notwendig machen.

Allerdings, allerdings, bemerkte Herr Goliby und schüttelte dabei den Kopf. Es ist für mich eine höchst unglückliche Geschichte, aber ich glaube nicht, daß ich augenblicklich irgend etwas weiteres in dieser Angelegenheit tun kann. Die Nummern der gestohlenen Papiere sind jetzt in Paris bereits bekannt.

Und der Dieb auf dem Wege dorthin begriffen, sagte Richard. Sollte nicht die französische Polizei unverzüglich von dem Vorgefallenen in Kenntnis gesetzt werden? Der Dieb könnte, wenn er der Polizei bekannt wäre, am Nordbahnhofe oder schon in Amiens als verdächtig verhaftet werden. Dazu ist noch reichlich Zeit vorhanden.

Dieser Vorschlag schien Herrn Goliby einzuleuchten.

Eine ausgezeichnete Idee, sagte er und erhob sich. Ich werde sofort umkehren und sie verwirklichen. Wenn Sie Lust haben, Herr Lart, so können Sie bei Ihrem Freunde bleiben. Ich danke Ihnen bestens, Herr Hamilton. Sie haben mir einen vorzüglichen Rat gegeben. Ich würde mich sehr geschmeichelt fühlen, wenn Sie mir einmal abends die Freude machen würden, mit uns – Herrn Lart, mir und einigen Freunden – in aller Einfachheit zu Abend zu speisen, wir führen ein bürgerliches Leben in der Villa Rabenhorst.

Richard wechselte rasch einen bedeutsamen Blick mit mir und nahm die Einladung an.

Im nächsten Augenblick waren wir zwei allein und schauten einander an.

Was hältst du von dieser Geschichte? fragte er mich.

Ich habe mir überhaupt noch keine Meinung darüber bilden können, erwiderte ich. Es ist ganz im Einklang mit allem anderen, was in diesem geheimnisvollen Hause vorfällt.

Wornach hat denn das Zeug geschmeckt?

Den Geruch im Zimmer meinst du wohl?

Jawohl.

Ich weiß nicht. Es war kein Rosenöl. Etwas Säuerliches.

Hm. Glaubst du, daß es das war, was dich bewußtlos machte?

Ich habe wenigstens den Eindruck.

Wo war der zweite Schlüssel? Unter deinem Kissen?

Sogar unter dem Kopfpolster. Ich merke schon, wie du dir die Sache zurechtlegst, aber ich kann einen Eid darauf tun, daß er nicht von seinem Platze entfernt worden ist.

Glaubst du also, daß es wirklich ein Einbruchsdiebstahl war?

Gewiß, was denn sonst?

Er zuckte die Achseln und überlegte einen Augenblick.

Vielleicht bietet das eine Erklärung für Le Noirs Anwesenheit in London, meinte er zuletzt. Möglicherweise hat er die Gauner in Paris belauscht, als sie das Komplott geschmiedet haben. Nicht übel, wenn Goliby den Le Noir für den Einbrecher hält! Köstlich! Warte nur, wir werden binnen Kurzem noch etwas von diesem Herrn hören. Offenbar hat Le Noir dich im Verdacht. Aber du brauchst nichts zu befürchten, alter Junge! Meine Hand drauf, das Haus ist wirklich voller Geheimnisse, wie du sagtest. Sonst noch etwas von dem Zauberweibe gesehen?

Jawohl.

Im Ernste?

Völlig.

Wo? Wieder in deinem Zimmer?

Nein. An einem Fenster eines ganz anderen Hauses in der Nachbarschaft.

Er lehnte sich in seinen Stuhl zurück und starrte mich in großer Bestürzung an.

Ted, sagte er sodann, wenn ich nicht mit eigenen Augen gesehen hätte, was ich gesehen habe, so würde ich sagen, du seiest reif für eine Anstalt. Ein schrecklicher Gedanke ist mir schon gekommen: sind wir beide vielleicht nicht mehr ganz richtig im Oberstübchen?

Das weiß der Himmel allein, erwiderte ich in ganz verzweifeltem Tone.

Das indes ist absurd, wie der Schrecken unserer Schultage, Euklid, zu sagen pflegt. Und was das unheimlich bezaubernde Weib anlangt, so bin ich mit Neugierde vollgepfropft. Du hast sie am Fenster eines benachbarten Hauses gesehen, sagst du?

So deutlich, als ich dich je gesehen habe.

Ei was! Wo liegt denn dieses Haus?

In einer benachbarten Straße –

Die durch Gärten und Mauern und dergleichen von euch getrennt ist?

Jawohl. Sie steht ganz allein mitten in einem Garten.

Richard schüttelte ungläubig den Kopf und stellte die unerwartete Frage an mich:

Meinst du nicht, es wäre besser, wir gingen jetzt zum Mittagessen? Setze deinen Hut auf und komm! Nachher kannst du mir in aller Gemütlichkeit von deiner Begegnung erzählen.

Seine Augen betrachteten mich weitgeöffnet, als ich meinen Bericht abstattete, wir blieben ein paar Stunden sitzen, dann begab ich mich wieder nach St. Johns Wood. Dort erfuhr ich, daß die Polizei nach einer langen und sorgfältigen Untersuchung vor kurzem das Haus verlassen hatte.

Es war indes eine Karte für mich hinterlassen worden. Der Name „Inspektor Walker“ entriß mir den Ausruf:

Großer Gott! Gibt das wieder neue Unannehmlichkeiten für mich?

Unter dem Namen des Inspektors standen die Worte:

> „... wünscht Herrn Lart sofort nach dessen Rückkehr auf der Polizeistation zu sprechen.“

Neuntes Kapitel.

Herr Goliby war jedenfalls noch während der Anwesenheit der Polizei im Hause zurückgekehrt, aber ob Richards Ratschlag befolgt worden war oder nicht, konnte ich nicht ausfindig machen. Vielleicht wollte mich der Inspektor nur im Hinblick auf das abzusendende Telegramm sprechen. Daher begab ich mich unverzüglich auf die Polizeistation, wo ich in das Privatkabinett des Inspektors geführt wurde.

Der Inspektor war ein hochgewachsener, breitschultriger, ergrauter Mann, mit ernstem Benehmen, einem gestrengen, viereckigen Gesicht und durchdringenden stahlgrauen Augen; wie ich auf den ersten Blick erkannte, ein Mann, der keinen Spaß verstand.

Nehmen Sie Platz! begann er barsch.

Ich setzte mich.

Ich wünsche, Herr Lart, fuhr er in seinem strengsten Tone fort, daß Sie mir alles, was Sie von dem Falle wissen, mitteilen. Da Sie in denselben verwickelt sind, möchte ich keine Ausflüchte und Verdrehungen hören.

Das Blut stieg mir heiß in die Schläfen.

Ich in den Fall verwickelt? fragte ich.

So habe ich mich ausgedrückt.

Ich verstehe Sie nicht und protestiere dagegen, daß Sie diesen Ausdruck auf mich anwenden, erwiderte ich, am ganzen Leibe vor ehrlicher Entrüstung zitternd. Ich weiß nicht mehr von dem Falle, als Sie.

So, wirklich? sagte er und zuckte leicht die Achseln.

Es bedarf wirklich keines „So, wirklich“, entgegnete ich. Was ich sage, ist die volle ungeschminkte Wahrheit. Wollen Sie vielleicht so freundlich sein und mir auf der Stelle mitteilen, was Sie mit diesen ungeheuerlichen Beschuldigungen sagen wollen?

Nicht so aufgeregt, junger Mann. Hochmut kommt vor dem Fall, vergessen Sie das nicht!

Er warf mir einen kalten bösen Blick zu, der in keiner Weise ermunternd wirkte. Aber er schüchterte mich dadurch keineswegs ein, sondern brachte mich nur noch mehr auf.

Es handelt sich hier nicht um Hochmut, Herr Inspektor, versetzte ich, wenigstens nicht von meiner Seite. Was, frage ich Sie noch einmal, wollen Sie mit diesen abscheulichen Verleumdungen sagen?

Er blickte mich einen Augenblick streng an, bevor er antwortete, dann sagte er:

Wie heißen Sie?

Das wissen Sie ja ziemlich genau, erwiderte ich.

Ihren wahren Namen, meine ich.

Trotz meines Aergers mußte ich bei dieser Frage lachen.

Dieser Auftritt scheint in eine Posse auszuarten, sagte ich. Sie haben offenbar den Falschen erwischt. Mein wahrer Name ist Eduard Lart.

Nunmehr wurde *er* ärgerlich.

Genug jetzt! werden Sie nicht frech! bemerkte er und hob warnend den Finger.

Ich kann nicht mehr sagen, als daß mein Vater Lart hieß und mich stets Eduard nannte. Man muß doch, in solchen Dingen wenigstens, sich auf seinen Vater verlassen!

Jetzt brach mit einem Male seine Wut aus.

Noch einmal solche Mätzchen, schrie er, und Sie werden etwas erleben, das Ihnen das Witzeln vertreiben wird. Sie kennen, scheint es, die Montesquieustraße in Paris nicht?

Allerdings nicht, erwiderte ich. Ich habe in meinem ganzen Leben Paris noch mit keinem Fuße betreten.

Dies schien ihn zu verblüffen, und mit einem Male nahm er ein anderes Benehmen an.

Wollen Sie damit behaupten, daß Sie nicht Javotte heißen?

Abermals lachte ich.

So wenig wie Sie selbst, antwortete ich. Was in aller Welt bedeuten Ihre seltsamen Fragen?

Er war nun gänzlich aus der Fassung gebracht. Ich benützte sein Schweigen, um hinzuzufügen:

Sie sind von irgend einer seltsamen Täuschung befangen, Herr Inspektor. Vor wenigen Monaten habe ich in Oxford meinen Baccalaureus gemacht, wenn Sie telegraphieren wollen, können Sie die Wahrheit dieser Behauptung binnen einer oder zwei Stunden bestätigt haben.

Er schüttelte langsam das Haupt und rieb sein Kinn. Es war ohne Mühe ersichtlich, daß er aufs höchste erstaunt war.

Nun, sagte er zuletzt, Sie überraschen mich wirklich mit Ihren Erklärungen. Irgendwo ist ein ganz außergewöhnlicher Fehler gemacht worden. Darf ich Sie nun fragen, wie lange Sie schon in der Villa Rabenhorst wohnen?

Noch keine acht Tage.

Und in welcher Eigenschaft?

Als Privatsekretär des Herrn Goliby.

Kennen Sie ihn schon lange?

Ich bin ihm nie begegnet, bevor ich, mit dem Empfehlungsbrief eines Freundes ausgestattet, bei ihm vorsprach. Am selben Tage noch habe ich meinen Posten angetreten.

Wer ist dieser Freund?

Herr Richard Hamilton, Anwalt im Middle-Temple. Haben Sie vielleicht schon von ihm gehört?

Gewiß. Und er kann natürlich alles bestätigen, was Sie mir jetzt gesagt haben?

Versteht sich, sagte ich und lachte von neuem.

Er lehnte sich in seinem Stuhle zurück und versank für eine Weile in Nachdenken.

Hm, sagte er schließlich. Ich möchte wissen, ob ich auf der falschen Fährte bin.

Sicherlich sind Sie es, Herr Inspektor. Uebrigens hat mich gestern auf meine Bitte hin mein Freund Hamilton nach Hause begleitet und er hat auch gesehen, wie ich diese gestohlenen Papiere in dem Geldschrank versorgte, wenn Sie wollen, will ich ihm telegraphieren und ihn ersuchen, hierherzukommen, vor wenig mehr als zwei Stunden habe ich mit ihm zu Mittag gespeist.

Nein, ist nicht nötig, entgegnete er. Aber nun erzählen Sie mir bitte alles, was letzte Nacht in Ihrem Zimmer vorgefallen ist. Lassen Sie sich Zeit, da ich mir Ihre Aussage notieren will, und übergehen Sie auch nicht die unscheinbarste Einzelheit.

Er zog einen Bogen Papier aus seinem Schreibtische und tunkte die Feder in die Tinte. Ich berichtete sodann alles, was ich hier erzählt habe. Er folgte mir voller Aufmerksamkeit bis zum Ende, dann rieb er einen Augenblick nachdenklich das Kinn und sagte zuletzt:

Hol mich der Henker, wenn mich das nicht völlig aus dem Konzept bringt.

Genau wie mich, bemerkte ich.

Das verstehe ich, versetzte er und fügte dann hinzu, wobei sein Gesicht sich beinahe zu einem Lächeln besänftigte: Vergessen Sie bitte, was ich zuerst zu Ihnen sagte. Ich bin irregeführt worden. Es tut mir leid, bitte um Verzeihung. Und nun komme ich zu etwas anderem. Herr Goliby sagte mir, Sie seien gestern in sehr verdächtiger Weise von einem Manne verfolgt worden.

Jawohl.

Sie hielten ihn für einen Fremden?

Ja. Außerdem weiß ich, daß es tatsächlich ein Fremder war.

So, wirklich? Und glauben Sie, daß er in irgend einer Weise mit diesem Einbruch zu tun gehabt hat oder gehabt haben mag?

Ich bin vollständig sicher, daß dies nicht der Fall ist.

Der Inspektor war nun wieder die Lebhaftigkeit selbst.

Das ist eine sehr bestimmte Behauptung, Herr Lart, bemerkte er.

Ich weiß es – sie sollte es auch sein.

Darf ich fragen, auf welche Gründe hin – hm –

Gewiß – unter bestimmten Bedingungen. Respektiert die Polizei vertrauliche Mitteilungen?

O ja, gewiß.

Und tauscht sie auch welche aus?

Ich verstehe Sie nicht ganz.

Wenn ich Ihnen den Namen des Mannes, der mich verfolgte, verrate, wollen Sie mir dann auch mitteilen, was Sie auf den Gedanken brachte, daß mein Name Javotte sei?

Er zögerte einen Augenblick. Die Verschwiegenheit kämpfte in seinen Gedanken mit der Neugierde, aber bald erlangte diese die Uebermacht.

Ich sehe nicht ein, warum ich es nicht tun sollte, sagte er. Gut! Einverstanden!

Also, hören Sie, erklärte ich. Der Mann, der mir folgte, mich in der City ansprach und bedrohte, war niemand anderes als – Le Noir, der berühmte französische Detektiv.

Der Inspektor sprang auf.

Ist denn das möglich? rief er aus. Das ist ja gerade der Mann, der behauptet hat, Sie seien mit Javotte identisch. Er hat sich zum ersten Male in seinem Leben geirrt und zwar ganz gewaltig! Aber wie ist es denn möglich, daß Sie, wenn Sie nie in Paris gewesen sind, ihn erkannt haben?

Ich war es nicht, der ihn erkannte, sondern jemand anderes. Sichern Sie mir auch darüber Ihre Verschwiegenheit zu? Ich muß das verlangen.

Zugestanden.

Nun, dieser „jemand anderes" war Herr Hamilton. Ich habe ihm den Mann am Strand gezeigt und er sagte sofort: „Zufällig kenne ich den Mann. Es ist Le Noir von der Pariser Polizei, einer der gewandtesten Detektivs in ganz Europa."

Das stimmt Allerdings, er ist –

Und er hält mich für Javotte?

Gewiß.

Nun, wir wollen abwarten, wie sich die Sache entwickelt. Sie werden also Ihr Versprechen halten?

Buchstäblich, Herr Lart. Und wenn Sie mir in dieser Sache irgend einen Dienst leisten können –

Werde ich es tun, Herr Inspektor.

So kam es auf eine recht eigenartige Weise dazu, daß ich dem Inspektor in der freundschaftlichsten Art die Hand schüttelte und daß wir als die besten Freunde uns voneinander verabschiedeten.

Als ich wieder in der Villa Rabenhorst eintraf, erwartete mich bereits Herr Goliby. Er war, wie mich dünkte, etwas ungeduldig.

Nun, Herr Lart, sagte er. Sie sind, wenn ich recht beraten bin, auf die Polizeistation berufen worden?

Jawohl, erwiderte ich, als ich aus der Stadt zurückkehrte, fand ich eine diesbezügliche Mitteilung vor.

Und was, wenn ich fragen darf, hat man dort von Ihnen wissen wollen?

Nichts von Bedeutung, erwiderte ich und sagte mir gleichzeitig im Inneren: Wie leicht ist es doch, ein Lügner zu werden!

Seine Miene hellte sich auf.

Die Polizei bedient sich bisweilen so seltsamer Methoden, bemerkte er, daß ich dachte, vielleicht – hm – möchte sie ihre Machtvollkommenheit überschritten und versucht haben, Sie zu überrumpeln – um –

Er vollendete den Satz nicht, weshalb ich sagte:

Um *was*, Herr Goliby? Ach so, ich verstehe. Nun, der Inspektor legte mir einige törichte Fragen über mein Vorleben vor und dergleichen. Ob er mich für mitschuldig an dem Verbrechen hält, oder nicht, vermag ich nicht zu sagen. Es ist schon möglich. Aber ich verwies ihn sofort an Herrn Hamilton. Das schlug ein. Hernach beschränkte er sich darauf, mich über die Vorfälle von gestern abend auszufragen. Ich erzählte die Vorgänge rückhaltlos, wobei er sich Notizen machte. Damit war die Sache erledigt, und ich zog mich wieder zurück.

So, das war alles? bemerkte Herr Goliby gleichmütig. Diese Geschichte ist so unangenehm und aufregend, daß sie mir auf die Nerven gegangen ist. Ist es nicht merkwürdig, daß ich auf das Telegramm an Herrn Vignaud noch keine Antwort erhalten habe? Sie erinnern sich doch, daß ich ihn anwies, mir sofort den Empfang meiner Depesche zu bestätigen?

Jawohl, Herr Goliby. Das ist allerdings wirklich seltsam. Er muß es schon vor einigen Stunden erhalten haben. Und jetzt ist es bereits über sechs Uhr. Apropos, haben Sie Hamiltons Ratschlag befolgt?

Gewiß. Um Zeit zu gewinnen, fuhr ich gleich nach Scotland Yard. Aber es ist nichts daraus geworden.

Wollte man auf den Vorschlag nicht eingehen?

Nein. Da ich von dem Verdächtigen keine Beschreibung liefern konnte, behaupteten sie, keine Anhaltspunkte zu haben, auf die sie sich stützen könnten, um eine Verhaftung vorzunehmen. Außerdem hatten sie von dem Inspektor in St. Johns Wood bis dahin noch keinen Bericht von dem Einbruch erhalten. Sobald der Bericht anlangen würde, hieß es, würde man die Pariser Polizei unverzüglich davon benachrichtigen. Sie verstünden meine Besorgnis über den Fall wohl zu würdigen, aber es müsse ein bestimmter Weg verfolgt werden, ich solle ganz unbesorgt sein, und was dergleichen Phrasen mehr sind. So endete die Unterhaltung.

Trotzdem, bemerkte ich, halte ich Hamiltons Rat nach wie vor für gut.

Ich auch, aber wenn wir nicht eine genaue Beschreibung von den Dieben haben, ist er nicht leicht ausführbar. Wenn Sie z. B. heute nach Paris gefahren wären, hätten Sie sich über die Wachsamkeit der französischen Polizei, mag sie sich auch noch so höflich offenbaren, nicht gerade gefreut, und so wäre es jedermann in dem Zuge gegangen. Nein, ich glaube, die Sache war wirklich unausführbar. Jammerschade!

Allerdings, ich sehe jetzt ein, daß Sie recht haben. Uebrigens erinnert mich die Erwähnung des Zuges an etwas anderes. Ich habe Ihnen das Geld noch nicht zurückerstattet, das Sie mir für meine Ausgaben gegeben haben. Hier ist es!

Damit entnahm ich meiner Brieftasche die Banknoten und übergab sie ihm.

Wahrhaftig, sagte er lachend, ich hatte sie selber ganz vergessen. Es hätte übrigens nicht viel ausgemacht, da ich Sie in einer anderen Angelegenheit doch sehr bald werde nach Paris schicken müssen. Sie werden dann Herrn Vignaud kennen lernen. Er ist ein ausgezeichneter Mensch, dieser Herr. Und nun muß ich Sie allein lassen, Herr Lart. Ich esse heute bei einem Freund im Westend. Ich nehme an, daß ich mit Beileidsbezeigungen werde überschüttet werden. Ich verabscheue sie, weil sie nicht den geringsten Wert haben. An Ihrer Stelle würde ich heute abend ein Theater besuchen oder sonst ein Vergnügungslokal, und versuchen, diese unangenehme Geschichte zu vergessen.

Ich danke Ihnen für Ihren Rat, Herr Goliby, erwiderte ich. Ich bin wirklich etwas deprimiert und werde ihn befolgen.

Sie haben recht, meinte er. Nehmen Sie sich die Sache nicht allzusehr zu Herzen. Ich tue das ja auch nicht, Vignaud wird die Papiere sperren. Ende gut, alles gut. Gehen Sie nur heute abend aus und unterhalten Sie sich gut. Auf Wiedersehen!

Guten abend, Herr Goliby.

Die Türe schloß sich hinter ihm, und ich war wieder allein.

Zehntes Kapitel.

Ich teilte Herrn Golibys fröhlichen Optimismus nicht. Ich fühlte mich abscheulich deprimiert und elend. Trübe Vorahnungen lasteten auf meinem Gemüt und brachten meine Stimmung auf den Nullpunkt. Ueberdies befiel mich noch ein Gefühl äußerster Verlassenheit. Daher merkte ich, daß nichts in der Welt mich bewegen könnte, den Abend allein in meinem geheimnisvollen Zimmer zuzubringen. Ich mußte mich mit jemand unterhalten, jemand haben, der mein elendes Dasein mit ein wenig Güte erfüllen würde, wer in dem großen London war besser dazu geeignet, als mein Freund Richard? Daher setzte ich meinen Hut auf, eilte durch den Garten und zum nächsten Postamt. Ich wußte, daß Richard oft bis sieben Uhr auf seinem Büro blieb, und so sandte ich ihm ein Telegramm, in dem ich ihm mitteilte, daß ich nach dem Temple unterwegs sei und er möchte mir die Gunst erweisen, mit mir zu speisen, da die Luft in St. Johns Wood immer noch schwer auf mir laste.

Zu meiner Freude fand ich Richard in seinem Arbeitszimmer. Es war ein viertel nach sieben Uhr.

Halte mich nicht für eine Klette, alter Freund, sagte ich, aber ich konnte nicht anders. Ich hatte sonst niemand, den ich hätte aufsuchen können, und heute abend allein zu sein, hätte mich trübsinnig gemacht. Eine Zuflucht zum stillen Trunk wäre zum wenigsten die Folge gewesen.

Kopf hoch! erwiderte er und schlug mir ermunternd auf die Schulter. Und wozu entschuldigst du dich denn, zum Kuckuck! Natürlich speise ich mit dir zu Abend, vorausgesetzt, daß du diese Leichenbegängnismiene ablegst, wo hast du denn vor, mich zu füttern?

Ich habe an Simpsons Restaurant gedacht, erklärte ich.

Gut. Ein Stück Steinbutt und eine Schnitte Hammelskeule passen vorzüglich zu meiner heutigen Stimmung. Vorwärts, es ist mir nicht leid, meine Grillen zu vertreiben. Seit du weg bist, balge ich mich mit einem verflixten Falle, wirklich froh, daß du auf der Bildfläche erschienen bist. Hol mich der und jener, wenn ich nicht hocherfreut darüber bin!

Arm in Arm schlenderten wir den Strand hinunter, zu Simpson. Jeder Kenner Londons weiß, daß bei Simpson essen *gut* essen heißt, und zwar in der guten alten englischen Art. Und als Richard nach dem ersten Gange sein Glas Burgunder erhob und sagte: Nun, Ted, siehst du bereits aus wie neugeboren; zum Teufel mit der Schwermut! antwortete ich aus tiefstem Herzensgrund: Zum Teufel damit!

Heute nachmittag hat sich, denke ich, nichts besonders Merkwürdiges zugetragen, was? fragte er.

Ich setzte mein Glas nieder und nahm meine alte Miene wieder an.

Doch, erwiderte ich. Ich habe nur gewartet, bis du diese Frage stellen würdest. Hast du nicht gesagt, daß Le Noir ein wunderbar geschickter Mensch sei?

Richard betrachtete mich mit offenem Munde.

Doch, das ist er, sagte er.

Ich habe sehr triftige Gründe, es zu bezweifeln.

Und die sind?

Nur ein einziger: er hält mich für Javotte.

Javotte? wer zum Teufel ist denn das?

Keine Ahnung.

Warum schwatzest du mir dann von einem Manne vor, von dem du gar nichts weißt?

Nur um dir zu beweisen, daß du dich über den wunderbaren Scharfsinn dieses Monsieur Le Noir Illusionen hingibst.

Richard fiel von einem Erstaunen ins andere.

Du beweisest damit nur, daß in deinem Oberstübchen etwas nicht ganz richtig ist, bemerkte er trocken. Der Wein kann daran nicht schuld sein, der Wein ist gut. was willst du eigentlich damit sagen?

Ich lachte.

Mach dir keine Sorgen, Richard, sagte ich. was auch passieren mag, ich bin gesund im Kopf. Das war nur ein kleines Vorspiel zu dem, was ich dir jetzt erzählen werde. Als ich heute nachmittag nach St. Johns Wood zurückkehrte, fand ich eine etwas knappgefaßte Einladung von der Hand des Polizeidistriktsinspektors vor, ich möchte sofort bei ihm erscheinen.

Auf der Polizeistation?

Auf der Polizeistation, jawohl.

Dies klingt vernünftiger, aber warte einen Moment! Da kommt Jean mit der Hammelskeule.

Nachdem diese aufgetragen und von Richard gebührend gelobt worden war, fuhr er fort:

Nun, und was ereignete sich auf der Polizeistation?

Folgendes. Der Polizeiinspektor, steif und starr wie ein Ladestock, blickte mich mit wahren Falkenaugen an und sagte: „Zu allererst, junger Mann, weiß ich, daß Sie in den Fall verwickelt sind und verbitte mir energisch, daß Sie um den Brei herumlaufen! Sie beantworten die Fragen, die ich Ihnen stellen werde, nach bestem Wissen und Gewissen, oder es könnte Ihnen etwas höchst Unerfreuliches zustoßen, etwas wovon Sie nicht im mindesten entzückt wären." Natürlich brachte das meinen Schimmel zum Scheuen.

Natürlich, versetzte Richard. Das genügt, um jeden anständigen Kerl aufzubringen. Und dann?

Ich verlangte also eine Erklärung. Ich fragte ihn, wer ihm das Recht gebe, solch lächerliche Verleumdungen aufzustellen. Als einzige Antwort fragte er mich nach meinem Namen – nach meinem *richtigen* Namen, hörst du? „Mein einziger Name ist Eduard Lart," sagte ich, und dabei wurde sein Gesicht finster wie ein Donnerwetter. „Hören Sie mit Ihrem Unsinn auf!" schrie er mich an. „Sie kennen natürlich die Montesquieustraße in Paris, nicht?" „Bin meiner Lebtag nicht in Paris gewesen und habe nicht die Ehre, in fraglicher Straße bekannt zu sein," erwiderte ich. "Natürlich, natürlich," machte er spöttisch, „und Ihr Name ist, wenn Sie gestatten, nicht Javotte?" Da lachte ich ihm ins Gesicht.

Da tatest du recht daran, bemerkte Richard, aber wie hängt das mit Le Noir zusammen?

Einen Augenblick! Ich lachte ihm also ins Gesicht und klärte ihn darüber auf, daß ich nicht der Vogel sei, den er aus seiner Leimrute gefangen zu haben glaubte, daß ich ein Engländer von echtem Schrot und Korn sei, ein neugebackener Baccalaureus der Oxforder Universität und persönlicher Freund des Herrn Richard Hamilton, Hochwohlgeboren, Rechtsanwalt aus dem Middletemple, der mir die gegenwärtige Stellung als Privatsekretär bei Herrn Goliby verschafft habe und an den er sich wegen weiterer Erkundigungen wenden möchte.

Was wußte er darauf zu erwidern?

Zunächst gar nichts, da er mich mit offenem Munde anstarrte. Dann aber entschuldigte er sich mächtig und bat mich – in ganz anderem Tone als zuvor – um einen genauen Bericht über die Ereignisse der Nacht, in der der Einbruch verübt wurde. Er notierte sich alles genau, was ich sagte. Dann erfolgte die Ueberraschung. Er habe von Herrn Goliby erfahren, sagte er, daß ich an jenem Tage von jemand verfolgt worden sei. Ob ich den Mann beschreiben könne? Ich konnte es und tat es auch. Ob ich denke, daß er in irgend einer Beziehung mit dem Verbrechen stehe? Ich erwiderte, ich wüßte mit aller Bestimmtheit, daß dies nicht der Fall sei.

was mich zu einer so bestimmten Aussage führe? fragte er. Einfach, weil es Le Noir, der berühmte französische Detektiv gewesen sei, erklärte ich.

Ei zum Henker, Ted, warf Richard ein, du hast unsere Entdeckung verraten!

Nein, nicht im geringsten. Gedulde dich nur noch einen Augenblick! Als ich das sagte, dachte ich, der Inspektor würde in Ohnmacht fallen. Aber er erklärte nur, als er wieder genügend Luft zum Reden schnappen konnte: „Das ist ja gerade der Mann, der behauptet hat, Sie seien mit Javotte identisch!“ Und so schworen wir schließlich, über unsere Mitteilungen Schweigen zu bewahren, reichten uns zur Bekräftigung die Männerfaust, schüttelten sie und sind jetzt die besten Freunde. Das ist annähernd, wenn auch nicht in genau den gleichen Worten, der Inhalt unserer Unterredung. Und nun, was hältst du vom Scharfsinn des Herrn Le Noir?

Daß er dieses Mal fehlgegangen ist, erwiderte Richard. Ich bin der Ansicht, daß wir uns die Aufgabe stellen müssen, über diesen Javotte etwas zu Tage zu fördern. Ein anderer Gedanke ergibt sich von selbst, warum hielt sich Le Noir in der Nähe von Golibys Villa auf, wenn nicht Javotte in irgend welchen Beziehungen zu diesem Nest von Geheimnissen steht?

Du meinst nach Le Noirs Ansicht?

Gewiß. Er muß triftige Gründe gehabt haben, um die Villa herumzustreichen. Zweifellos hatte er eine Beschreibung jenes Javotte erhalten, und dein Aeußeres entspricht dem Signalement. Als er dich aus dem Garten herauskommen sah, folgte er dir daher in die City. Das ist die einzige einleuchtende Erklärung, die ich mir ausdenken kann, vieles, was, auf den ersten Blick hin, sehr verwickelt aussieht, ist in Wirklichkeit riesig einfach.

Das stimmt, bemerkte ich. Aber wo steckt denn dieser verflixte Javotte?

Du hast es getroffen: wo steckt er? Und welche Verbindung kann zwischen einem von Le Noir verfolgten Menschen und einem

Biedermanne vom Schlag des Herrn Goliby bestehen? Und das erinnert mich an etwas anderes: hat er meinen Rat, nach Paris zu telegraphieren, befolgt?

Jawohl, wenigstens begab er sich nach Scotland Yard, um es zu tun, aber dort erhielt er die Auskunft, daß man einem Vorgehen nach dieser Richtung mangels genügender Informationen abgeneigt sei. Der alte Goliby scheint indes nicht bekümmert zu sein und forderte mich selber auf, wegen der Geschichte kein so langes Gesicht zu machen, Vignaud werde die Papiere schon sperren, darum brauche man sich – das heißt ich mir – keine grauen Haare wegen der Sache wachsen zu lassen, worauf er kreuzvergnügt davoneilte, um mit einigen Freunden im Westend zu Abend zu speisen. Ein merkwürdiger alter Kauz! Was hältst du übrigens von dem Mann in Cliffords Inn, Baldwin? Er war es doch, der dich mit Goliby bekannt gemacht hat, nicht?

Ja. was ich von ihm halte? Nichts Besonderes. Scheint ein ehrenwerter alter Kerl zu sein und hat mir, wie ich dir schon erzählt habe, etwas Korn auf meine kleine Mühle gebracht, warum fragst du mich das?

Ich weiß wirklich nicht, vermutlich hat irgend etwas an dem Manne oder in seiner eigenartigen Umgebung meine Neugierde erregt. Das ist alles.

Nunmehr wandte sich unsere Unterhaltung anderen Dingen zu. Als ich meine Rechnung bezahlt hatte, fragte Richard:

Was sagst du nun zu einer Zigarre und einem Täßchen Mokka im Café drüben und nachher zu einer Partie Billard im Savoy, oder gehst du lieber in die Alhambra?

Später bleibt uns noch reichlich Zeit für die Alhambra übrig, erwiderte ich, und ich habe weiß Gott wie lange nicht mehr Billard gespielt.

So saßen und plauderten wir rauchend bei unserem Kaffee, und eine halbe Stunde verrann nur allzuschnell.

Und nun ein Spielchen, sagte Richard. Hoffentlich werden wir ein Billard frei finden.

Auf dem nächsten Wege begaben wir uns zu dem Hotel. Am Haupteingang fuhren Equipagen in endloser Kette in den großen Vorhof. Weiße Schultern und blitzende Juwelen zeigten sich durch die Scheiben. Alles das war von einem Ueberfluß elektrischen Lichtes überstrahlt. Ich war noch nie im Savoyhotel gewesen und sagte das zu Richard.

So? Komm denn, wir wollen einen Blick auf den Pomp und Aufwand dieses Jahrmarktes der Eitelkeit werfen. Es ist ein erbaulicher Anblick!

Wir standen im Inneren des Vestibüls, halb im Schatten, und betrachteten die unausgesetzt auffahrenden prachtvollen Equipagen, als plötzlich ein Privathansom hereinrollte. Als das elektrische Licht voll auf die Gesichter seiner Insassen fiel – es war ein Herr und eine Dame –, packte ich Richard beim Arme.

Schau nur, schau! flüsterte ich ihm ins Ohr. Das Weib, Richard, das Weib!

Ein Irrtum über das schöne Gesicht des Weibes sowohl wie über die kalten, weißen Züge des Mannes an ihrer Seite war ausgeschlossen, trotzdem ihre Schönheit im Verein mit den glitzernden Edelsteinen noch strahlender war, als ich mir je hätte vorstellen können.

Bei Gott, sie ist es, stammelte Richard. Das ist ja verblüffend, mein Junge.

Und der Mann neben ihr? Kennst du ihn? fragte ich, am ganzen Leibe vor Aufregung zitternd.

Gewiß, antwortete er. Den kennt jedermann. Es ist der Baron Romer, ein berühmter Lebemann.

Das Paar war aus dem Wagen ausgestiegen. Und nun ereignete sich ein wahres Wunder. Denn aus dem offenen Portal kam, um das Paar zu begrüßen, ein Herr hervor, den jedermann für mich selbst gehalten haben würde.

Die Aehnlichkeit war erstaunlich. Mir ging vor Ueberraschung der Atem aus. Wenn ich nicht vor kurzem eine Abhandlung über Doppelgänger gelesen hätte, in der bewiesen war, daß es in der Tat und nicht allzuselten vollständig ähnliche Doppelgänger gibt, hätte ich meinen Augen nicht getraut. Im nächsten Augenblick waren die drei im Hotel verschwunden.

Richard war vielleicht noch mehr erstaunt als ich. Schweigend schauten wir uns einen Moment an. Dann entschlüpfte uns gleichzeitig dasselbe Wörtchen: Javotte!

Erstaunlich! sagte Richard. Träumen wir denn, mein Junge? Sehen wir Gespenster? Glaubst du, daß das der Mann ist?

Ja. Und zwar fest!

Und das Weib. Ist es denn menschenmöglich, daß wir beide dieses wunderbare Geschöpf in deiner Bude gesehen haben?

Ich zweifle nicht im geringsten daran.

Es ist trotzdem allzu unglaublich, hol's der Henker! Hör mal, Ted, ich kann heute abend nicht Billard spielen.

Ich auch nicht. Wollen wir nicht dafür einen Brandy mit Sodawasser trinken?

Wir sprachen diesem nicht umsonst so beliebten Getränke kräftig zu und begaben uns später in die Alhambra, wo wir uns noch mehr von diesem Seelentröster zuführten. Und so muß ich die peinliche Tatsache berichten, daß ich irgendwie in den frühen Morgenstunden nach Hause kam.

Sicher ist indes, daß ich gut schlief.

Wie am vorhergehenden Morgen suchte mich Herr Goliby auf, als ich noch nicht wach war. Auf den ersten Blick sah ich, daß er sehr aufgeregt war.

Da hätten wir die Bescherung, sagte er. Ich habe Nachrichten aus Paris erhalten. Die Papiere sind gestern in aller Ordnung präsentiert und eingelöst worden. Der Dieb ist mit dem Gelde verschwunden, ohne mir einen Heller zurückzulassen.

Elftes Kapitel.

Ich riß die Augen weit auf, als mir Herr Goliby diese Mitteilung machte.

Aber – aber – stammelte ich, wie ist denn das möglich?

Möglich oder nicht, erwiderte er, in einer schroffen Art, die mit seinem sonstigen Benehmen in ungewöhnlichem Gegensatze stand, so ist es gegangen. Sie können französisch, natürlich. Lesen Sie das!

Damit händigte er mir ein Telegramm ein.

Es lautete folgendermaßen:

> Telegramm während Abwesenheit bei Hochzeit eines Freundes in Provinz angekommen – nachgesandt – wodurch Verspätung – sechs Uhr in Paris eingetroffen – zu großem Bedauern Papiere daselbst bereits fünf einhalb durch Unbekannten eingelöst, Vignaud.

Ich war wie vom Schlage gerührt, wortlos gab ich ihm das Telegramm zurück, was sollte ich auch dazu sagen? Das Unglück ließ sich nicht mehr ändern.

So steht es, bemerkte er. Die Sache ist sonnenklar. Der Dieb fuhr mit dem Neunuhrzug gestern in Charing Croß ab, den Sie hätten benützen müssen, langte um vier Uhr fünfundvierzig auf dem Pariser Nordbahnhof an, fuhr sofort auf die Bank, wo die Papiere ausbezahlt werden, steckte die Summe ein und verschwand auf Nimmerwiedersehen. Und ich verliere glatt 20 000 Pfund infolge dieser verwünschten Hochzeit und des mangelhaften Postbetriebes. Empörend, wirklich empörend!

Aber, wandte ich ein, ist nicht Herr Vignaud für dieses unglückliche Zusammentreffen verantwortlich?

Ich glaube kaum. Wenn er es je sein sollte, werden die Versicherungsleute schon Schritte in dieser Richtung unternehmen. Aber ich zweifle sehr daran. Die Summe ist sehr erheblich, vielleicht wird sich ein Teil davon wieder auffinden lassen, aber wie gesagt, ich mache mir wenig Hoffnungen. Es ist eine ganz unglückselige und unerklärliche Geschichte.

Aber, warf ich ein, die Verhaftung des Diebes und die Auffindung des Geldes sollte doch in der Macht der französischen Polizei liegen!

Vielleicht, sagte er. Hoffen wir's! Wenn Sie gefrühstückt haben, wird es gut sein, wenn Sie dieses Telegramm auf die Polizeistation tragen. Uebergeben Sie es dem Inspektor und sagen Sie ihm, daß ich die Angelegenheit nunmehr völlig ihm übergebe! Teilen Sie ihm ferner von mir mit, daß ich der Ansicht bin, man solle die französische Polizei unverzüglich von dem Vorgefallenen benachrichtigen. Es ist sehr möglich, daß ich Sie heute abend nach Paris senden werde. Ich bin mir bis jetzt noch nicht ganz klar darüber, was ich tun will. Die Sache hat eine Wendung genommen, die ich nicht erwartet hatte, und ich hoffe zuversichtlich, daß mir die Versicherungen keine Schwierigkeiten bereiten werden. Die Dinge stehen sehr schlecht. Ich werde dann bei Ihrer Rückkehr sehen, was sich tun läßt.

Damit verließ er hastig das Zimmer.

In aller Eile kleidete ich mich an und klingelte, um mein Frühstück zu bestellen. Ich war in einer schrecklichen Aufregung. In meinen wildesten Träumen hatte ich nichts so Tolles erlebt, wie jetzt in der Wirklichkeit. Die Ereignisse wirbelten durcheinander, ohne Zusammenhang sich überstürzend, eins erstaunlicher als das andere. Die Andeutung Herrn Golibys, er wolle mich an diesem Abend nach Paris schicken, kam mir als eine wahre Erleichterung. Wenn ich nur, dachte ich, aus meiner gegenwärtigen Umgebung, und sei es auch nur für einige Tage, entfliehen konnte. So anziehend das Geheimnisvolle im allgemeinen auch wirkt, ich hatte den Geschmack daran verloren.

Marie warf mir einen scharfen, fragenden Blick zu, als sie mir mein Frühstück hereinbrachte, aber außer den üblichen Redewendungen tauschte ich kein Wort mit ihr aus, da ich das für das Beste hielt. Eine halbe Stunde später saß ich wieder im Privatbüro des Inspektors Walker.

Ohne weitere Einleitung übergab ich ihm das Telegramm.

Das ist ja französisch, sagte er.

Allerdings, erwiderte ich. Soll ich es Ihnen übersetzen?

Wenn Sie so freundlich sein wollen, ja, versetzte er und fügte dann erklärend hinzu: In der Gegend, woher ich stamme – Cumberland –, hat man uns kein Französisch gelehrt.

Das glaube ich, erwiderte ich und übersetzte ihm das Telegramm.

Mit gerunzelter Stirne hörte er zu und überlegte dann einen Moment.

Lesen Sie es mir bitte noch einmal vor, sagte er sodann, ich möchte es mir einprägen.

Ich willfahrte seinem Wunsche und fragte ihn hierauf:

Nun, was halten Sie davon?

Was ich davon halte? Daß es sich um einen der gewandtesten Einbrüche handelt, von denen ich je gehört habe. Und bedenken Sie das Risiko, das der Mann auf sich nahm! Solch einen Streich wagt nur ein ganz gewiegter Verbrecher. Le Noir wird wohl wieder nach Paris zurückkehren. Er hat hier nichts mehr zu tun.

Diese Bemerkung überraschte mich.

Wieso? Hatte er denn Wind davon, daß in der Villa Rabenhorst etwas vorfallen würde?

Jawohl. Er hatte in Erfahrung gebracht, daß ein Einbruchsdiebstahl geplant sei. Deshalb kam er auch herüber.

Und er dachte, daß Javotte daran beteiligt sein würde?

Möglicherweise – ja. Das ist der Grund, warum er in der Meinung, Sie seien der Kerl, Ihnen folgte und Sie nachher ansprach.

Um mich von dem Verbrechen abzuschrecken?

Sehr wahrscheinlich.

Ich schüttelte den Kopf.

Nein, nein. Wenn er wirklich der gewandte Detektiv ist, als der er gilt, hätte er nicht so ungeschickt gehandelt. Hat er denn das Haus nicht weiter bewacht?

Ah so, das meinen Sie? Natürlich tat er das, und einige von unseren Leuten unterstützten ihn dabei. Sie wußten genau, was sich ereignen sollte und was auch wirklich vorgefallen ist. Und die ganze Nacht hindurch, ja noch lange nach Tagesanbruch, war fortwährend ein Mann auf der Wache. Aber es wurde keine Seele gesehen, kein Laut gehört. Das ist das Unverständlichste an der Geschichte. Die Drähte wurden wirklich durch den Garten gelegt, und eine Leiter stand am Fenster. Aber in der Nacht stieg kein Mensch über die Mauer, und keine Leiter wurde hinübergeschafft. Dafür stehe ich Ihnen. Und dabei sagte die Dienerschaft aus, daß im ganzen Hause keine solche Leiter vorhanden war und will es auch beschwören. Sie werden demnach einsehen, daß es eine ganz tolle Geschichte ist.

Verzweifelt toll, sagte ich.

Sie verstehen, fuhr er fort, daß ich mir dachte. Sie könnten Licht in die Affäre bringen. Aber hol mich der Henker! Sie haben sie durch Ihre Aussage nur noch verwickelter gemacht. Le Noir war auf alle Fälle richtig beraten. Er wußte, daß ein Einbruch beabsichtigt sei, und der Einbruch ist auch ausgeführt worden. Insofern hat er sich auf einer richtigen Fährte befunden, aber er war nicht auf einen so ungewöhnlichen Einbruch gefaßt. Ich werde Scotland Hard sofort drahtlich in Kenntnis setzen, daß die Papiere in Paris eingelöst worden sind, und dann den Direktor aufsuchen, um ihm das Telegramm persönlich zu überbringen. Das wird im Verlauf einer Stunde etwa geschehen sein. Wenn Le Noir davon erfährt, wird er, wie ich glaube, unverzüglich nach Paris abfahren.

Mit diesen Worten erhob sich der Inspektor.

Apropos, sagte ich, indem ich mich ebenfalls erhob, ich habe Javotte gestern abend gesehen.

Der Inspektor sah mich ungläubig, aber überrascht an.

Den wahren Javotte? Den Mann, hinter dem Le Noir her war?

Jawohl.

Wissen Sie das bestimmt?

Bestimmt weiß ich das freilich nicht, aber jedenfalls habe ich einen Doppelgänger gesehen, der eine erstaunliche Aehnlichkeit mit mir aufwies.

Wo?

Im Savoyhotel.

War er allein?

Nein. Am Portal begrüßte er den jungen Baron Romer. Kennen Sie ihn?

Der Direktor lächelte.

Allerdings, sagte er. Ein wenig ein Lebejüngling. Er hat nicht weit von hier eine Villa.

Stimmt, im Wildwoodweg.

Jawohl.

Als er mit Javotte zusammentraf, befand er sich in Gesellschaft einer auffallend schönen Dame, fuhr ich fort.

So? Das kommt öfters vor.

Haben Sie sie auch schon gesehen?

Ja. Es ist ein prächtiges Weib.

Wohnt sie auch in der Villa?

Ich glaube, ja.

Seine Frau?

Ich weiß nicht. Ich glaube es nicht. Was mich indes interessiert, ist die Frage: was hat der Baron mit einem Menschen wie Javotte zu tun? Wird wohl gar nicht Javotte gewesen sein. Auf jeden Fall aber muß ich darüber Bericht erstatten. Sie haben doch nichts dagegen?

Nicht das geringste, antwortete ich. Vielleicht werde ich heute abend nach Paris geschickt. Herr Goliby sprach davon. –

Als ich nach Hause zurückkehrte, berichtete ich Herrn Goliby von meiner Unterredung mit dem Inspektor gerade soviel, als ich für unbedingt nötig erachtete.

Gut, sagte er, vorläufig kann nichts weiter geschehen. Eine abscheuliche Geschichte – eine ganz abscheuliche Geschichte! vielleicht hätte ich gut daran getan, heute abend selbst nach Paris zu fahren, aber ich muß ja dableiben, um mit den Versicherungsleuten zu sprechen. Ich habe mir die Sache überlegt und bin der Ansicht, daß es doch am klügsten ist, wenn Sie an meiner Stelle fahren. Um zwei Uhr zwanzig geht ein Zug von Charing Croß ab.

Er warf einen Blick auf seine Uhr und fuhr dann fort:

Es ist jetzt gerade halb elf Uhr, also bleibt Ihnen genügend Zeit übrig, um Ihre Reisevorbereitungen zu treffen. Richten Sie sich ein, etwa eine Woche dort zu bleiben. Hier sind die zwanzig Pfund, die Sie mir gestern zurückgegeben haben. Steigen Sie im Grand Hotel ab und, wie ich Ihnen schon gesagt habe, lassen Sie sich nichts abgehen! Ich werde Ihnen an diese Adresse schreiben. Ueberbringen Sie morgen diesen Brief dem Herrn Vignaud, Rue St. Marc 223, nahe bei der Börse! Sie werden sein Büro sehr leicht finden. Erzählen Sie ihm ganz genau, was in der Nacht, wo der Einbruch verübt wurde, vorgefallen ist und geben Sie ihm eine möglichst genaue Beschreibung von dem Manne, der Ihnen an jenem Tage gefolgt ist. Sie wird ihm, sowie den Behörden von großem Werte sein. Haben Sie meine Instruktionen genau verstanden, Herr Lart?

Vollständig, Herr Goliby.

Gut. Das ist vorläufig alles. Wie gesagt, werden Sie im Grand Hotel binnen einem oder zwei Tagen weitere Verhaltungsmaßregeln erhalten. Leben Sie wohl und glückliche Reise!

Er schüttelte mir herzlich die Hand und verließ mich.

Ich verlor nicht viel Zeit, um die wenigen Sachen einzupacken, die ich für die Reise benötigte. Ein übermächtiger Trieb, sobald als möglich aus dem Hause wegzukommen, hatte mich befallen. Ich fürchtete mich vor einer Wiederholung der geheimnisvollen Besuche, wenn ich auch für die Schönheit des geheimnisvollen Weibes nicht ganz unempfindlich war. Aber schon der bloße Gedanke daran erfüllte mich mit einem wahren Schrecken. Ich wagte es nicht einmal mehr, in den Spiegel zu blicken, dem ich fast übernatürliche Kräfte zuschrieb. Das Rascheln des von der Luft bewegten Vorhanges allein reichte hin, mir einen kalten Friesel den Rücken hinablaufen zu lassen. Ich klappte mein Handkofferchen zu, faßte es mit der einen Hand, langte mit der anderen den Hut vom Haken und eilte, ohne jemand zu benachrichtigen, aus dem Zimmer und aus dem Hause, mit dem sehnlichen Wunsche, es nie wieder zu betreten.

Als ich noch nicht weit gegangen war, fragte mich ein Junge, der das Gepäck in meiner Rechten erblickt hatte, ob er es mir nicht tragen solle. Ich wies ihn an, es zum nächsten Droschkenhalteplatz zu schaffen, der bedeutend näher war, als ich bisher gewußt hatte. Wenige Minuten später saß ich in einer Droschke, auf dem Wege zur Station Charing Croß.

Dort angelangt, gab ich mein Gepäck zum Aufbewahren ab und suchte den Temple auf. In diesen stürmischen Tagen war Richard immer meine Zuflucht gewesen und der Himmel weiß, was ich ohne ihn angestellt haben würde. Aber heute hatte ich kein Glück. Richard war nicht im Büro, und sein Schreiber wußte nicht, wann er zurückkehren würde. Daher ließ ich ein Briefchen für ihn zurück, in dem ich ihm meine Pariser Adresse mitteilte. Dann machte ich mich daran, die Zeit totzuschlagen, was in London keine übermäßig schwierige Aufgabe ist. Ich speiste bei Gatti, verbrachte sodann eine Stunde in der Königlichen Akademie, machte hernach vorübergehend Bekanntschaft mit den Auslagen in der New Bond Straße und kehrte zuletzt zum Bahnhofe zurück, wo ich gerade rechtzeitig eintraf, um den Pariser Schnellzug noch zu erreichen.

Ich wählte den Weg über Boulogne, da ich der längeren Seereise den Vorzug gab. In Folkestone kaufte ich mir ein Buch, um die lange Seereise durch Lektüre zu verkürzen. So saß ich denn auf Deck, in meinen Roman vertieft und rauchte gemütlich mein Pfeifchen, als ich bemerkte, daß jemand vor mir stand.

Wären Sie vielleicht so freundlich, mir Feuer zu geben? fragte eine Stimme.

Ich sah auf.

Vor mir stand und schaute mir fest ins Auge der berühmte und gestrenge Monsieur Le Noir.

Zwölftes Kapitel.

Als ich aufblickte, nahm er eine überraschte Miene an. Ich war fest überzeugt davon, daß er mich nicht zufällig, sondern nach reiflicher Ueberlegung angesprochen hatte.

Wie? Ist es möglich? *Sie* sind es, Herr Lart? rief er aus und schüttelte mir freudig die Hand.

Dies verriet mir, daß er in Scotland Yard gewesen war, dort den Inspektor Walker gesprochen hatte und daß es ungeschickt und nutzlos von mir sein würde, mich zu verstellen.

Jawohl, der bin ich, erwiderte ich daher und händigte ihm meine Zündhölzerschachtel ein. Wir haben eine sehr ruhige und angenehme Ueberfahrt, Herr Le Noir.

Er zündete lachend seine Zigarette an.

Wie mir scheint, habe ich mich neulich ein wenig geirrt, bemerkte er und gab mir meine Zündhölzer mit einer Verbeugung zurück.

Sehr wesentlich geirrt, versetzte ich. Es war mir nicht gerade angenehm, zuerst haben Sie mich etwas geängstigt.

Das kann ich mir denken, meinte er. Es tut mir wirklich leid. Bitte entschuldigen Sie mich. Ich verwechselte Sie mit einem anderen.

Ich weiß – Sie hielten mich für Javotte.

Allerdings. Sie haben das auf der Polizeistation erfahren, nicht?

Doch, vom Inspektor Walker.

Er hat es mir mitgeteilt. Ich habe ihn heute mittag in Scotland Yard gesprochen. Er erzählte mir auch, daß Sie diesem Javotte gestern abend im Savoyhotel begegnet sind.

Ich habe wenigstens einen Doppelgänger von mir dort gesehen, erwiderte ich, und ich dachte mir, daß es der Rechte sein könnte.

Das war er auch, ohne allen Zweifel. Er traf dort mit einem anderen Herrn zusammen.

Jawohl. Mit dem Baron Romer.

Und einer Dame.

Die mit dem Baron kam, ja.

Sie sehen, sagte Le Noir nun, daß ich diese Tatsachen schon kenne. Ich weiß auch, daß Javotte heute morgen mit dem Postzuge nach Paris abgefahren ist. Von dem Augenblicke an, wo er dort anlangt, wird er beobachtet werden.

Aber wer ist denn dieser Javotte? fragte ich nunmehr, unfähig, meine Neugier länger zu zügeln. Ist es möglich, daß er in irgend einem Zusammenhang mit dem Einbruche steht?

Bis jetzt kann ich Ihnen das unmöglich sagen, Herr Lart. Es handelt sich um einen sehr geheimnisvollen Fall.

Gewiß, erwiderte ich, der gleichzeitig für mich verflixt unangenehm verlaufen ist.

Fraglos. Es handelt sich um die Papiere, die Sie in der Handtasche trugen, als ich Ihnen in der City begegnete?

Ja.

Wissen Sie bestimmt, daß es die gleichen Papiere waren, die in den Geldschrank eingeschlossen wurden?

Bestimmt.

Sie haben sie selbst hineingetan?

Jawohl.

Und waren anwesend, als der Schrank morgens geöffnet wurde?

Ich mußte das wohl, da ich ja den anderen Schlüssel in meiner Verwahrung hatte.

Die elektrischen Klingeln läuteten dabei im ganzen Hause?

Gewiß.

Und der Schrank war leer?

Vollständig leer.

Er bat mich noch einmal um meine Zündhölzer und zündete sich eine neue Zigarette an. Hierauf dachte er einen Augenblick nach und sagte sodann:

Sie kennen Herrn Goliby noch nicht lange, soviel ich weiß?

Kaum eine Woche.

Wollen Sie so freundlich sein und mir den Mann beschreiben?

Natürlich. Er ist etwa sechzig Jahre alt, hat ein freundliches Gesicht, guten Teint und schneeweißes, ziemlich langes Haar. Einige seiner Vorderzähne fehlen ihm. Trotzdem sieht er sehr gefällig aus, wenn er lächelt. Er trägt eine goldene Brille.

Von gefärbtem Glas?

Ja, es ist leicht gefärbt, bläulich. Er hat gerundete Schultern, ja, ich möchte sagen, er hat eine ziemlich gebeugte Haltung – und – nun, das wäre so ungefähr alles, was ich Ihnen über das Aeußere des Herrn mitteilen könnte.

Gut. Und nun, was für ein Geschäft betreibt er? Hat er überhaupt einen Beruf?

Diese Frage, erwiderte ich, wüßte ich kaum zu beantworten. Ich habe ihn als einen begüterten Herrn angesehen. Er scheint an Minenunternehmungen in Norddakota und anderen Teilen Amerikas beteiligt zu sein und spekuliert, wie mir vorkommt, in verschiedenen Richtungen.

Hat er Familie?

Ich glaube nicht. Er sagte mir, er sei Witwer.

Ein ruhiges Haus?

Sehr.

Wieviel Bediente sind darin?

Fünf und meine Wenigkeit.

Für einen Witwer eine ganz hübsche Zahl, bemerkte Le Noir.

Das habe ich mir auch gedacht.

Empfängt er viel Besuch?

Gar keinen.

Haben Sie den Baron Romer nie im Hause gesehen?

Nein.

Auch die Dame nicht, die mit ihm im Savoyhotel war?

Ich zögerte mit der Antwort und fühlte, daß ich errötete. Da ich überzeugt war, daß er es bemerkte, ärgerte ich mich darüber.

Wozu dieses strenge Kreuzverhör? fragte ich in erregtem Tone. Ich habe diese lange Reihe von Fragen nach bestem Wissen beantwortet. Ich habe Ihnen mitgeteilt, daß niemand in das Haus auf Besuch gekommen ist, seitdem ich darin wohne.

Er lächelte.

Gewiß, gewiß. Entschuldigen Sie – apropos, ich habe heute mittag einen Freund von Ihnen in Scotland Yard getroffen.

Ich blickte erstaunt auf.

Wirklich? sagte ich. Wen, wenn ich fragen darf?

Herrn Rechtsanwalt Hamilton.

Was zum Teufel hat ihn dorthin geführt?

Der Direktor hat ihn bitten lassen.

Wozu?

Um einige Auskünfte über Goliby und ihn selbst zu geben, erklärte Le Noir und fuhr dann, als ich ihn sprachlos vor Erstaunen anstarrte, fort: Ist es Ihnen noch nicht aufgefallen, Herr Lart, daß die Polizei nur Ihren und des Herrn Goliby seltsamen Bericht als Grundlage für ihre Untersuchung hat? Diese Berichte klingen im höchsten Grade unglaublich. Anderen Gemütern könnte sich die Vermutung aufdrängen, daß Sie mit Herrn Goliby unter einer Decke stecken.

Ich schaute ihn bestürzt an.

Ich – ich – folge – hm – Ihnen nicht ganz, stammelte ich.

Nun, wäre es nicht für Sie und Herrn Goliby ein Leichtes gewesen, die Papiere beiseite zu schaffen, sodann die Klingeln in Bewegung zu setzen, den Geldschrank wieder abzuschließen und die Papiere einem Verbündeten zu übergeben, der den ersten Zug nach Paris bestieg und sie dort ohne Schwierigkeit einlöste?

Das Blut schoß mir vor Empörung in den Kopf.

Das ist ja eine monströse, eine entsetzliche Erklärung, rief ich aus, ich bedanke mich schönstens dafür! Habe ich nicht mit eigenen Augen das Telegramm gesehen, mit den Nummern der gestohlenen Papiere, das Herr Goliby nach Paris gesandt hat? Und was sagen Sie dann zu Vignauds Antwort?

Das beweist noch lange nichts. Jedermann kann ein vorher vereinbartes Telegramm unter einem falschen Namen absenden.

Dann bezweifeln Sie also die Tatsache, daß die Papiere eingelöst worden sind?

Le Noir lachte.

Natürlich nicht. Ihre Auffassung steht übrigens mit den liebenswürdigen, aber im Verkehr mit Verbrechern keineswegs vorteilhaften Eigenschaften im Einklang, die mir Ihr Freund von Ihnen erzählt hat. Sie Glücklicher! Welche köstliche Naivität haben Sie sich in diesem materialistischen Zeitalter bewahrt! Sie sollten wahrlich darüber erstaunt sein, daß ich Sie soweit in mein Vertrauen ziehe.

Das bin ich auch, erwiderte ich etwas ärgerlich, wenn Sie mich für einen solchen grünen Jungen halten.

Ich habe das nicht so schlimm gemeint. Es ist ja nicht Ihre Schuld, wenn Sie bisher von den Nachtseiten des Lebens nicht viel gesehen haben. Ich rede übrigens so offen mit Ihnen, weil wir die Ueberzeugung hegen, daß Sie über jeden Verdacht der Teilhaberschaft an diesem Verbrechen hoch erhaben sind. Und dann auch, weil wir der Ansicht sind, daß Sie uns vielleicht am Ende noch einen Dienst in der Sache erweisen könnten. Es bleiben noch eine Menge Dinge darin zu erklären, und Herr Goliby wird, wie ich vermute, bei den Versicherungen auf erheblichen Widerstand stoßen, denn es handelt sich in diesem Falle keineswegs um einen gewöhnlichen Einbruchsdiebstahl. Sie reisen, wie ich annehme, in dieser selben Angelegenheit nach Paris?

Jawohl, antwortete ich, nunmehr völlig besänftigt, aber noch keineswegs beruhigt. Ich soll morgen dem Herrn Vignaud einen Brief überbringen.

Bleiben Sie lange?

Einige Tage, falls ich nicht andere Instruktionen erhalte. Ich wohne im Grand Hotel.

Gut, bemerkte er. So weiß ich, wo ich Sie finden kann, wenn sich etwas ereignen sollte. Ich muß Sie jetzt verlassen, um einen Freund aufzusuchen, der mit mir reist.

Er zog höflich seinen Hut und wollte sich schon zurückziehen, als mir noch etwas einfiel.

Erlauben Sie mir eine Frage, Herr Le Noir, sagte ich. Halten Sie mich nicht für unhöflich, aber wie kommt es, daß Sie – ein Franzose – so auffallend gut englisch sprechen?

Ah so? erwiderte er lächelnd, das wäre ein großes Kompliment, wenn nicht zufällig meine Mutter eine Engländerin gewesen wäre. Ich bin in England geboren und verließ dieses Land erst, als meine Mutter starb und ich fünfzehn Jahre alt war.

Er zog abermals den Hut und entfernte sich.

Einen Moment später sah ich ihn am anderen Ende des Decks in ernstem Gespräche mit einem Herrn stehen. Nur ein- oder zweimal bemerkte ich ihn noch während der Ueberfahrt, hatte aber keine Gelegenheit mehr, mit ihm zu sprechen.

Wir kamen pünktlich in Boulogne an. Im Zollamt wurde meine Reisetasche gründlich auf Tabak untersucht, und schließlich machte ich mir's in einem Wagen erster Klasse bequem, der mich eilends in der Richtung Seinebabels entführte.

Ich versank in Gedanken. Hatte ich recht getan, auf Le Noirs scharfe Fragen so freimütig zu antworten? Jedenfalls. Herr Goliby wäre gewiß nicht damit einverstanden gewesen, wenn ich es nicht getan hätte. Auf die Bemühungen der Polizei mußte er nunmehr seine Hoffnungen setzen, wenn er von dem gestohlenen Gelde noch etwas wiedersehen wollte. Jawohl, ich hatte unzweifelhaft das Rechte getan und beschloß, den Dämon der Angst, wenigstens für eine Weile, aus meinen Gedanken zu verbannen. Ich vertiefte mich wieder in meinen Roman, eine spannende Liebes- und Abenteurergeschichte, die mich gut und angenehm unterhielt, bis der Zug in Amiens einlief. Als ich den Ruf „Zehn Minuten Aufenthalt" an mein Ohr gellen hörte, verließ ich meinen Wagen, um meine Lebensgeister durch einen kleinen Imbiß wieder zu kräftigen, wozu ich um diese Zeit ein dringendes Bedürfnis verspürte.

Durch ein halbes Huhn und eine kleine Flasche Beaune gestärkt, bestieg ich in ausgezeichneter Stimmung wieder mein Abteil und langte, ehe ich mich dessen versah, in Paris an.

Die Fahrt vom Nordbahnhof zum Grand Hotel war für mich voller Interesse. Ich war ja zum ersten Male in Paris. Die breiten belebten Straßen, die Myriaden von Lichtern, die zahllosen von Gold und Kristall glitzernden Cafés, die endlosen Reihen von Marmortischchen auf den geräumigen Trottoirs, an denen Tausende in heiterem Geplauder saßen, während Zehntausende in langen Zügen an ihnen vorüberströmten, all das erschien mir wie ein Märchen, und als ich zuletzt über den Opernplatz, der in elektrischem Lichte förmlich gebadet war, fuhr, am Café de la Paix vorbei, in dem sich die elegante Welt in den entzückendsten Toiletten drängte, und mein Wagen in den großen Hof des Grand Hotel einbog, mit seinen plätschernden Springbrunnen, seinem prachtvollen Pflanzenschmuck und seinen luxuriösen, glänzend beleuchteten Sälen, befiel mich ein wahrhaft kindisches Entzücken, und ich sagte mir, daß jetzt endlich mein Schicksal einen gefälligeren Weg einzuschlagen scheine, als bisher.

Nachdem ich mir ein Zimmer bestellt und mich etwas erfrischt hatte, verließ ich das Hotel und bummelte die Boulevards hinab. Da mir die Sprache keine Schwierigkeit machte – eine französische Gouvernante gehört zu den Erinnerungen aus meiner frühesten Jugendzeit –, fühlte ich mich in dem wogenden Leben bald zu Hause. Und so genoß ich das berauschende Gedränge in vollen Zügen, bis ich zuletzt an einem Tischchen vor einem prächtigen Café Platz nahm. Es war eine einschmeichelnde Juninacht. Ich bestellte mir eine Tasse Kaffee und beobachtete behaglich die Spaziergänger, die ohne Unterlaß an mir vorüberzogen.

Jetzt erst kam mir zum Bewußtsein, wie glücklich ich war; der atembeklemmenden Atmosphäre der Villa Rabenhorst entronnen zu sein. Irgend etwas war nicht in Ordnung mit diesem Wohnsitze, trotzdem er den Anschein völliger Harmlosigkeit an sich trug.

Und ungeachtet meiner sorglosen Umgebung schlugen meine Gedanken wieder ernstere Bahnen ein, und das Haus in St. Johns Wood zog mich von neuem in seinen Bann. Je früher ich es für immer verließe, sagte ich mir, desto besser. Die einfachste Ueberlegung, der gesunde Menschenverstand schon, mußte dartun, daß es ganz unmöglich war, daß Einbrecher den großen eisernen Geldschrank hatten öffnen können, ohne Spuren zu hinterlassen und ohne das ganze Haus mit dem Geklingel des elektrischen Läutewerks zu erfüllen. Hier, wo ich dem Zauber der Persönlichkeit des Herrn Goliby entrückt war, überkam mich ein Gefühl des Mißtrauens gegen ihn. Es nahm zwar keine bestimmten Formen an, und ich bemühte mich auch, einigermaßen beschämt, es wieder loszuwerden, aber immerhin regte es einige Fragen in mir an, denen ich jetzt, das ganze, ungewohnte Getriebe um mich vergessend, in Gedanken nachging.

Was trieb das geheimnisvolle Weib in Golibys Haus? Wie war es ihr möglich, es zu betreten? Mußte nicht Goliby mit ihr bekannt sein? Und kannte er infolgedessen nicht auch den Baron Romer? Daß sie in meinem Zimmer gewesen war, daran zweifelte ich ebensowenig, als daß ich jetzt auf den Boulevards saß. Wie war sie in mein Zimmer eingedrungen?

Dieser Gedanke zog sofort einen anderen herbei. Das Weib, das ich im Savoyhotel auf den ersten Blick erkannt hatte, war in Gesellschaftstoilette und strahlte von Juwelen. Dieses selbe Weib hatte ich aber zum ersten Male mit ungekämmtem, wirrem Haar gesehen und im tiefsten Negligé. Wie kam es nun, daß sie in diesem Aufzuge in der Villa Rabenhorst erschien?

Marie, das Zimmermädchen, hatte in einer für mich überzeugenden Weise ausgesagt, daß außer ihr und der Köchin nie ein weibliches Wesen die Schwelle der Villa überschritten habe, soweit sie wenigstens wisse.

Mit einem Male aber schlug mein Verdacht eine andere Richtung ein. Als ich nämlich meinen Kaffee bezahlte, um das Lokal zu verlassen und meinen Reflexionen neue Nahrung zuzuführen, brachte mich meine Geläufigkeit im Französischen mittels einer einfachen Gedankenverbindung auf meine Unterhaltung mit Le Noir zurück. Und plötzlich stieg der Verdacht in mir auf, daß ich gar nicht mit dem berühmten Detektiv, sondern mit einem Mitglied der Einbrecherbande gesprochen hatte. Nur Richard hatte ihn mir als Le Noir bezeichnet. Warum hatte mir der Detektiv so verfängliche Fragen gestellt? War der Frager vielleicht ein Doppelgänger Le Noirs? Konnte der nicht ebensogut einen Doppelgänger haben, wie ich?

Dieser neue Zweifel verdarb mir die ganze Freude an meinem Aufenthalt in der schönen Seinestadt so gründlich, daß ich mich ganz bekümmert in mein Hotel zurückbegab und erst lange nach Mitternacht einschlief.

Dreizehntes Kapitel.

Um sieben Uhr erwachte ich neugestärkt und in bester Stimmung. An meinen schlimmen Verdacht vom vorigen Abend dachte ich nicht mehr. Als ich die Fenster aufmachte, fand ich zu meiner Ueberraschung die Läden schon geöffnet und den Boulevard ganz belebt. Ich klingelte, bestellte mir meinen Kaffee und genoß ihn, wie ich noch nie zuvor einen Kaffee genossen hatte. Und eine halbe Stunde später erging ich mich in den herrlichen Champs Elisées, mit dem Gefühle, daß das Leben doch lebenswert, und die Welt in ihrer Schönheit über alle Kritik erhaben sei.

Ich war in die Bilder vor mir dermaßen versunken, daß ich sorglos weiterschlenderte und mich erst nach zehn Uhr daran erinnerte, daß ich einen Brief in der Tasche hatte, den ich Herrn Vignaud überbringen sollte. Nunmehr aber rief ich die erste leere Droschke an.

Kutscher! Rue St. Marc 23!

Bon, Monsieur.

Die Peitsche knallte und wir flogen die breite Straße in der Richtung nach der Börse dahin. Es zeigte sich, daß die Rue St. Marc eine sehr kurze Straße war. Die Geschäftsräume des Herrn Vignaud befanden sich auf ebener Erde und waren nicht sehr leicht aufzufinden, aber schließlich entdeckte ich an einer Türe ein kleines Messingschildchen mit der Aufschrift „M. Vignaud & Cie.“ Daneben war ein Glockenzug angebracht, den ich in Bewegung setzte. Augenblicklich öffnete sich die Türe selbsttätig, und ich betrat einen sehr kleinen Vorraum. Nirgends war eine Seele sichtbar, und es währte annähernd eine Minute, bis ein Schiebfenster in der Wand aufging, an dem ein Gesicht erschien.

Ich trat sofort näher und erklärte, ich habe einen wichtigen Brief aus London bei mir, den ich, meinen Weisungen gemäß, Herrn Vignaud persönlich überbringen müsse. Das Schiebfenster schnappte wieder zu, und einen Augenblick später ging eine Türe neben mir auf, und ich hörte eine Stimme von drinnen rufen:

Wollen Sie sich hereinbemühen, Monsieur!

Ich trat ein und fand mich einem menschlichen Wesen gegenüber, wie ich wohl noch nie einem begegnet war. Es war ein grotesk zwerghafter Herr, mit einem riesigen Kopf, von dessen Vorderseite sich Büschel blonden Haares bogenförmig nach rückwärts sträubten, und einem, großen runden Gesicht, das von Pockennarben und Runzeln entstellt war. Bei meinem Eintritt blickte er von seinem Schreibtische auf, und ich begegnete einem Paar kreisrunder und leuchtend blauer Augen. Im selben Moment öffnete sich in diesem Gesichte ein wahrer Abgrund von einem Munde, und ein Lächeln von erschreckenden Dimensionen begrüßte mich.

Guten Morgen, Monsieur, Guten Morgen, Sie bringen mir einen Brief aus London?

Statt einer Antwort verbeugte ich mich und übergab ihm den Brief.

Er brach den Umschlag auf und warf einen Blick auf die Unterschrift. Dann nickte er, sah auf und lächelte abermals, wenn auch nicht so freigebig, wie zuvor.

Der Brief ist, wie ich sehe, von Herrn Goliby. Bitte, nehmen Sie Platz, Herr – äh – .

Damit blickte er wieder in den Brief und fuhr dann fort:

Herr Lart, nicht wahr, Lart? Ein guter, alter, französischer Name, Monsieur.

Ein normannischer, antwortete ich, vielleicht ein wenig hochmütig.

Ja eben, bemerkte er höflich und verbeugte sich über den Schreibtisch herüber. Dann las er den Brief aufmerksam durch, und als er damit zu

Ende war, wiederholte er seine Lektüre. Nach dieser Prozedur förderte er irgendwoher eine Schnupftabaksdose zutage, schlug nachdenklich auf den Deckel, füllte sein Riechorgan mit einer reichlichen Dosis dieses eigenartigen Reizmittels und sagte zuletzt:

Eine eklige Geschichte, Herr Lart, eine sehr eklige Geschichte mit diesen geraubten Papieren! Dieser Brief enthält schweren Tadel für mich. Herrn Golibys Kritik ist sehr streng. Ich verdiene ihn wirklich nicht. Der Fehler liegt nicht auf meiner Seite; trotzdem deutet er hier an – hierbei wies er mit seinem fleischigen Zeigefinger auf den Brief –, ich würde für den Verlust haftbar gemacht werden. Das ist ein Unsinn. Ich war von der Einlösung dieser Papiere nicht ordnungsmäßig benachrichtigt worden. Herr Goliby hätte mich einige Tage zuvor davon in Kenntnis setzen sollen. Der Fehler in dieser Sache liegt ganz auf seiner Seite.

Aber, erwiderte ich, ziemlich erstaunt, hat er denn nicht geschrieben und Ihnen mitgeteilt, daß ich die Papiere Ihnen zur Einlösung überbringen sollte?

Nicht das geringste. Ich habe schon zu verschiedenen Malen mit Herrn Goliby zu tun gehabt, bedeutende Geschäfte. Er ist ein bezaubernder alter Herr, aber trotzdem habe ich gefunden, daß er im geschäftlichen Verkehr etwas nachlässig ist. Ach, hätte ich nur ahnen können!

Herr Vignaud erhob nicht nur seine Augen, sondern auch seine Arme gegen die Decke empor. Seine stumme Verzweiflung machte Eindruck auf mich.

Was wäre dann geschehen? fragte ich leise, nach einer kleinen Pause des Beileids.

Was geschehen wäre? wiederholte er. Dann wäre ich *hier* gewesen, statt in einer kleinen Provinzstadt auf einer Hochzeit, die mir nicht das Geringste genützt hat. Ich hätte Sie mit Ihren Papieren erwartet, wäre mit denselben zum Rathaus gefahren und hätte Ihnen das Geld eingehändigt.

Das wäre unter den obwaltenden Umständen ein Ding der Unmöglichkeit gewesen, bemerkte ich lächelnd.

Ach ja, richtig, meinte er. Aber ich nehme an, daß mich dann Herr Goliby noch rechtzeitig von Ihrer Reise in Kenntnis gesetzt haben würde, verstehen Sie? Und in diesem Falle hätte ich hier gesessen, hier an diesem Schreibtische, als das Telegramm ankam, in dem er mich beauftragte, die Papiere zu sperren. Ich wäre unverzüglich aufs Rathaus geeilt. Es wäre die einfachste Geschichte der Welt gewesen, aber das Unglück wollte es, daß ich zu dieser Hochzeit mußte und daß das Telegramm, das mir von der Post von hier aus nachgesandt wurde, bei den jämmerlichen Postverhältnissen in jenem Städtchen schon mit großer Verspätung mich erreichte. Ich fuhr mit dem nächsten Zuge zur Stadt zurück – ein Telegramm konnte ich nicht aufgeben, da um diese Zeit das Postamt geschlossen war –, aber ich kam zu spät. Habe ich nun nicht getan, was menschenmöglich war? Ich sehe unter diesen Umständen nicht ein, wie Herr Goliby dazu kommt, mich für den Verlust verantwortlich zu machen. Sie vielleicht?

Ich zuckte mit den Achseln. Um eine passende Antwort war ich verlegen. Es war mir irgendwie, ich weiß nicht wodurch, aufgefallen, daß Vignaud über den Verlust der 20 000 Pfund nicht das Interesse an den Tag legte, das man von ihm hätte verlangen können. Seine Erklärungen machten einen gequälten Eindruck auf mich und kamen mir unsäglich trivial vor. Nach kurzer Ueberlegung sagte ich indes:

In dieser Sache bin ich persönlich nicht in Mitleidenschaft gezogen, noch darein verwickelt, daher stehe ich mit meiner Ansicht weder auf der einen, noch auf der anderen Seite. Und dies bringt mich darauf, daß ich ja keine Kenntnis von dem Inhalt des Briefes habe. Nimmt Herr Goliby darin mehr als in allgemeiner weise Bezug auf mich?

Keineswegs.

Das wundert mich ein wenig, sagte ich, weil ich nach meinen Instruktionen Ihnen nicht bloß diesen Brief überbringen, sondern auch genaue Mitteilungen von dem Diebstahl, mit allen Einzelheiten, soweit sie bis jetzt zu unserer Kenntnis gelangt sind, machen, sowie Sie und die

Polizei nach Kräften in der Verfolgung des Einbrechers unterstützen sollte.

Er überflog noch einmal oberflächlich den Brief und sagte sodann:

Es sind keine solchen Instruktionen hier erwähnt. Ich werde indes mit Interesse Ihrem Berichte folgen.

Im Gegensatz zu seinen Worten war in seiner Miene nichts von seinem Interesse zu bemerken, keine Spur von Neugier, in die Einzelheiten des Verbrechens eingeweiht zu werden, und als ich dasselbe sehr eingehend beschrieb, lauschte er ohne große Aufmerksamkeit meinem Berichte, und ich erhielt sogar den Eindruck, daß ihn die Beschreibung langweilte.

Jawohl, bemerkte er, als ich damit zu Ende war, es scheint sich um einen sehr geheimnisvollen Fall zu handeln. Er ist natürlich der Londoner Polizei übergeben worden?

Gewiß, und ich darf vielleicht hinzufügen, daß Herr Richard Le Noir, Ihr großer Detektiv, die Leitung des Falles, soweit Paris in Betracht kommt, übernommen hat.

Mit einem Male war ein merklicher Wechsel in Vignauds Benehmen wahrzunehmen.

Hat Herr Goliby Sie davon in Kenntnis gesetzt?

Nein.

Aber er weiß es?

Das kann ich Ihnen nicht sagen, es ist möglich, daß ihn mittlerweile die Behörden von Scotland Yard davon benachrichtigt haben.

Darf ich fragen, wie Sie mit diesem Umstand bekannt geworden sind?

Ich habe ihn von Herrn Le Noir selbst erfahren. –

Ein seltsamer Ausdruck, beinahe von Bestürzung, prägte sich in seiner Miene aus.

Sie kennen Herrn Le Noir persönlich? fragte er.

Jawohl. Er hat sich mir gestern auf dem Dampfer während meiner Ueberfahrt nach Boulogne vorgestellt.

Ich dachte einen Augenblick wieder an meine Befürchtungen vom gestrigen Abend; seltsamerweise kamen sie mir heute unbegründet vor, und ich war jetzt überzeugt davon, daß ich den Detektiv und niemand anderes gesprochen hatte.

So? sagte Vignaud nachdenklich. Und er hat Sie über die Sache ausgefragt?

Sehr ausführlich sogar, antwortete ich, lächelnd über meine Aufregung vom vorhergehenden Abend.

Und Sie haben ihm –

Gerade das mitgeteilt, fuhr ich fort, als er seinen Satz nicht vollendete, was ich Ihnen vorhin erzählte.

Ohne Zweifel hat er Sie auch um den Zweck Ihrer Pariser Reise befragt?

Gewiß. Ich sagte ihm, daß ich Ihnen einen Brief zu übergeben habe.

Und haben ihm wohl meine Adresse mitgeteilt?

Er kannte sie bereits. Das erklärt sich wohl so, daß Ihr Telegramm an Herrn Goliby in seinem Besitze war.

In diesem Augenblicke wurde die Klingel draußen heftig, fast gebieterisch gezogen. Herr Vignaud verbarg rasch den Brief Golibys in einer Schublade seines Schreibtisches und hatte gerade Zeit, sich zu erheben, als die Türe aufging und zwei Herren eintraten. Der eine war mir wohl bekannt. Daher musterte ich voller Interesse seinen Begleiter. Instinktiv fühlte ich, daß es ein Detektiv von Scotland Yard war. Der andere war mein einziger Bekannter in Paris, Monsieur Le Noir.

Vierzehntes Kapitel.

Le Noir nahm zuerst von Vignaud gar keine Notiz.

Ei, Sie treffe ich hier, Herr Lart? sagte er. Freut mich sehr, Sie wieder zu sehen. Ich stelle Ihnen Herrn Inspektor Beale von Scotland Yard vor.

Der Inspektor schüttelte mir sehr freundschaftlich die Hand und gab der Hoffnung Ausdruck, daß ich mich wohl befinde.

Ich gab ihm eine, wie ich glaube, befriedigende Erklärung über diesen Punkt, und dann wurde Monsieur Le Noir mit einem Male der Anwesenheit des Monsieur Vignaud gewahr.

Ah, mon cher Monsieur Vignaud, sagte er. wir kennen uns bereits, nicht wahr? Sie sehen gesund und munter aus. Das Geschäft blüht, wenn ich richtig beraten bin.

Könnte schlimmer sein, versetzte der keineswegs verblüffte Vignaud.

So? Freut mich, das zu hören. Sie gestatten doch, daß ich Sie mit einem alten Freund von mir, dem Inspektor Beale von Scotland Yard, bekannt mache? Sie haben doch wohl schon vom Londoner Scotland Yard reden hören, wie ich annehmen darf?

Vignaud zuckte mit den Achseln. Wer hätte nicht schon davon gehört? sagte er. Dann verbeugte er sich vor Beale und fügte hinzu:

Entzückt, Ihre Bekanntschaft zu machen!

Da die ganze Unterhaltung französisch geführt wurde, machte der Inspektor ein verblüfftes Gesicht und bat Le Noir um nähere Erklärungen.

Le Noir willfahrte seiner Bitte, worauf der Mann von Scotland Yard den Franzosen freundlich anlächelte, „Wui, wui, Mungsiäh“ sagte und hierauf wieder in Schweigen verfiel. Le Noir nahm den Faden der Unterhaltung wieder auf.

Ich nehme an, Herr Vignaud, sagte er, daß ich Ihnen keine Erklärungen wegen unseres Besuches zu machen brauche.

Nicht im geringsten, lautete die Antwort. Herr Lart hat mich bereits darauf vorbereitet. Ihr Besuch steht natürlich in Beziehung zu dem Diebstahl von Wertpapieren.

Ganz richtig, erwiderte der Detektiv. Sie erhielten von Ihrem Geschäftsfreund Goliby in London ein Telegramm, in dem er Sie anwies, die Papiere, von denen er Ihnen ein Verzeichnis gab, sperren zu lassen.

Stimmt, erwiderte Vignaud, stimmt.

Und, fuhr Le Noir fort, indem er ein Telegramm aus seiner Brieftasche hervorholte, es scheint, daß gewisse Umstände, laut diesem Telegramm – von Ihnen, wenn ich mich nicht irre, ja?

Er zeigte Vignaud das Telegramm. Dieser beugte sich über den Schreibtisch herüber, drückte eines seiner blauen Augen zu und blickte scharf auf das Papier. Dann sagte er:

Stimmt. Es ist von mir.

Gewiß, fuhr Le Noir fort, und wie gesagt, laut diesem Telegramm wurden Sie durch die Umstände verhindert, die darin enthaltenen Instruktionen auszuführen.

Ganz richtig, Herr Le Noir. Sie treffen den Nagel auf den Kopf.

Gut. Nun habe ich gestern in Scotland Yard Herrn Goliby gesprochen. Er gab seiner Unzufriedenheit mit Ihrer – wie er sagte – Nachlässigkeit in der Sache Ausdruck.

Tut mir leid, daß ich das hören muß, versetzte der unerschütterliche Vignaud. Aber der Fehler ist ganz auf seiner Seite. Ich kann ihm den schweren Vorwurf nicht ersparen, daß er mich nicht früher benachrichtigt hat. Wie es scheint, hätte mir Herr Lart diese Papiere überbringen sollen, mit dem Auftrage, sie einzulösen. Ich habe keine diesbezügliche Benachrichtigung erhalten, und da unsereiner doch nicht an den Schreibtisch gefesselt ist und ich kein eiliges Geschäft zu erledigen hatte, begab ich mich zu der Hochzeit eines Freundes nach St. Roch. Ich meine doch, ein solches Vergehen ist so harmlos, daß – was sagen Sie dazu, Herr Le Noir, würden Sie es als Nachlässigkeit bezeichnen?

Gewiß nicht. Und dann?

Und dann? Nun, das Telegramm kam schon mit Verspätung an, und ich erkannte, als ich es endlich in Händen hatte, daß ich nur selbst nach Paris zurückfahren konnte. Ich nahm den nächsten Zug –

Und dann, unterbrach ihn Le Noir etwas ungeduldig, nehme ich an, daß Sie so schnell es sich bewerkstelligen ließ, auf das Rathaus fuhren?

Selbstverständlich.

Und dort erfuhren, daß die gestohlenen Papiere bereits präsentiert und ausbezahlt worden waren?

Ganz, wie Sie annehmen, Herr Le Noir.

In welcher Form wurden die Papiere ausbezahlt?

In Banknoten, erwiderte Vignaud. Welcher Art weiß ich nicht.

Sie haben natürlich eine Beschreibung von dem Manne, der die Papiere einlöste, verlangt?

Gewiß, aber die Auskunft wurde mir verweigert. Man sagte, sie werde der Polizei gegeben werden, sobald sie mit dem Ersuchen an sie herantrete.

Ganz richtig, bestätigte Le Noir mit auffallender Betonung. Das war die angemessene Antwort, und es wäre Ihre Pflicht gewesen, sofort bei der Polizei Bericht zu erstatten.

Zum ersten Male bemerkte ich nunmehr, wie in dem bisher unbewegten und unschuldigen Gesicht Vignauds da und dort kleine Fältchen aufblitzten. Er zögerte eine Sekunde und sagte sodann:

Ich gebe das zu, Herr Le Noir. Es war vielleicht eine sehr bedauerliche Nachlässigkeit von mir, daß ich es unterlassen habe. Ich hätte es wirklich tun sollen. Aber, wie gesagt, glaubte ich und glaube es noch immer, daß mich in dieser Sache keine Schuld trifft. Ich habe mich sofort mit Herrn Goliby in Verbindung gesetzt und natürlicherweise seine Instruktionen abgewartet. Ist nicht Ihre und Ihres Freundes von Scotland Yard Anwesenheit hier der beste Beweis dafür, daß der von mir eingeschlagene Weg nicht der Berechtigung entbehrt?

Diese Worte Vignauds hatten den gesunden Menschenverstand für sich, und Le Noir, der die Richtigkeit seines Gedankengangs sofort einsah, beeilte sich, zu sagen:

Ja, gewiß, wenn man darüber nachdenkt, hat Ihre Handlungsweise manches für sich. Wir wollen uns jetzt auf das Rathaus begeben. Sie haben doch nichts dagegen einzuwenden, uns zu begleiten, mein lieber Herr Vignaud?

Nicht das geringste, mein lieber Herr Le Noir, antwortete Vignaud, ohne mit einer Wimper zu zucken. Im Gegenteil, es wird mir ein Vergnügen sein.

Mit dieser Versicherung sprang Vignaud behende auf und holte von einem über ihm an der Wand angebrachten Haken einen riesenhaften Zylinderhut herunter.

In diesem Augenblick bemerkte ich, daß das Gesicht des würdigen Inspektors von Scotland Yard einen völlig ratlosen Ausdruck angenommen hatte.

Dieses verflixte Kauderwelsch, wandte er sich an seinen französischen Kollegen, geht über meine Kräfte, Was sagt denn der Mann? Und was ist denn jetzt eigentlich los?

Le Noir lachte.

Bis jetzt, erwiderte er, hat er nicht eben sehr viel gesagt, und nun wollen wir uns auf das Büro begeben, wo die Papiere eingelöst worden sind, und versuchen, dort eine Beschreibung des Diebes zu erlangen. Kommen Sie, Herr Lart!

Le Noir hatte keineswegs den schlauen Gesichtsausdruck, den so viele seiner Kollegen besitzen sollen. Kein Mensch hätte nach seinem Aeußeren auf die Gedanken schließen können, die in seinem Kopfe arbeiteten. Beale vollends hatte das Aussehen eines englischen Farmers, der zum ersten Male in seinem Leben nach Paris kommt. Alles an ihm sah ländlich aus, und doch stand er im Rufe, einer der ersten Detektivs von Scotland Yard zu sein. So kam es, daß, als wir einige Minuten später über den Börsenplatz schlenderten, von dem seltsam zusammengesetzten Quartett nur Vignaud die Aufmerksamkeit der Vorübergehenden erregte, von denen einige ihn vom Sehen zu kennen schienen.

Beale ging an seiner Seite und versuchte mit seinen paar französischen Brocken eine Unterhaltung mit ihm zu führen. Der kleine Vignaud schien sich auch alle Mühe zu geben, seinen Begleiter zu verstehen. Ich folgte mit Le Noir.

Der Detektiv schien über eine schwierige Frage nachzudenken, plötzlich wandte er sich, nunmehr wieder in meiner Muttersprache, an mich.

Ich habe gestern abend eine seltsame Unterredung einiger meiner Schutzbefohlenen belauscht, sagte er leise. Einer davon ist auch Ihnen bekannt.

Javotte? fragte ich aufs Geratewohl ebenso leise.

Le Noir nickte.

Und? fragte ich hochgespannt.

Sie unterhielten sich über einen gewissen Baron Romer, den Sie ja auch kennen.

Ich nickte erstaunt.

Und eine gewisse Lucette, fuhr er lächelnd fort.

Ich ärgerte mich über sein Lächeln, nickte indes abermals.

Und stellten die Frage auf, ohne sie entscheiden zu können, ob diese Lucette wohl dem Baron noch einen Strick drehen würde.

Ich ließ mir nichts anmerken, daß mich diese Lucette sehr interessierte, sondern fragte in kühlem Töne:

Ist das alles?

Le Noir beobachtete mich einen Moment, dann sagte er:

Nein, noch etwas, das Sie mehr interessieren wird, als diese Lucette, trotzdem sie bei ihrer Schönheit von einem jungen Menschen wie Sie schon mehr Hochachtung beanspruchen dürfte. Javotte ließ noch die Bemerkung fallen, daß sich sein Doppelgänger neuerdings in Paris habe sehen lassen.

Ist das möglich? fragte ich, daß er mich in dieser Riesenstadt gesehen haben sollte?

Sie vergessen, Herr Lart, versetzte Le Noir trocken, daß ich ja auch in dieser Riesenstadt Ihren Doppelgänger gesehen habe.

Damit schritt er voraus, um Vignaud und Beale einzuholen. Ich ersah daraus, daß er nicht die Absicht hatte, sich auf weitere Fragen einzulassen.

Zehn Minuten später betraten wir das Rathaus.

Le Noir führte uns zum Büro des ersten Buchhalters. Hier verlangte er den Chef zu sprechen. Beinahe augenblicklich wurden wir empfangen. Er gab Le Noir die Hand, nickte Vignaud etwas von oben herab zu und warf mir dann, mit hochgezogenen Augenbrauen, ein zynisches Lächeln auf den Lippen, einen seltsamen Blick zu, der mich keineswegs angenehm berührte. Le Noir ging ohne Umschweife auf sein Thema ein.

Ich komme, sagte er, wegen der gestohlenen Papiere zu Ihnen, die vor zwei Tagen eingelöst worden sind. Dieser Herr hier – dabei deutete er auf den Inspektor Beale – vertritt Scotland Yard in der Angelegenheit und wird Ihnen sehr verbunden sein, wenn Sie so freundlich sein würden, uns eine Beschreibung des Mannes zu geben, der die Papiere eingelöst hat.

Der Beamte sah belustigt aus.

Diese Bitte dünkt mich seltsam, sagte er, da Sie doch den Mann selbst mitgebracht haben.

Le Noir blickte ihn erstaunt an.

Den Mann, dem Sie das Geld eingehändigt haben?

Versteht sich!

Wo zum Teufel steckt er denn?

Da steht er ja! antwortete der Beamte lachend und deutete mit seinem Zeigefinger geradenwegs auf mich.

Fünfzehntes Kapitel.

Als Le Noir sich von seinem Erstaunen erholt hatte, brach er ebenfalls in ein Gelächter aus und schüttelte energisch den Kopf. Dann blickte er mich an. Ich stand schweigend vor Entrüstung da, ohne den Beamten eines Blickes zu würdigen.

Le Noir ergriff wieder das Wort.

Sie irren sich, sagte er.

Ich bin meiner Sache absolut gewiß, versetzte der Beamte steif und fest.

Ist ganz unmöglich, beharrte Le Noir. Ich bin gestern mit diesem Herrn im selben Zuge von London gekommen.

Mag dem sein, wie ihm wolle, aber trotz allem ist er der Mann, der die Papiere präsentiert hat. Ich könnte seine Identität auf meinen Eid nehmen. Ich bin wirklich entschlossen, ihn auf meine eigene Verantwortung hin verhaften zu lassen.

Beale, der verstand, daß etwas Außergewöhnliches sich ereignet hatte, bat nun um Aufklärung.

Dieser starrköpfige Beamte da, erklärte Le Noir, besteht darauf, daß unser Freund Lart die Papiere eingelöst und das Geld ausgezahlt erhalten hat.

Tolle Geschichte, nicht? meinte Beale.

Allerdings. Lächerlich. Wenn es auch nur denkbar wäre, so kann er doch unmöglich gleichzeitig an zwei Orten gewesen sein.

Doppelgänger, brummte Beale.

Hat er in Javotte, bemerkte Le Noir, und ganz natürlicherweise sollte man annehmen, daß dieser der Gesuchte ist. Ich glaube ja bestimmt, daß er in die Sache verwickelt ist, aber er hat London erst gestern morgen verlassen. Herr Lart hat ihn am Abend zuvor im Savoyhotel gesehen, und ich selber habe festgestellt, daß er dort einige Tage gewohnt hat. Ueber solche Tatsachen kann man sich nicht hinwegsetzen. Er kann ein unbezweifelbares Alibi nachweisen. Es ist sonnenklar, daß er nicht der

Mann gewesen ist, der die Papiere präsentierte. Aber wer zum Henker war es? Das ist ein Schlag ins Kontor, mein Lieber!

Mittlerweile starrte Vignaud, der von der Unterhaltung nichts verstanden hatte und nur wußte, daß ich als der Schuldige bezeichnet worden war, mit offenem Munde einen der Polizeibeamten nach dem andern an. Nunmehr wandte sich Le Noir in scharfem Tone mit den Worten an ihn:

Herr Lart hat Ihnen heute morgen einen Brief von Herrn Goliby überbracht, was stand in diesem Brief?

Anschuldigungen, Herr Le Noir, und Drohungen, weiter nichts. Ein wütender Brief, in dem er mich für den Verlust verantwortlich macht.

Sie sind, denke ich, bereit, mir den Brief zu zeigen?

Vignaud zuckte mit den Achseln.

Sie brauchen mich das nicht zu fragen, erwiderte er, warum denn nicht? Mit dem größten Vergnügen!

Der Beamte mischte sich nun wieder in das Gespräch.

Sie wissen, meine .Herrn, daß meine Zeit nicht mir gehört. Ich habe Ihnen jede Auskunft erteilt, die in meiner Macht lag. Die Papiere waren auf keinen besonderen Namen ausgestellt – „an den Ueberbringer zahlbar" – und wurden ordnungsgemäß von diesem Herrn da präsentiert.

Abermals deutete er auf mich.

Das Geld wurde ihm in Tausendfrankenscheinen ausbezahlt, und damit sind die Papiere ungültig. Weiter habe ich in dieser Angelegenheit nichts mehr zu bemerken, stehe Ihnen aber, Herr Le Noir, jederzeit zu Diensten.

Auf diese Weise entließ er uns, und es blieb uns auch nichts weiter übrig, als uns zu verbeugen und zurückzuziehen, wir waren – wenigstens drei von uns – über das Ergebnis nicht gerade entzückt.

Draußen verabschiedeten wir uns von Vignaud, wie mir schien, zu seiner großen Erleichterung. Als er sich entfernt hatte, ergriff Beale als erster das Wort.

Wir sind nicht viel klüger als zuvor, Le Noir, sagte er.

Kein bißchen, erwiderte dieser. Ich glaube nächstdem, Herr Lart, daß Sie mehr als einen Doppelgänger haben. Unter gewissen Umständen, in einem Mordprozesse zum Beispiel, könnte es vorkommen, daß Sie irrtümlicherweise auf die Guillotine geschickt würden. Ein hübscher Gedanke, was?

Mir kommt er etwas beklemmend vor, antwortete ich.

Parbleu! sagte er lachend. Ich stecke augenblicklich lieber in meiner Haut, als in der Ihrigen, Herr Lart. Aber beruhigen Sie sich. Sie haben in uns Freunde.

Dann fügte er, sich an Beale wendend, hinzu:

Kommen Sie mit mir auf die Präfektur, dem Chef Bericht abstatten!

Ich verstand den Wink und sagte sofort:

Nun, meine Herrn, ich muß Sie jetzt verlassen. Sie kennen ja meine Adresse.

Le Noir nickte.

Grand Hotel? Ganz recht, Herr Lart.

Wir verabschiedeten uns und gingen auseinander. Eine Stunde wanderte ich ziellos, tief in Gedanken versunken, auf den Boulevards umher. Ich kam zu keinem Ergebnis. Das und der Lärm in den Straßen versetzte mich in nervöse Stimmung, und ich beschloß, für den Nachmittag die Stille der Umgebung aufzusuchen. Eine Fahrt auf der Seine nach St. Cloud, sagte ich mir, würde eine gefällige Abwechslung bieten. Daher begab ich mich auf dem nächsten Wege zum Flusse hinab und saß bald auf einem kleinen Dampfer, der mich an reizenden Landschaftsbildern vorüber meinem Ziele entgegentrug.

Es war ein entzückender Tag. Meine Sorgen verflogen bald. Und ich verlebte einen genußreichen Nachmittag in dem schattigen Schloßparke.

Ich speiste in St. Cloud zu Nacht und erreichte Paris gerade noch zu rechter Zeit, um mir im Chatelettheater ein großes Ausstattungsstück ansehen zu können.

Erst nach Mitternacht kehrte ich ins Grand Hotel zurück. Dort fand ich zwei Briefe für mich vor.

Der erste, den ich erbrach, war von Richard und lautete:

> Lieber Ted!
>
> Ich habe Dein Briefchen erhalten. Ich wußte bereits von Herrn Goliby, dem ich in Scotland Yard begegnete, daß er Dich nach Paris gesandt habe und daß Deine dortige Adresse das Grand Hotel sei. Ich habe Dir nichts mitzuteilen, als daß die Versicherungsleute sich von der menschlich-allzumenschlichen Seite zeigen. Sie stellen sich auf den Standpunkt, daß in der Villa Rabenhorst nicht ein Einbruchsdiebstahl verübt worden sei, und daß die Wertpapiere von jemand im Hause, der Zutritt zum Geldschrank hatte, beiseite geschafft worden seien. Sie erfrechen sich sogar, Deinen Namen mit der Geschichte in Zusammenhang zu bringen. Unter anderen Umständen könnte das unangenehm für Dich werden, aber laß Dir ja keine grauen Haare darüber wachsen! Ich habe die Polizeibehörden bereits davon überzeugt, daß diese Verdächtigung lächerlich ist. Ich hoffe zuversichtlich, daß die französische Polizei Licht in die geheimnisvolle Angelegenheit bringen und den Schuldigen fassen wird. Schreibe mir umgehend und laß mich alles wissen, was Dir Gutes oder Schlechtes begegnet ist.

Mit den besten Grüßen
Dein
Richard.

Der andere Brief kam von Herrn Goliby. Er hatte folgenden Wortlaut:

Lieber Herr Lart!

Sie werden mich, wie ich denke, unverzüglich von allem, was sich ereignen sollte, in Kenntnis setzen. Insbesondere bin ich gespannt, welche weiteren Erklärungen Ihnen Herr Vignaud gegeben und wie er meinen Brief aufgenommen hat. Ich weiß, daß ich ein wenig streng mit ihm verfuhr, bin aber der Ansicht, daß er diese Behandlung verdient. Der Hauptzweck dieses Briefes ist indes, Ihnen mitzuteilen, daß ein Freund von mir, der Herr von Montpelier, Sie aufsuchen wird, falls er es nicht schon getan hat. Wollen Sie seine Instruktionen befolgen!

Hochachtend
Ihr
N. Goliby.

Ich hatte eben diesen Brief zu Ende gelesen, als es an meiner Türe klopfte. Ein Kellner trat ein und überreichte mir eine Karte.

Entschuldigen Sie, mein Herr, sagte er. Diese Karte wurde heute abend für Sie abgegeben. Der Herr wird morgen um elf Uhr wieder vorsprechen.

Ich warf einen Blick auf die Karte und las die Worte:

Alfons von Montpelier
II rue Montesquieu Paris

Der Kellner entfernte sich wieder.

Immer noch starrte ich auf die Karte. Rue Montesquieu – wo hatte ich von dieser Straße schon gehört? Ich besann mich vergebens, es fiel mir nicht ein. Und so begab ich mich auf das Schreibzimmer, um Richards Bitte zu willfahren. Dort erzählte ich ihm ausführlich meine Erlebnisse und verfaßte dann auch noch einen langen, obzwar ein wenig zurückhaltenden Brief an Herrn Goliby.

Als ich mich schließlich zum Schlafen niederlegte, konnte ich trotz der vorgerückten Stunde keinen Schlaf finden. Immer wieder quälte mich die Frage, wo ich schon etwas von der Rue Montesquieu gehört hatte. Ich hatte das Gefühl, daß es in der Angelegenheit geschehen war, die mich in ihrem Verlaufe hierhergeführt hatte. Aber ich kam nicht mehr darauf. Zuletzt fiel ich in einen Halbschlummer, und nun kam plötzlich wie ein Blitz die Erleuchtung über mich. Ich hörte eine Stimme neben mir den Namen der Straße aussprechen. Als ich mir erstaunt die Augen rieb, merkte ich, daß ich geträumt hatte. Aber den Klang der Stimme hatte ich noch im Ohr: es war die des Polizei-Inspektors Walker.

Mit dem Vorsatze, den Herrn von Montpelier mit dem gebührenden Mißtrauen zu empfangen, schlief ich nun endlich befriedigt ein.

Sechzehntes Kapitel

Am folgenden Vormittag saß ich um elf Uhr im Lesezimmer und überflog die „Times", als ich bemerkte, daß ein Kellner sich mir näherte. Ihm folgte ein elegant gekleideter Herr, dessen Aeußeres meinem in der vorhergehenden Nacht erwachten Mißtrauen allerdings keine Nahrung gab. Trotzdem beschloß ich, auf meiner Hut zu sein.

Einen Moment später stand er vor mir und verbeugte sich.

Habe ich das Vergnügen, mit Herrn Lart zu sprechen? fragte er.

Gewiß, erwiderte ich, und Sie sind ohne Zweifel Herr von Montpelier?

Ich bat ihn Platz zu nehmen und zog Herrn Golibys Brief aus der Tasche.

Ich bedauere, fuhr ich fort, daß ich abwesend war, als Sie gestern abend vorsprachen. Hoffentlich habe ich Ihnen dadurch keine Unannehmlichkeiten bereitet?

Oh nein, antwortete er, nicht im geringsten. Mein Weg führte mich zufällig vorüber, und so dachte ich, ich könnte Sie möglicherweise im Hotel treffen. – Nach einer kleinen Pause setzte er lächelnd hinzu: Ich erwartete es übrigens nicht. Sie sind zum ersten Male in Paris, nicht?

Allerdings, erwiderte ich, und gestern nachmittag habe ich einen reizenden Ausflug die Seine hinunter gemacht, bis nach St. Cloud – ein entzückender Fleck – und kehrte erst spät nach Hause zurück, wo mich Ihre Karte und Nachricht, sowie dieser Brief von Herrn Goliby erwarteten.

Er verbeugte sich. Ich fuhr nach einem Blick auf den Brief fort:

Sie wissen vermutlich, daß ich sein Privatsekretär bin?

Gewiß.

Gut. In diesem Briefe teilt er mir mit, daß Sie mir gewisse Instruktionen erteilen werden, denen ich Folge leisten soll.

Er nickte.

In diesem Falle, Herr von Montpelier, setzte ich hinzu, stehe ich Ihnen zu Diensten. Welcher Art sind, wenn ich fragen darf, diese Instruktionen?

Sehr einfacher Art, erklärte er. Ich habe für Herrn Goliby ein Geschäft zu erledigen. Falls ich es nun heute schon zu Ende führen kann, so wäre es notwendig, daß Sie noch heute abend abreisen, um einige Dokumente von der allerhöchsten Wichtigkeit nach London zu bringen. Der Nachmittag gehört Ihnen, Sie können ihn verwenden, wie Sie Lust haben. Von sieben Uhr ab möchte ich Sie ersuchen, hier im Hotel zu bleiben, um jeden Augenblick zur Abreise nach London bereit zu sein.

Sehr wohl, Herr von Montpelier, Punkt sieben Uhr werde ich mich hier einfinden und Sie erwarten.

Gut, sagte er und erhob sich. Ich werde Sie nicht allzulange warten lassen. Ihr Zug fährt am St. Lazarebahnhof um neun Uhr ab.

St. Lazare! wiederholte ich überrascht.

Jawohl, bestätigte er. Sie werden über Dieppe zurückkehren. Der Bahnhof ist nur eine kurze Strecke von hier entfernt, und Sie werden die Reise angenehmer finden. Und nun, auf Wiedersehen, Herr Lart!

Er schüttelte mir die Hand und entfernte sich.

Ich begab mich in den Vorhof, ließ mich in einem Rohrsessel nieder und setzte meine Pfeife in Brand.

Solange ich mich mit dem Herrn von Montpelier unterhalten hatte, war mir nicht der leiseste Zweifel an seiner Ehrenhaftigkeit gekommen, und kaum hatte er mich verlassen, so überfiel mich wieder ein unbehagliches Gefühl, daß irgend etwas mit ihm nicht in Ordnung sein müsse. Zweifellos war der Umstand daran schuld, daß er in der Montesquieustraße wohnte.

Ich versuchte nun, mir wieder ins Gedächtnis zurückzurufen, was der Inspektor Walker mir von dieser Straße verraten hatte. Er hatte mich gefragt, ob ich sie nicht kenne, und dann? Ob ich behaupten wolle, daß ich nicht Javotte heiße. Somit stand Javotte mit dieser Straße in irgend einem Zusammenhang. Von einem Herrn von Montpelier aber war nicht die Rede gewesen.

Dieser Herr, fuhr ich nun in meinen Betrachtungen fort, stand mit Herrn Goliby in engen Beziehungen. Das ging aus des letzteren Brief, ohne daß ein Zweifel daran möglich war, mit aller Sicherheit hervor. Und doch verband die Montesquieustraße, wenn nicht ein zufälliges Zusammentreffen vorlag, ihn mit meinem Doppelgänger, sowie dem rätselhaften Baron Romer und der noch rätselhafteren Lucette. Was ließ sich daraus schließen, immer vorausgesetzt, daß nicht ein Zufall obwaltete? War mein guter, alter Chef etwa das Opfer einer weitgehenden räuberischen Verschwörung? Und war ich von der Vorsehung dazu erkoren, die Pläne der Verbrecher zu durchkreuzen? Dieser Gedanke erfüllte mich mit frohem Mute. Im Augenblick war meine bange Stimmung verschwunden. Bis jetzt hatten die Verschwörer mich noch nicht im Verdachte, daß ich ihre Machenschaften beargwöhnte. In ihren Augen war ich ein grüner Junge, mit dem sie anfangen konnten, was sie wollten, ein blinder und willkommener Helfershelfer ihrer schlimmen

Absichten. Sollte ich nicht die Gelegenheit am Schopfe fassen, ohne zu zögern Le Noir aufsuchen und ihm meine Verdachtsgründe mitteilen?

Das war sicherlich das Beste, was ich tun konnte. Diese Erkenntnis ließ mich aufspringen und mich auf den Weg zur Polizeipräfektur machen. Als ich ihn indes zur Hälfte zurückgelegt hatte, überkam mich eine Ernüchterung.

Mein Verdacht stützte sich im Grunde auf eine sehr anfechtbare Tatsache. Ich erinnerte mich wieder an die Andeutungen Le Noirs über meine Unerfahrenheit. Würde er meine Mitteilung nicht mit einem Hohngelächter oder, was noch schlimmer war, mit einem bedauernden Lächeln aufnehmen? Würde er mich nicht, wie damals Richard, für einen Geisterseher erklären und mich höflichst auffordern, die Obhut über die Verbrecher ruhig ihm zu überlassen. Und dann kam mir noch ein Gedanke, der mich bestimmte, meinen Weg nicht weiter zu verfolgen. Ich war im Grunde gar nicht ermächtigt worden, irgend eine Initiative in dieser Sache zu ergreifen. Am letzten Ende war ich weiter nichts, als ein bezahlter Angestellter des Herrn Goliby, und es kam mir nicht zu, über seine mündlichen und schriftlichen Anweisungen hinauszugehen. Meine Verpflichtungen waren in der gewissenhaften Ausführung dieser Instruktionen gegeben. Nach meiner Ankunft in London konnte ich ihn ja, ohne Anstand, in meine Befürchtungen einweihen. Am nächsten Morgen würde ich ja schon wieder in St. Johns Wood eintreffen.

Ich mußte über mein übereiltes Vorgehen lachen, das mich beinahe dazu gebracht hätte, möglicherweise eine Indiskretion zu begehen, sicherlich, mich lächerlich zu machen. Daher schlug ich mir die Sache aus dem Kopfe und wandte mich einer gefälligeren Ueberlegung zu, wie ich nämlich den Nachmittag angenehm verbringen könnte.

In diesem Augenblicke fuhr ein Tramwagen vorüber, der nach Versailles bestimmt war. Ich sprang auf und kletterte auf das Verdeck empor. Und es währte gar nicht lange, bis ich mich fragte, warum ich mich denn um anderer Leute Angelegenheiten kümmern sollte, wenn die ganze Welt so einladend aussah, und ich nur die Hand auszustrecken brauchte, um ihrer Freuden teilhaftig zu werden.

Der Nachmittag verstrich nur allzuschnell. Ich speiste zeitig in Versailles und kehrte mit der Bahn nach dem St. Lazarebahnhof zurück. Punkt sieben Uhr nahm ich im Lesezimmer meines Hotels Platz, um Herrn von Montpelier zu erwarten. Eine halbe Stunde verging, dann die nächste. Ich wurde verdrießlich. Als endlich die Uhr Viertel schlug, trat von der Terrasse der Detektiv Le Noir ein. Er ließ seinen Blick durch das ganze Zimmer gehen. Unsere Blicke begegneten sich. Sofort kam er auf mich zu.

So! Sie sind hier? sagte er und setzte sich neben mich. Ich war nicht sicher, Sie zu Hause zu finden.

Wären Sie eine Stunde später gekommen, so hätten Sie mich nicht mehr angetroffen. Ich habe Nachrichten von Herrn Goliby und kehre noch heute abend nach London zurück.

Ei was? versetzte Le Noir erstaunt. Ruft Sie etwas Wichtiges zurück?

Ich denke ja, erwiderte ich etwas diplomatisch.

Er schaute mich mit hochgezogenen Augenbrauen an.

So? meinte er. Nun ja, die Herren Chefs geben nicht immer ihre Gründe an. Sonst etwas Neues für mich?

Ich zögerte einen Moment. Es fiel mir ein, daß Herr Goliby mich angewiesen hatte, der Polizei, soweit es in meiner Macht stünde, in jeder Weise behilflich zu sein. Le Noir bemerkte mein Zögern wohl. Als ich indes das Haupt schüttelte, setzte er, hinzu:

Nun, wenn es nichts gibt, so will ich Ihnen sagen, was mich hierhergeführt hat. Ich möchte Sie nämlich bitten, daß Sie, wenn Sie zufällig einmal bei Ihrem Chef etwas von der Großfürstin Alexina hören, mich benachrichtigen, was zu Ihrer Kenntnis gelangte.

Ich starrte ihn mit offenem Munde an.

Von der Großfürstin Alexina? wiederholte ich.

Von der Großfürstin Alexina, jawohl, sagte er ernst. Ich darf Ihnen nichts weiter davon verraten, aber wir interessieren uns gegenwärtig für diese Persönlichkeit und, wie gesagt –

Gewiß, Herr Le Noir, beeilte ich mich, ihm zu versichern, trotzdem ich mir auf seine Bitte keinen Vers zu machen vermochte.

Unruhig schaute ich auf die Uhr. Herr von Montpelier mußte jeden Moment erscheinen. Es hatte bereits halb neun Uhr geschlagen. Um neun fuhr mein Zug. Ich sprang auf. Ich wollte mich nicht kompromittieren.

Schon so spät! rief ich aus. Und ich muß meine sieben Sachen noch zusammenpacken!

Sie haben recht, bemerkte Le Noir und erhob sich gleichfalls. Nun, Sie wissen ja meine Adresse – Polizeipräfektur. Wenn sich irgend etwas ereignet, in dieser Sache oder in der anderen, so lassen Sie mich's wissen. Ich will Sie jetzt nicht länger aufhalten.

Ich begleitete ihn zu einer der Türen, die auf die Terrasse hinausführten, und über den Vorhof in der Richtung nach dem Boulevard zu. Als ich mich wieder umwandte, sah ich, daß Herr von Montpelier, der offenbar durch einen Seiteneingang gekommen war, auf mich zukam. Er trug eine schwarze Tasche in der Hand, sein Gesicht war sehr blaß, und er schien außerordentlich erregt zu sein.

Ich komme spät, sagte er. Wer war der Herr, mit dem Sie sich eben unterhalten haben?

Herr Le Noir, der berühmte Detektiv, erwiderte ich mit gut gespielter Harmlosigkeit. Er hat mich über den Einbruch bei Herrn Goliby ausgeholt.

So? Was haben Sie denn gesagt?

Daß es mir nicht möglich sei, ihm mit irgend einer Einzelheit dienen zu können, die geeignet wäre, Licht auf die Angelegenheit zu werfen. Wie könnte ich das auch?

Seine Miene hellte sich auf, trotzdem er immer noch, wie ich deutlich sehen konnte, sehr aufgeregt war.

Versteht sich, wie könnten Sie das? erwiderte er. Aber nun kommen Sie rasch! Sie haben keine Minute zu verlieren.

Er eilte mir durch einen Nebenausgang auf die Rue Scribe voraus.

Aergerlich, daß ich mich so verspätet habe, sagte er. Es ist indes alles zu Ihrer Abreise hergerichtet. Ihre Rechnung ist bezahlt, ein Wagen erwartet Sie draußen, und Ihr Gepäck ist bereits darin. Geben Sie es nach London auf – vergessen Sie das nicht – und hier ist ein Billett erster Klasse nach der Victoriastation für Sie. Und nun zum Wichtigsten!

Hiebei übergab er mir die schwarze Handtasche und fuhr fort:

Was Sie auch tun mögen, lassen Sie diese Tasche nicht einen Moment aus den Augen, bis Sie sie Herrn Goliby einhändigen, verstehen Sie mich?

Völlig.

Recht so. Und nun gute Nacht und fröhliche Reise!

Er hatte mich hastig in die Rue Scribe gedrängt. Dort wartete eine Droschke. Ich sprang hinein und winkte grüßend mit der Hand. Der Kutscher hatte offenbar seine Instruktionen erhalten. Wir rasselten in der Richtung des St. Lazarebahnhofes dahin. In aller Eile ließ ich mein Gepäck direkt bis London einschreiben, hatte gerade noch Zeit, mir einen Platz in einem leeren Abteil erster Klasse zu sichern, und Schlag neun Uhr, eine Minute nach meiner Ankunft, glitt der Zug sanft in die Nacht hinaus.

In Vernon blickte ein Herr mit rötlichem Vollbart durch das Fenster in mein Abteil herein, aber er machte keinen Versuch, einzusteigen. Merkwürdigerweise wiederholte sich das in Rouen. Ich schenkte indes diesem Umstand keine Aufmerksamkeit. Aller Wahrscheinlichkeit nach war es ein Reisender, der einen im selben Zug mitreisenden Freund suchte, wie es ja auf der Reise öfters vorkommt.

Wir befanden uns nun nicht mehr weit von Dieppe. Einmal ließ ich das Fenster herunter, aber rasch zog ich es wieder herauf, als ich bemerkte, daß es in Strömen regnete. Das war eine schlimme Aussicht für meine Pfeife auf Deck, auf die ich mich bereits gefreut hatte. Von Zeit zu Zeit fragte ich mich, welcher Art die wichtigen Dokumente, die ich bei mir hatte, wohl seien. Die schwarze Tasche kam mir weit schwerer vor, als wenn sie nur Papiere enthalten hätte. Aber das ging mich ja nichts an, wenn ich sie nur sicher meinem Chef überbrachte. Und das war keine schwierige Aufgabe. Ich vertrieb mir die Zeit teilweise durch Lektüre. Nunmehr griff ich wieder zu meinem Buche. Ich las darin, bis ich Signallichter von draußen in mein Abteil hereinblitzen sah. Der Zug verminderte seine Geschwindigkeit. Ich schaute auf die Uhr. Es war gerade ein Uhr. Wir waren in Dieppe angekommen.

Langsam fuhren wir in den Bahnhof ein. Im Hafen wurden die Lichter des Dampfschiffs sichtbar. Dann verspürte ich plötzlich einen Ruck, und der Zug stand still. Ich griff nach meiner wertvollen Tasche. Da die Stufen steil und schlüpfrig vom Regen waren, mußte ich beim Aussteigen vorsichtig sein. Eben hatte ich festen Boden unter den Füßen erreicht, als ich einen heftigen Ruck an meinem rechten Handgelenk verspürte, und ehe mir die unglückselige Tatsache noch rechtzeitig zum Bewußtsein kam, stand ich mit leeren Händen da.

Die Handtasche war in Regen und Dunkelheit verschwunden, ohne daß ich hätte sagen können, wie es geschehen war.

Siebzehntes Kapitel.

Eine Verfolgung war in der Dunkelheit ausgeschlossen. Der Regen fiel in Strömen, und als ich ganz betäubt dastand und versuchte, meine Gedanken zu sammeln, wurde ich von den Reisenden hin- und hergeschoben, die, vor dem Unwetter Schutz suchend, sich beeilten, auf den Dampfer zu kommen.

Sofort dachte ich daran, nach Paris zu telegraphieren oder beim Stationsvorstand Meldung zu erstatten. Ich überlegte rasch, ob mir die Zeit dazu reichte. Alsbald sah ich ein, daß ich vielleicht den Dampfer verfehlen würde, wenn ich das tun wollte. Ich sagte mir, daß jetzt meine

Ankunft in London wichtiger war, als eine Meldung bei Behörden, die meinen Bericht möglicherweise ohne großes Interesse aufnehmen würden und sicherlich nicht in der Lage wären, in dieser Sache viel zu unternehmen. Nein, das Beste war noch, Herrn Goliby möglichst bald zu treffen und ihm die weiteren Schritte zu überlassen, die in der mißlichen Angelegenheit zu tun waren.

Auf dem Quai herrschte ein wirres Durcheinander. Das Zischen ausströmenden Dampfes, das Gepolter des Gepäcks, das verladen wurde, trafen mein Ohr, dann schrie mir jemand auf dem Landungssteg ein rauhes „Obacht"! zu, und zuletzt fand ich mich auf dem schlüpfrigen Verdeck und stolperte wie ein Betrunkener in die Kajüte hinab.

Das Elend dieser stürmischen Ueberfahrt werde ich nie vergessen. Was sollte ich beginnen? Wie konnte ich Herrn Goliby mit leeren Händen unter die Augen treten? Die Aufgabe, die mir zugefallen war, hätte nicht einfacher sein können. Meine Erklärung würde in ihrer Einfachheit geradezu kindisch klingen, was würde er mir darauf erwidern? Ich mochte gar nicht daran denken. Von den folgenden Stunden weiß ich nur noch, daß mich wilde Träume plagten, in denen der Baron Romer, mein Doppelgänger Javotte, der kleine Herr Vignaud, Herr von Montpelier und die Großfürstin Alexina eine große Rolle spielten, welch letztere sich in Lucette, das geheimnisvolle Weib, das mir und Richard erschienen war und das ich im Savoyhotel gesehen hatte, verwandelte.

Als endlich der Tag anbrach, schleppte ich mich müde und niedergeschlagen aufs Verdeck. Aber die weißen Klippen der englischen Küste übten nur die eine Wirkung auf mich aus, daß sie meine Ratlosigkeit noch vergrößerten, denn je mehr ich mich St. Johns Wood näherte, desto größer wurde meine Scheu vor der bevorstehenden Zusammenkunft mit meinem Chef. Bald fuhr der Dampfer in den Hafen von Newhaven ein und legte an. Die Passagiere drängten sich in ihrer Ungeduld an Land zu gehen, in wildem Durcheinander an der Landungsbrücke. Ich hielt mich im Hintergrunde und war der Letzte, der den Steg betrat. Sobald ich den Quai mit einem Fuße berührt, fühlte ich, daß sich eine Hand leicht auf meine Schulter legte.

Ich zuckte zusammen, als ob ich ein schlechtes Gewissen hätte, wandte mich um und begegnete dem scharfen Blick eines Fremden.

Wo ist Ihr Gepäck? fragte er.

Ich habe es bis zur Victoriastation aufgegeben, erwiderte ich, sehr erstaunt über die Frage. Dann fügte ich hinzu: Ich nehme an, daß es hier von der Zollbehörde untersucht werden wird. – Damit zog ich den Gepäckschein aus dem Portemonnaie.

Geben Sie mir das, sagte der Mensch und riß mir den Schein förmlich aus der Hand. Und nun, kommen Sie mit!

Bei jeder anderen Gelegenheit hätte ich ihn für sein unverschämtes Benehmen gebührend zurechtgewiesen, aber in diesem Augenblick hatte ich kein Fünkchen Selbstbewußtsein mehr im Leibe, und so folgte ich ihm kleinlaut auf das Zollamt. Zudem sagte ich mir, daß der Mann nur ein Detektiv sein könne, da sonst kein Mensch wagen würde, sich so anmaßend zu benehmen. Diese Ueberlegung aber benahm mir das letzte Restchen von Mut. Heiliger Gott, schon wieder harrte meiner eine neue Prüfung! Das schien für den Moment tödlich sicher.

Der Mann wartete, bis alles Gepäck in das Lokal eingebracht und auf den langen Holzschragen aufgereiht worden war.

Wo ist nun das Ihrige? fragte er.

Ich deutete auf meinen Handkoffer und holte den Schlüssel aus der Tasche.

Machen Sie es auf! gebot er.

Ich schloß es auf, worauf er einem der Zollbeamten ein Zeichen machte.

Packen Sie das aus, aber gründlich! sagte er. Ich bemerkte, daß die beiden mit den Augen ein Zeichen des Einverständnisses wechselten.

Einen Moment später waren meine wenigen Sachen auf dem Tische ausgebreitet.

Der Mann schien erstaunt, ja verblüfft zu sein.

Ist das Ihr ganzes Gepäck? fragte er.

Ich hatte mir schon überlegt, was ich auf eine solche Frage antworten müßte. Ein gebieterischer Instinkt hatte mir eingegeben, daß er vielleicht gerade die Tasche suchte, deren Verlust ich so tief beklagte. Daher erwiderte ich prompt:

Gewiß, das ist alles.

Hm, machte er und kratzte sich ratlos hinter dem Ohr. Nun, packen Sie das Zeug wieder ein und folgen Sie mir!

Rasch packte ich ein, dann führte er mich zum Zimmer des Stationsvorstands.

Treten Sie nur ein! bemerkte er, immer noch in befehlendem Tone.

Ich trat ein. Wir befanden uns in dem Raume allein.

Haben Sie etwas dagegen einzuwenden, daß ich Ihnen die Taschen durchsuche? fragte er nunmehr.

Ich fühlte, wie mir das Blut in den Kopf stieg.

Nein, antwortete ich dann, trotzdem mir Ihre Frage etwas ungewöhnlich vorkommt. Darf ich fragen, ob Sie ein Detektiv sind?

Gewiß bin ich das. Ich dachte, Sie hätten das bereits erfaßt.

Allerdings habe ich das, aber ich wollte meinen Verdacht nur bestätigt haben. Ganz recht – suchen Sie nur!

Er tat es mit großer Sorgfalt.

Schließlich sah er wieder zu mir auf.

Das genügt, sagte er.

Das sollte auch genügen, bemerkte ich, nunmehr aufgebracht. Was bedeutet denn eigentlich diese Komödie? Für wen zum Teufel halten Sie mich denn?

Für wen ich Sie halte, ist nicht von Belang, erklärte er leichthin. Ich habe nur meine Instruktionen befolgt, die nicht für die Oeffentlichkeit bestimmt sind.

Da ich keine Lust hatte, mich damit zufrieden zu geben, sagte ich:

Haben Sie vielleicht schon vom Inspektor Beale von Scotland Yard gehört?

Selbstverständlich, erwiderte er.

Und von dem Pariser Detektiv Le Noir?

Er grinste.

Fragen Sie nur weiter! versetzte er.

Gut. wenn Sie wieder einmal einem dieser Herren begegnen, so seien Sie so freundlich und sagen Sie ihnen, daß Sie sich unsterblich blamiert haben, indem Sie den Herrn Lart aus St. Johns Wood durchsucht haben.

Diese Bemerkung brachte ihn indes keinen Augenblick aus seiner gleichmütigen Ruhe.

Das werde ich nicht tun, sagte er. Ich sehe ein, daß ich in der Ausführung meiner Instruktionen einen Fehler gemacht habe. Und nun, wenn Sie Ihren Zug nicht verfehlen wollen, beeilen Sie sich! In zwei Sekunden wird er unterwegs sein.

Er hatte recht. Als ich durch das Fenster auf den Bahnsteig hinausblickte, sah ich den Zugführer mit der grünen Flagge in der Hand am Ende des Perrons stehen, bereit, das Zeichen zur Abfahrt zu geben. Ich schoß wie ein Pfeil aus dem Büro und hatte gerade noch Zeit, auf einen Wagen zu springen, bevor der Zug sich in Bewegung setzte. Auf diese Weise begann der letzte Abschnitt meiner ereignisreichen Reise.

Wenn ich die verschiedenen Gedanken in wenige Worte zusammenfasse, die mich während meiner Fahrt durch das grüne Sussex an diesem schönen Sommermorgen bestürmten, so wäre Folgendes zu sagen:

Meine Verbindung mit Herrn Goliby war im Begriff, für mich einen zweifelhaften Wert anzunehmen. Je früher ich diese Verbindung lösen könnte, desto besser für mich. Ich wurde mit einem Male in einen wahren Strudel von Geheimnissen hineingezogen, die deutlich ein gefährliches Gepräge trugen. Das Neueste und Unangenehmste war die Durchsuchung durch einen Diener des Gesetzes gewesen. Die Erklärung dieser demütigenden Handlung machte mir keine Schwierigkeit: ich wurde mehr und mehr in ein unheimliches und unsauberes Abenteuer verwickelt, das möglicherweise meine ganze Zukunft in Mitleidenschaft ziehen könnte. Wie aber konnte ich mich aus der Affäre ziehen? Allerdings sollte ich binnen Kurzem meinen Chef sprechen, der sicherlich über meine Unfähigkeit, einen so einfachen Auftrag auszuführen, gerechterweise erbost sein würde. Ich konnte ihm ja den Vorschlag machen, er möchte mich entlassen, wenn er aber darauf bestünde, daß ich mich an meinen Vertrag halte, was dann? Aus irgend einem nicht näher bestimmbaren Grunde war ich der Ansicht, daß ich für Herrn Goliby von Wert sei. Nun konnten ihm meine Dienste trotz meines Mißgeschicks auch fernerhin wertvoll sein. Dann wäre es nur denkbar, daß ich durch Flucht das Band zerreißen könnte, das zwischen uns bestand. Die Sachlage war schwierig und peinlich zugleich.

Als der Zug in Redhill einfuhr, bemerkte ich mit einem Male, daß die Londoner Morgenblätter schon angelangt waren. Ich kaufte mir den „Daily Telegraph" und vertiefte mich in die Zeitung, um meine schlimmen Gedanken zu vergessen. Auf den ersten Blick fiel mir die fettgedruckte Ueberschrift auf:

Kolossaler Juwelendiebstahl in Paris.
Die Diamanten der Großfürstin Alexina gestohlen.
Verlust auf 100 000 Pfund geschätzt.

Die Zeitung entfiel meiner Hand. Kalter Schweiß brach mir aus der Stirne. Hatte mir nicht Le Noir noch aufgetragen, ihn zu benachrichtigen, sobald ich von der Großfürstin Alexina hören würde? Das war ja noch kein Grund, mich über den Diebstahl mehr als jeder andere Leser zu entsetzen.

Aber es fiel mir jetzt gleichzeitig das außerordentlich aufgeregte Benehmen des Herrn von Montpelier ein, als er mich im Gespräch mit dem Detektiv gesehen hatte. Ich hatte ihm schon von Anfang an mißtraut, jetzt war mein Verdacht zur Gewißheit geworden. Ich erinnerte mich der ungewöhnlichen Weise, in der er mich aus dem Hotel hinausgedrängt, die schwarze Tasche in meine Hand genötigt und mich ermahnt hatte, sie nicht einen Moment aus den Augen zu verlieren. Ich erinnerte mich auch des Gewichtes und Umfangs der Tasche. War es möglich, daß ich in aller Harmlosigkeit ein Mitschuldiger an diesem ungeheuerlichen Diebstahl geworden war? Und daß ich, bis nach meiner Ankunft in Dieppe, 100 000 Pfund gestohlenes Eigentum im Besitze gehabt hatte?

Von diesem Gesichtspunkt aus war das Benehmen des Detektivs in Newhaven ganz erklärlich. In Paris war das Verbrechen gleich ruchbar geworden. Alle Hebel wurden in Bewegung gesetzt, irgend ein Anhaltspunkt führte die Polizei zum Grand Hotel. Dort war sie benachrichtigt worden, daß ich das Hotel Hals über Kopf verlassen hatte, und zwar unter verdächtigen Begleitumständen. Dann war wohl sofort Scotland Yard in Kenntnis gesetzt und ersucht worden, alle von Frankreich anlaufenden Dampfbote zu überwachen und jeden Passagier, der meiner Beschreibung entsprach, zu durchsuchen.

Aber, wenn diese Theorien der Wirklichkeit entsprachen, warum war ich nicht noch auf französischem Boden festgenommen worden? Ich hatte ihn ja erst um ein Uhr morgens verlassen. Da ging mir ein Licht auf. Kam da nicht wieder mein Doppelgänger ins Spiel? War am Ende Javotte ebenfalls mitgefahren und war er – mit leeren Händen unterwegs, sagen wir in Rouen, verhaftet worden? War diese Verwechslung nicht gar von den Verschwörern vorhergesehen und beabsichtigt? Dann hatte ein Mitschuldiger in Dieppe dem ahnungslosen Träger die gestohlenen Juwelen wieder abgenommen. Das war für mich ein Glück gewesen, denn sonst wäre ich in Newhaven verhaftet worden.

Ich schauderte bei diesem Gedanken.

Aber, wenn alles das stimmte, und Herr von Montpelier in Wahrheit ein Spitzbube war, was hatte Herr Goliby mit ihm zu tun? War er selber ein Opfer einer Verbrecherbande? Welchen Zusammenhang konnte er mit einem solchen Diebstahl oder überhaupt mit einem Verbrechen haben? Und doch hatten meine Instruktionen mit aller Bestimmtheit dahin gelautet, daß ich die Tasche ihm und keinem anderen übergeben sollte. Oder enthielt die Tasche gar nicht die gestohlenen Diamanten? Und sie war mir dann vielleicht aus irgend einem Mißverständnis geraubt worden?

Es war schwer zu entscheiden, welcher Ansicht ich den Vorzug geben sollte, ohne Bestimmteres zu wissen. Während ich über diese Fragen nachgrübelte, lag der „Daily Telegraph" immer noch zu meinen Füßen. Vielleicht, fiel mir jetzt ein, konnte er mich aufklären. Daher nahm ich ihn wieder zur Hand und fand darin folgende Einzelheiten über das Verbrechen:

> „Das Hotel Continental war heute abend der Schauplatz eines der sensationellsten und kecksten Diebstähle der letzten Jahre. Die Großfürstin Alexina, die heute morgen von St. Petersburg angekommen ist, hatte im ersten Stock des Hotels eine Reihe von Zimmern inne. Es war bekannt geworden, daß sie für den bevorstehenden Ball im Elisée ihre Diamanten und andere Juwelen von großer Seltenheit und bedeutendem Werte bei sich hatte. Durch irgend eine Nachlässigkeit wurden sie nicht in der Stahlkammer des Hotels zur Aufbewahrung abgegeben. Als die Großfürstin mit ihrer Begleitung beim Diner saß, wurden die Juwelen, während der momentanen Abwesenheit ihrer Dienerschaft, mit hervorragender Schnelligkeit und Gewandtheit aus ihrem Schlafzimmer entwendet."

Es folgte eine Beschreibung einiger der gestohlenen Juwelen, und der Artikel schloß mit den Worten:

> „Es wird versichert, daß die Polizei einen wichtigen Anhaltspunkt besitzt. Während ich dieses schreibe, erfahre ich, daß im Zusammenhang mit der Affäre heute abend in Rouen bei der Ankunft des Schnellzugs nach Dieppe und London eine Verhaftung vorgenommen wurde."

Diese Nachricht benahm mir den letzten Zweifel an meiner Theorie: Ich hatte die Juwelen von Paris nach Dieppe geschafft! Für den Rest der Reise blieb mir genügend Stoff für meine Gedanken, das brauche ich wohl nicht erst zu versichern.

Als wir in die Victoriastation einfuhren, zeigte die Bahnhofuhr die achte Stunde. Ich holte meinen Handkoffer ab und wollte eben in eine Droschke einsteigen. In diesem Moment sah ich den Mann mit dem roten Backenbart gemächlich den Bahnsteig herunterkommen, der in Vernon und in Rouen in mein Abteil hereingeblickt hatte. Wer beschreibt mein Erstaunen, als ich zufällig bemerkte, daß er eine schwarze Tasche in der Hand trug, die auf ein Haar derjenigen glich, welche mir in Dieppe abhanden gekommen war?

Mit einem Satze stürzte ich dem Manne nach, aber einen Augenblick später war er in der Menge verschwunden.

Als ich in der Droschke saß, sagte ich mir, daß ich ihn doch nicht wegen des Aussehens seiner Handtasche hätte überfallen können und dankte meinem Schicksal, daß er entkommen war. Ich wußte ja, was die Tasche enthielt!

Jetzt kann mich aber nichts mehr in Erstaunen setzen, dachte ich.

Trotzdem war ich hoch erstaunt, als eine halbe Stunde später, in der Nähe der Villa Rabenhorst, eine Droschke an mir vorbeifuhr und ich in ihrem Insassen wieder den Rotbärtigen erkannte. Der Wagen bog in den Wildwoodweg ein.

Hol mich der Henker, sagte ich mir, wenn der Kerl nicht die gestohlenen Juwelen bei sich hat und damit in die Villa des Baron Romer fährt.

Achtzehntes Kapitel.

Mochte dem sein, wie ihm wollte, mir stand jetzt als erstes eine Aussprache mit dem bisher in keiner Weise gestrengen Herrn Goliby bevor. Durch die letzten Erlebnisse war ich gewitzigt worden und nun entschlossen, meinem Chef frank und frei vor die Augen zu treten. Ich wollte in meinen Erklärungen aufrichtig sein, ich hatte ja in Wirklichkeit keinen Anlaß, mich zu entschuldigen. Zurückhaltung, diese wertvolle Tugend, hatte ich bisher nicht gekannt. Aber meine neuesten Erfahrungen hatten mich eines Besseren belehrt. Und das war wirklich nötig gewesen. Ich wollte es dem Augenblick überlassen, Herrn Goliby soviel oder so wenig mitzuteilen, als mir gut dünkte.

Diese Ueberlegungen machten mich sicher und selbstbewußt. Ich beschenkte in wiedergewonnener guter Laune meinen Kutscher mit einem unerwartet reichlichen Trinkgeld, schloß das Gartenpförtchen auf und schlenderte erhobenen Hauptes dem Hause zu. Dort angelangt, begab ich mich in mein Zimmer und klingelte. Kaum hatte ich dies getan, als der runzelige Sawkins auf der Schwelle erschien. Ausnahmsweise spielte diesmal ein Lächeln um seine Lippen.

Sie sind wieder zurückgekehrt, wie ich sehe, Herr Lart, begann er.

Jawohl. Wollen Sie Herrn Goliby mitteilen, daß ich ihn gerne sprechen möchte, wenn möglich sofort.

Er ist noch nicht aufgestanden. Er ist nicht ganz auf dem Damm, offenbar durch diese Versicherungsleute aufgebracht, die schon imstande wären, einen Menschen zu Tod zu ärgern. Die sind auch mit gar nichts zufrieden zu stellen. Wozu nehmen sie Versicherungen an, wenn sie keine Lust haben, zu bezahlen?

Allerdings, Sie haben recht, erwiderte ich. Es tut mir leid zu hören, daß sie Schwierigkeiten machen.

Ja und wie! Es ist geradezu ekelig. Haben Sie sich in Paris gut amüsiert, Herr Lart?

Oh ja.

Die Damen sollen dort, wie ich hörte, sehr pikant sein, was?

Sawkins grinste wieder.

Nicht übel, erklärte ich, aber an unsere englischen Mädel können sie nicht hintippen. Nein, wirklich nicht!

Vielleicht etwas freier im Umgang, nicht?

Mag sein. Ich habe es nicht einmal beobachtet. Ich hatte zu viel zu tun. Sobald Herr Goliby erwacht, sagen Sie ihm, daß ich ihn gerne sehen würde, nicht wahr, Sawkins, ich kann mich daraus verlassen?

Gewiß, Herr Lart.

Ich bin etwas hungrig. Sie können Marie sagen, sie möchte mir sofort mein Frühstück bringen.

Wie Sie wünschen, erwiderte Sawkins und verschwand.

In aller Eile wusch ich mir die Müdigkeit aus den Augen, und als ich damit fertig war, erschien Marie mit ihrem Servierbrett und begrüßte mich mit einem frischen Guten Morgen. Ein appetitlicher Duft kam mir von dem Servierbrett entgegen, und zum ersten Male wieder seit vielen Stunden umfing mich eine behagliche Stimmung. Ich setzte mich unverweilt an den Frühstückstisch. Mein Appetit schien dem Mädchen zu gefallen, denn lachend sagte sie:

Haben Sie in Paris keinen Schinken mit Ei bekommen?

Keinen so guten wie diesen, erwiderte ich.

Aber es ist eine lustige Stadt, nicht?

Oh ja, es läßt sich dort schon leben.

Ich habe das einmal von meinem Vater gehört. Mutter wurde ordentlich wild darüber.

So wirklich? – Ist hier alles seinen alten Trab weiter gegangen, während meiner Abwesenheit?

Immer den gleichen Trott. Mir wird es etwas zu eintönig hier. Ich habe gekündigt.

Ei was? Das tut mir aber leid.

Tut es Ihnen leid? Sehr freundlich von Ihnen, Herr Lart. Wissen Sie, es ist hier so unheimlich still – keine Gesellschaften, keine Essen, gar nichts. Der Herr Goliby ist ja ein netter alter Herr und er behandelt mich auch freundlich, aber das genügt eben nicht.

Allerdings, bemerkte ich lachend, aber Sawkins ist ja auch noch da!

Ihre Lippen kräuselten sich verächtlich.

Der, sagte sie, den können wir alle nicht leiden, den heimtückischen Schleicher. Und dann ist auch etwas nicht richtig mit ihm. Bisweilen erschreckt er mich und die Köchin fast zu Tode, *der*!

So? Wieso denn? fragte ich und spitzte die Ohren.

Die Sache ist so, erwiderte sie und dämpfte ihre Stimme, wobei sie sich ängstlich im Zimmer umsah, im ganzen Hause ist es nicht recht geheuer. Erinnern Sie sich noch, wie Sie mich eines Morgens fragten, ob ich während der Nacht nicht Frauenstimmen gehört habe, und ich nein sagte?

Gewiß, antwortete ich gespannt, ich erinnere mich genau.

Gut, fuhr sie fort und näherte ihren Mund meinem Ohr. Ich habe sie neulich nachts selbst gehört, ja wirklich. Ich hatte abends Kaffee getrunken, das wird es wohl gewesen sein, was mich wach hielt, und um zwei Uhr morgens ging ein solches Lachen und Geschrei und Pfropfenknallen los und was weiß ich sonst noch! Aber nicht wahr, Herr Lart, Sie sagen niemand ein Wort davon?

Nein, mein liebes Kind. Und was dann?

Ja, und dann saß ich im Bett auf und fragte mich: Wo ist denn der Lärm hergekommen? und ich stehe auf und gehe leise an die Türe und – hm – wünschen Sie noch etwas Tee, Herr Lart?

Die Türe ging auf. Als ich aufblickte, sah ich, daß Herr Goliby auf der Schwelle stand. Er trat beiseite, um Marie passieren zu lassen, kam dann auf mich zu und schüttelte mir herzlich die Hand.

Glücklich zurückgekehrt, Herr Lart? fragte er. Nun, und wie haben Sie sich auf Ihrer kleinen Reise amüsiert?

Ich schüttelte etwas niedergeschlagen mein Haupt.

Unter günstigeren Umständen, erwiderte ich, wäre es zweifellos eine sehr angenehme Reise gewesen, aber –

Ich zögerte einen Moment, während er mich forschend ansah, hielt es aber für das Beste, ihm die Wahrheit ungeschminkt mitzuteilen und fuhr daher fort:

Aber unglücklicherweise, Herr Goliby, ist mir ein großes Mißgeschick widerfahren. Die Tasche, welche die Dokumente enthielt, die mir Herr von Montpelier übergeben hatte, ist mir, als ich heute morgen in Dieppe aus dem Eisenbahnzug ausstieg, aus der Hand gerissen worden.

Er zog die Augenbrauen ärgerlich zusammen.

Ich bin sicherlich ein umgänglicher Mensch, Herr Lart, aber das ist mir doch zu bunt. Vollends nach all den Vorsichtsmaßregeln, die ich getroffen hatte. Mein Wort, das geht doch zu weit!

Ich leugne es nicht ab, Herr Goliby, versetzte ich, und ich kann es Ihnen nicht verdenken, wenn Sie zornig sind.

Ich bin nicht gerade zornig, bemerkte Herr Goliby, aber wie haben Sie auch etwas Derartiges zulassen können?

Zulassen? Ich bin nicht um Erlaubnis gefragt worden. Ich stieg eben vorsichtig aus dem Wagen und hatte den Griff der Tasche fest in der Hand, als sie mir mit solcher Gewalt entrissen wurde, daß ein Widerstand unmöglich war. Es hat mir die Hand fast abgerissen, weiter weiß ich überhaupt nichts davon.

Aber der Dieb! Haben Sie denn sein Gesicht nicht gesehen?

Ich habe nichts gesehen. Es war stichdunkel, wo ich ausstieg, der Regen fiel in Strömen. Alles geschah in einem einzigen Augenblicke.

Großer Gott! murmelte er. Welch eine Folge von Unglücksfällen!

Ja, wahrhaftig, Herr Goliby. Es tut mir sehr leid, daß meine Dienste Ihnen bisher von so geringem Werte gewesen sind. Ich habe Ihnen einen großen Schaden verursacht, allerdings wirklich ohne meine Schuld und ohne einen Moment unachtsam zu sein. Nach dieser Affäre wäre es vielleicht das Beste, wenn ich Ihnen das Geld zurückgeben würde, das Sie so freundlich waren mir vorzustrecken, und mich von meiner Stelle zurückzöge.

Wo denken Sie hin? versetzte er mit seinem wohlwollendsten Lächeln. Einem solchen Vorschlage würde ich nicht stattgeben. Sie haben mir treue Dienste geleistet. Der Fehler liegt in keiner Weise an Ihnen. Ich war nur einen Augenblick überrascht, denn dieses Vorkommnis bedeutet für mich Verschub, und Verzögerungen sind in der Geschäftswelt bisweilen verhängnisvoll. Ich glaube indes im vorliegenden Fall nicht an ein derartiges Ergebnis. Der Verlust ist nicht unersetzlich. Die Dokumente können noch einmal angefertigt werden. Ich werde heute noch Herrn von Montpelier darüber schreiben. Nein, so schlimm ist es nicht. Sie dürfen nicht daran denken, Herr Lart, mich zu verlassen. Und nun wollen wir von etwas anderem reden. Sie haben natürlich Herrn Vignaud gesehen?

Gewiß, wie ich Ihnen in meinem Briefe geschrieben habe.

In Ihrem Briefe? Ich habe keinen Brief von Ihnen erhalten.

Das ist sehr merkwürdig. Nach Empfang des Ihrigen habe ich sofort geantwortet und Ihnen über alles, wie Sie wünschten, genau Bericht erstattet.

Der Brief ist nicht angekommen. Höchst merkwürdig, wie Sie sagen. Das muß untersucht werden. Erzählen Sie mir indes, was vorgefallen ist. Welche Erklärungen hat er Ihnen gegeben?

Gar keine, außer denjenigen, die er bereits in seinem Telegramm angedeutet hat. Er schien, um das Kind beim wahren Namen zu nennen, sich nicht viel daraus zu machen. Der Brief hat ihn, wie mir vorkam, nur gelangweilt.

Nein, wirklich, ist das möglich?

Er lachte über Ihre Drohung, ihn für den Verlust verantwortlich machen zu wollen.

Nicht möglich!

Aber er wurde doch kleinlaut, als Herr Le Noir in seinem Büro erschien. Ich war nämlich gerade anwesend.

Herr Le Noir? Wer ist denn das?

Der berühmte französische Detektiv. Er war es, der mir neulich in die City gefolgt ist. Er verwechselte mich, wie es scheint, mit einem gewissen Javotte, dem ich auffallend gleichen soll.

Ja? Aber wie kamen Sie dazu, diesen Le Noir kennen zu lernen?

Er hat sich mir auf dem Dampfer selbst vorgestellt. Nach einer Entschuldigung wegen seines Irrtums bat er mich, ihm den Einbruchsdiebstahl mit allen Einzelheiten zu schildern.

Das haben Sie getan?

Gewiß. Ich nehme an, daß ich damit in Uebereinstimmung mit Ihren Wünschen handelte?

Gewiß, gewiß, versteht sich! Sie haben recht getan. Hat er über den Gegenstand selbst eine Meinung geäußert?

Nicht eigentlich – er sagte nur, es sei ein sehr dunkler Fall, und er befürchte, Sie möchten mit den Versicherungen Schwierigkeiten haben.

Herr Goliby hob verzweifelt die Hände.

Schwierigkeiten! Reden Sie mir nicht davon, Herr Lart! Der Himmel weiß, wann meine Ansprüche befriedigt werden. Die Affäre ist wirklich ein Unglück für mich, eine höchst beklagenswerte Geschichte! Nun und es scheint, daß Sie diesem Herrn Le Noir nachher in Paris wieder begegneten?

Ja. Bei Herrn Vignaud. Er war in Begleitung des Inspektors Beale von Scotland Yard. Wir vier begaben uns zusammen nach dem Rathause, um dort Nachforschungen anzustellen. Und was denken Sie nun, das sich dort ereignete?

Statt zu antworten, zuckte er mit den Achseln.

Etwas ganz Merkwürdiges, fuhr ich fort. Der Beamte, der die gestohlenen Papiere ausbezahlte, deutete auf die Frage, wer sie präsentierte, ohne einen Moment zu zögern, auf mich. Das hätte unter Umständen sehr unangenehm für mich sein können. Aber Herr Le Noir lächelte nur und erklärte, das sei unmöglich. Der Mann indes blieb auf seiner Aussage bestehen. Da dachte ich nun an jenen Javotte, der mir so auffallend gleichen soll. Kann er das Verbrechen begangen haben? Nein. Als ich nämlich Herrn Le Noir meinen Verdacht mitteilte, sagte er sofort, Javotte könne es nicht gewesen sein, weil dieser am gleichen Abend in London war und im Savoyhotel mit einem englischen Baron dinierte – wie hieß er denn noch –

Ich tat, als ob ich einen Augenblick nachdächte, und sagte sodann:

Ach ja, ich erinnere mich jetzt – Romer – Baron Romer hieß er – und weil er erst am folgenden Tag aus London nach Paris abgereist sei.

Das klingt ja sehr merkwürdig, bemerkte Herr Goliby nach einer kleinen Pause des Nachdenkens.

Ueberraschend merkwürdig, Herr Goliby. Herr Le Noir schien nicht mehr aus noch ein zu wissen.

Glauben Sie, daß er diesen Javotte irgendwie im Verdacht hat?

Ich bin überzeugt davon.

Und das ist alles, was die Polizei in der Sache herausgebracht hat? fragte Herr Goliby.

Alles.

Das ist ja so gut wie gar nichts.

Ich nickte.

Mittlerweile bin ich um 20 000 Pfund ärmer, bemerkte Herr Goliby mit einem leichten Seufzer. Das ist keine sehr angenehme Betrachtung, mein lieber Herr Lart.

Nein, wirklich nicht. Uebrigens, weil wir gerade davon reden, ist Ihnen vielleicht dieser Baron Romer bekannt?

Ich habe den Namen schon gehört, aber ich bin ihm nie begegnet. Soviel ich weiß, ist es ein ganz junger Mensch. Warum interessiert Sie das?

Ich zögerte einen Moment, dann sagte ich:

Ich kann keine bestimmten Gründe dafür angeben, aber ich habe das Gefühl, daß dieser Baron in irgend einer Weise mit dem Einbruchsdiebstahl zusammenhängt.

Mit dem Diebstahl der Wertpapiere? Wieso denn? Das kann ich mir gar nicht denken. Nein, Herr Lart, das kommt mir ganz sinnlos vor. Warten Sie nur, die Geschichte wird sich eines Tages ganz von selber aufklären!

In diesem Augenblick klopfte es an der Türe. Sawkins trat ein und überreichte Herrn Goliby eine Karte.

Ein Herr ist drunten, Herr Goliby, der Sie zu sprechen wünscht.

Herr Goliby rückte seine Brille zurecht und warf einen Blick auf die Karte.

Großer Gott, sagte er sodann überrascht, das ist ja gerade der Mann, von dem wir reden – Baron Romer. Was in aller Welt führt ihn hierher?

Herr Goliby zögerte einen Moment, dann sagte er: Nun, ich denke, ich muß ihn empfangen.

Damit verließ er das Zimmer.

Neunzehntes Kapitel.

Ich war natürlich sehr neugierig, die Bedeutung von Baron Romers Besuch zu erfahren, insbesondere weil er zu so ungewöhnlich früher Morgenstunde erschien.

Da ich indes dieses neue Rätsel nicht lösen konnte, kehrte ich zu meinem Frühstück zurück. Ich war mit dem Verlaufe der Unterredung mit meinem Chef wohl zufrieden, die ich mir so stürmisch vorgestellt hatte. Behaglich ließ ich mich am Tische nieder. Leider war das Frühstück mittlerweile erkaltet. Doch das bekümmerte mich wenig, und so machte ich mich wieder an meinen Schinken mit Ei. In diesem Augenblicke ging die Türe abermals auf und herein kam Marie mit einer neuen Auflage, die mein Zimmer mit gefälligem Dufte erfüllte.

Bei Gott, Marie, sagte ich, Sie sind doch ein liebes Kind. Und wissen Sie auch, daß Sie sehr hübsch sind?

Aber Herr Lart, erwiderte sie lächelnd und errötend, Sie wollen sich nur über mich lustig machen.

Keine Rede, Sie wissen es ja selbst, Marie, denn ich glaube, daß Sie gelegentlich ganz gerne in den Spiegel schauen.

Das muß ich schon – wenn ich mein Haar mache, erwiderte sie zimpferlich.

Ja, ja, und *hübsches* Haar haben Sie – und eine solche Menge!

Wirklich?

Tatsächlich! Sie kleiner Schelm, Sie wissen es ganz genau! Uebrigens haben Sie beiläufig den Herrn gesehen, der eben gekommen ist?

Das Mädchen blickte mich erstaunt an.

Was für ein Herr? fragte sie. Ich habe die Gartenglocke nicht läuten hören.

So? Aber Sawkins ist doch vor wenigen Minuten heraufgekommen und hat die Karte eines Herrn überbracht, der drunten warte und Herrn Goliby zu sprechen wünsche.

Seltsam, sagte sie nachdenklich. Sawkins wird ihn eben haben kommen sehen und ließ ihn ein, bevor er geläutet hat. Ich habe auch niemand reden hören, und doch sind alle Türen auf, mit Ausnahme von Herrn Golibys Arbeitszimmer. Da darf ja niemand hinein.

Warum denn?

Ich weiß nicht. Die Türe ist stets, geschlossen. Nur Sawkins hat Zutritt. Sonst niemand.

Und Sie sind nie darin gewesen? fragte ich jetzt voller Neugier.

Nie, Herr Lart. Die Köchin und ich nennen es das „Blaubartszimmer", das man auf dem Theater sieht. Wie ich Ihnen sagte, wimmelt es in dem Hause von Geheimnissen – für mich allerdings nicht mehr lange.

Seltsam, sagte ich. Aber das bringt mich wieder darauf, daß Sie mir etwas erzählen wollten, als vorhin Herr Goliby hereinkam, etwas von lachenden und singenden Frauen und Pfropfenknallen.

Ach ja, richtig. Ich erinnere mich jetzt. Also ich schlich zur Türe, wie ich Ihnen erzählte, und da ich dort nicht genügend hörte, ging ich auf den Vorplatz, den oberen Vorplatz, wissen Sie, wo ich mein Zimmer habe, und da hörte ich den Lärm noch besser. Ich konnte aber nicht herausbringen, wo er herkam, wenn mir's auch war, als komme er von der Hinterseite des Hauses. Daher stieg ich die Treppe hinauf zum Giebelfenster, das auf den Garten hinausgeht.

Den rückwärtigen Garten?

Jawohl.

Sie sind natürlich schon dort gewesen?

Nur ein Stückchen, von der Küche aus. Der Rest ist durch eine Mauer ab gesperrt.

So? Aber man kann ihn von diesem Giebelfenster aus sehen, nicht?

Jawohl.

Ein großer Garten?

Ziemlich groß, ja, mit einer Menge Bäume, wie der Garten vor dem Hause.

Ja? Und was haben Sie gesehen?

Elektrisches Licht zwischen all den Bäumen, hell wie am Tage, und Licht, das aus einigen Fenstern vom Hause herausdrang, wo ich doch wußte, daß das Gas ausgedreht war und Herr Goliby schlief – und im ganzen Hause kein solches elektrisches Licht ist – und ein Gelächter und Geschrei, das ruhig weiter ging! Mir lief es kalt den Rücken hinab, ja, das dürfen Sie mir glauben. Ich schlüpfte rasch wieder hinunter in mein Bett, klappernd vor Schreck – und am nächsten Morgen habe ich gekündigt.

Ich schwieg einen Augenblick, indem ich mir genau überlegte, was sie mir erzählt hatte, plötzlich fiel mir etwas ein.

Noch etwas, Marie, sagte ich. Sind Sie ganz sicher, daß Sie außer der Köchin und Ihnen selbst nie ein weibliches Wesen im Hause gesehen haben?

Das Mädchen errötete. Als ich bemerkte, daß sie mich zögernd anblickte, fügte ich hinzu:

Seien Sie aufrichtig mit mir, Marie, Sie haben sicher jemand gesehen!

Sie schaute sich ängstlich um, dann beugte sie sich zu mir nieder und flüsterte mir ins Ohr:

Doch, Herr Lart, ich habe einen Geist gesehen, oder ein Weib oder was es sonst gewesen ist. In diesem Zimmer da. Es war an dem Tage, wo ich gekündigt habe. Ich kam herein, um Ihre Bettwäsche zu wechseln, und so wahr ich hier mit Ihnen rede, sah ich gerade noch die Schleppe von einem Frauenkleide in Ihr Schlafzimmer hineinschlüpfen und hörte sie auch rauschen, weil sie aus Seide mit Glasperlen oder dergleichen war. Das ist mir eine nette Entdeckung, sagte ich bei mir, aber da es am hellen Tage war und kein Mannsbild zu sehen, das mich hätte schrecken können, ging ich geradeswegs in das Zimmer hinein, um zu sehen, wer es sei, und was sie zu ihrer Entschuldigung vorzubringen habe. Aber als ich in das Zimmer trat, war keine Menschenseele darin. Ich schaute in den Schrank und unter das Bett, und dann überrieselte es mich eiskalt, und ich bin seither nicht mehr in dem Zimmer gewesen. Aber nicht wahr, Herr Lart, Sie sagen davon kein Wort zu Herrn Goliby, sicher nicht? Vielleicht wäre es besser gewesen, wenn ich nichts davon verraten hätte.

Machen Sie sich nur keine Sorgen, Marie, sagte ich. Er wird von mir keine Silbe davon erfahren.

Plötzlich legte sie den Finger auf die Lippen. Er kommt die Treppe herauf, flüsterte sie und begann mit großem Eifer die leeren Teller auf das Servierbrett zu stellen. Ich selber lehnte mich nachlässig in meinem Stuhle zurück und blickte harmlos in die Luft, als Herr Goliby wieder eintrat.

Einen Moment, sagte Marie und machte ein ganz unnötiges Geklapper, das, wie ich mir dachte, sicherlich den Argwohn eines mißtrauischen Menschen erregt haben würde. Aber augenscheinlich war Herr Goliby nicht von argwöhnischen Gedanken heimgesucht. Er nickte freundlich zur Antwort, ließ sich auf einem Stuhle nieder und wartete ruhig, bis das Mädchen das Zimmer verlassen hatte. Dann faßte er mich ins Auge und sagte mit, wie mir schien, plötzlichem Ernste:

Seltsamerweise scheint der Baron Romer ein Nachbar von mir zu sein.

Ich war nahe daran, zu erwidern, daß mir dieser UmRomerstand wohl bekannt sei, aber zur rechten Zeit nahm ich mich noch zusammen und sagte nur:

Wirklich?

Ja, fuhr er fort. Und der Grund zu seinem Besuche war recht eigenartig. Er kam, um sich über Sie zu beklagen.

Ueber mich? fragte ich erstaunt, aber lachend. Sie machen mich neugierig, Herr Goliby. worüber beklagt er sich denn?

In wenigen Worten über Folgendes: er hat aus irgend einer Quelle, wie er sagt, in Erfahrung gebracht, daß man Sie in Paris gegen ihn eine ernsthafte und, wie er es bezeichnet, verleumderische Anschuldigung hat erheben hören, gesprächsweise, wie er behauptet. Er versichert, daß das im Grand Hotel vorgefallen ist. Mir kommt es ganz unbegreiflich vor, daß er Ihren Namen kennt, und daß er weiß, daß Sie mein Privatsekretär sind und zwei Tage im Grand Hotel gewohnt haben. Wie er meinen Namen und meine Adresse erfahren hat, das weiß der Kuckuck. Er weigerte sich, mir über diesen Punkt irgendwelche Auskunft zu erteilen. Jetzt besinnen Sie sich einen Moment, Herr Lart! Sind Sie ganz sicher, daß Sie sich keine Indiskretion haben zuschulden kommen lassen und daß Sie niemand gegenüber den Baron erwähnt haben?

Ich habe nur mit Herrn Le Noir über ihn gesprochen.

Ich schwieg einen Augenblick und überlegte, ob ich ihm von dem Gespräche Mitteilung machen sollte, das Le Noir belauscht und von dem er mir erzählt hatte. Herr Goliby beobachtete mich stillschweigend. Auf jeden Fall konnte es nichts schaden, und so fügte ich hinzu:

Herr Le Noir hat mir noch etwas von dem Baron erzählt, was ich vorhin vergaß, Ihnen mitzuteilen. Aber darauf kann sich der Unwille des Barons nicht beziehen. Außer mit dem französischen Detektiv, dem Inspektor Beale, Herrn Vignaud und Ihrem Freunde, Herrn von Montpelier, habe ich mich in Paris überhaupt mit niemand unterhalten. Den Nachmittag des ersten Tages habe ich in St. Cloud zugebracht. Während des größten Teils des zweiten Tages war ich in Versailles und kehrte erst zurück, als es meine Abmachung mit Herrn von Montpelier erforderte. Darum bestehe ich darauf, daß der Baron mich ganz ungerechterweise beschuldigt hat, und ich habe nicht die geringste Lust, mir das von ihm bieten zu lassen.

Herr Goliby lächelte ein wenig und sagte:

Nehmen Sie das nicht so tragisch, lieber Herr Lart! Beiläufig, Sie erwähnten vorhin eine Bemerkung des Herrn Le Noir über den Baron. Darf ich fragen, worum es sich handelte?

Er will zufällig gehört haben, daß einige Herren sich über ihn unterhielten.

Wirklich? Das ist aber ein merkwürdiger Zufall, bemerkte Herr Goliby und lächelte wiederum.

Allerdings, sagte ich harmlos.

Und was sagten diese Herren? fragte er, ohne sonderliches Interesse, wie mir schien.

Sie sprachen über seine Beziehungen zu einer Dame.

Herr Goliby bemerkte lächelnd:

Cherchez la femme! Es ist doch immer und überall dasselbe! Es war wohl von einer Französin die Rede?

Offenbar.

Namen wurden keine genannt?

Doch, wenn ich mich recht erinnere, sprachen sie von einer gewissen Lucette.

Was sagten sie denn von ihr?

Ihr Gespräch schien sich um die Frage zu drehen, ob diese Lucette dem Baron wohl einen Strick drehen würde.

Zu meiner Ueberraschung schien sich Herr Goliby sehr für diese Streitfrage zu interessieren.

So, so, sagte er, und zu welchem Schlusse kamen die Herren?

Sie schienen die Frage nicht entscheiden zu können.

Herr Goliby schaute nachdenklich auf den Boden. Dann sagte er:

Haben Sie im Hotel mit Herrn Le Noir darüber gesprochen?

Nein, auf der Straße.

Hat vielleicht jemand Ihre Unterredung belauscht?

Das ist ganz ausgeschlossen, Herr Goliby, wir sprachen beinahe im Flüstertöne.

Dann kann sich der Vorwurf des Barons auch nicht darauf beziehen. Somit war ich völlig im Rechte, als ich Sie dem Baron gegenüber in Schutz nahm. Aber er war ganz aufgebracht – seiner Sache bombensicher, wie er sich ausdrückte, wollte Ihnen gegenübergestellt werden und was derlei Unsinn mehr ist.

Warum auch nicht? Ich hätte mich nur gefreut, ihm auf seine Anschuldigungen die gebührende Antwort zu geben.

Das glaube ich Ihnen schon. Aber ich wollte nicht, daß die Ruhe meines Hauses durch eine derartige Szene gestört würde. Ich sagte ihm das sehr deutlich. Ferner erklärte ich ihm, daß ich unbeschränktes Zutrauen zu meinem Privatsekretär habe, und gab meiner Ansicht unumwundenen Ausdruck, daß er in dieser Angelegenheit das Opfer irgend einer Täuschung oder eines Mißverständnisses sei.

Ganz richtig, bemerkte ich. Aber was mir an der Sache so seltsam vorkommt, ist, daß er mir einen Vorwurf gerade aus dem macht, was nur mir und Ihnen bekannt ist, nämlich aus der Vermutung, die ich nur Ihnen gegenüber äußerte.

Er schien einen Moment verwirrt zu sein. Zuletzt sagte er:

Ja, das scheint wirklich sehr bemerkenswert. Indes, lassen wir damit den Zwischenfall ruhen! Ihre Erklärung genügt mir vollständig, um mich zu überzeugen, daß Sie ganz korrekt gehandelt haben. Ich werde den Baron schriftlich davon in Kenntnis setzen. Trotz des kleinen Mißgeschicks in Dieppe habe ich das größte Vertrauen zu Ihnen, Herr Lart. Seien Sie überzeugt davon. Und nun benötige ich Ihre Dienste für heute nicht mehr. Daher steht Ihnen der heutige Tag völlig zur Verfügung.

Mit diesen Worten erhob er sich und schüttelte mir freundschaftlich die Hand. Im nächsten Moment war er verschwunden.

Ich blieb noch eine Weile stehen und überlegte mir die Vorkommnisse. Aber ich konnte nicht ins Klare darüber kommen. Schließlich setzte ich meinen Hut auf und machte mich auf den Weg zu demjenigen, dem ich vor Begierde brannte, meine Erlebnisse zu erzählen, meinem Freunde Richard Hamilton.

Zwanzigstes Kapitel.

Ich traf Richard zu Hause. Er schien höchlich überrascht, mich schon wieder zu sehen.

Was? Du bist schon wieder im Lande? sagte er. Wie kommt denn das? Ist deine Mission schon zu Ende? Ist der lustige Einbrechersmann gefaßt?

Ich lachte.

Nein, Richard, soviel ich weiß, erfreut sich der lustige Einbrechersmann immer noch seiner goldenen Freiheit und wird wohl mit der angenehmen Aufgabe beschäftigt sein, Tausendfrankenscheine in brauchbare Münze umzuwechseln. Die Rollen sind vertauscht worden. Ich bin diesen Morgen um ein Haar selber nach Nummer Sicher eingebracht worden. Es ist ein fröhliches Erlebnis, seine Taschen von einem Detektiv umgekehrt zu sehen. Hast du das auch schon mitgemacht?

Bis jetzt noch nicht. Aber für derartige boshafte Späßchen muß doch ein Grund vorgelegen haben. Hast du auf eigene Faust eine kleine Räuberei ausgeführt? Die Pariser Luft soll ein wenig demoralisierend wirken, habe ich mir sagen lassen.

Vielleicht in anderen Beziehungen, erwiderte ich. Aber abgesehen von einigen wenigen zweideutigen Reden, zu denen man mich gezwungen hat, hat mein Gewissen noch kein Loch bekommen. Allerdings liegt die Zeit nicht mehr in unsichtbarer Ferne, wo du mit völliger Sicherheit mich als einen abgefeimten Lügner ansehen kannst, mein lieber Richard.

Er zog die Augenbrauen in die Höhe und blickte mich überrascht an.

Mein lieber Freund, sagte er, du bist heute morgen nicht bloß ein früher Vogel, sondern auch dein Lied ist mir nicht ganz verständlich.

Das glaube ich dir. Aber lustig klingt es, was? Mein Wort darauf, ein wenig Spaßmachen hat mir unendlich wohl getan. Das Bewußtsein einer dunkeln und beinahe verbrecherischen Existenz hat während der letzten vierundzwanzig Stunden schwer auf mir gelegen. Ich muß dir eine ganze Menge erzählen, Richard. Es wird dir die Augen über mich öffnen. Hast du zurzeit viel zu tun?

Allerdings, es sieht darnach aus. Brauchst du lange zu deiner Beichte?

Nicht so sehr. Ich hoffe, daß deine Wände keine Ohren haben.

Nein, das ist in diesem Geschäft strengstens verboten. Ein Bekenntnis deiner Missetaten wird nur mein Ohr erreichen. Und nun, sei so gut und schieße los!

Gut, um also zu beginnen, wie würde es dich berühren, wenn ich zum Anfange dir eröffnen würde, daß ich ein Helfershelfer bei einem Diebstahl im größten Stil gewesen bin, allerdings erst nach der Tat?

Es würde mich etwas ungewohnt berühren, das ist alles, sagte er; als eine Art von Zeitvertreib, die für einen Oxforder Baccalaureus nicht ganz angebracht wäre.

Ganz richtig. Und was würdest du fernerhin sagen, wenn ich dir mitteilen würde, daß ich, als ich gestern abend Paris verließ, für 100 000 Pfund geraubte Diamanten und derlei Zeug im Besitze hatte?

Nun, erwiderte er mit mitleidigem Lächeln, wenn ich ehrlich sein sollte, Ted, so wäre ich geneigt, dich einen Flunkerer zu nennen, und zu selber Zeit der Ansicht sein, daß du einen Sparren hast, wie sich das Volk auszudrücken pflegt.

Ganz richtig, muß ich nochmals sagen, und ich könnte dich nicht dafür tadeln. Und doch bin ich gleichzeitig felsenfest davon überzeugt, daß es tatsächlich der Fall gewesen ist. Eine schwarze Tasche, die nur Dokumente enthalten sollte, wurde mir im Grand Hotel eingehändigt. Ich bin aufrichtig überzeugt davon, daß diese Tasche, die mir in Dieppe aus der Hand gerissen wurde, die Juwelen enthielt, die gestern der Großfürstin Alexina von Rußland im Hotel kontinental gestohlen worden sind. Ohne Zweifel hast du in den Morgenblättern schon von der Geschichte gelesen. Nicht?

Großer Gott! Allerdings habe ich's gelesen. Und wem hättest du die Tasche ausliefern sollen?

Nun, Herrn Goliby natürlich.

Richard pfiff leise vor sich hin.

Ted, mein Junge, die Sache wird ernst.

Verflucht ernst, erwiderte ich.

Und du bist von der Polizei durchsucht worden, sagst du? Wo denn?

In Newhaven, heute morgen, und wenn diese Tasche in meinem Besitze vorgefunden worden wäre, wo wäre ich aller Wahrscheinlichkeit nach jetzt zu suchen?

Im Loch, vorausgesetzt, daß deine Voraussetzungen richtig sind.

Im Loch, gewiß, daran hege ich nicht den geringsten Zweifel.

Wirklich eine nette Geschichte, und du hättest dann deinen alten Freund Richard Hamilton in das Land verwünscht, wo der Pfeffer wächst, weil er dich in eine solche Lage gebracht hat.

Nein, Richard, mach dir keine Sorgen, du weißt übrigens selbst, daß ich es nicht getan haben würde.

Nein, das weiß ich nicht und ich zweifle sehr daran, Was kann denn dieser Goliby für ein Herr sein? Was hat er denn gesagt, als du ihm den Verlust der Tasche mitteiltest?

Das ist eine lange, seltsame Geschichte, und ich fange am besten am Anfang an und erzähle sie dir in der richtigen Reihenfolge. Wenn ich sie stückweise erzähle, wirst du nur verwirrt, was habe ich dir in meinem Briefe noch mitgeteilt?

Daß du mit Vignaud, Le Noir und einem Detektiv von Scotland Yard auf das Rathaus gegangen seiest und daß dort ein querköpfiger Beamter dich als den Mann bezeichnet habe, dem das Geld ausbezahlt worden sei.

Ganz recht, und ich denke, ich teilte dir auch mit, was Le Noir von einer sehr eigenartigen Unterhaltung mitangehört hatte?

Ja gewiß. Es handelte sich um den Baron Romer und unsere geheimnisvolle Freundin. Hast du sonst noch etwas von ihr gehört?

Jawohl, aber alles zu seiner Zeit! Laß mich da beginnen, wo ich stehen geblieben war!

Ich erzählte ihm nunmehr von Herrn von Montpelier und der verräterischen Straßenangabe auf seiner Visitenkarte. Schon mein Bericht darüber versetzte meinen Freund in Stimmung, und er bemerkte: Die Sache scheint ja recht interessant zu werden!

Nun berichtete ich ihm meine kurze Unterredung mit Le Noir im Lesezimmer des Grand Hotel und wie Herr von Montpelier, der von einer anderen Seite herkam, uns beisammen erblickt hatte. Ich erzählte ihm von der unverkennbaren Aufregung des Herrn, als er den Detektiv bei mir entdeckte, von der Art und Weise, in der er mich aus dem Hotel geschoben und in die Droschke genötigt hatte, und von seiner Ermahnung, die wertvolle schwarze Tasche nicht einen Moment aus den Augen zu lassen.

Hm, meinte Richard, sehr auffallende Chose. Rechnung bezahlt, Droschke bereit, Handkoffer schon hineingeschafft. Alles vorbereitet. Der Herr „von“ auf Nadeln sitzend. Ob er wohl ein „von“ ist, was meinst du?

Das weiß der Kuckuck. Romer ist Baron, nicht?

Hm, ja, man sagt es. Nun, laß dich nicht aufhalten!

Ich nahm meine Erzählung wieder auf. An einer Stelle unterbrach er mich.

Hast du das Gesicht des Mannes nicht gesehen, der dir die Handtasche entriß?

Nein, es war zu dunkel, wo ich stand. Ich sah nichts als Regen und Verwirrung, als ich ausstieg.

Vielleicht, sagte er, war es der Mann mit dem rötlichen Barte, der offenbar ein wachsames Auge auf dich hatte.

Sicherlich.

Warum „sicherlich“?

Weil ich ihn heute morgen in London wieder gesehen habe und er die schwarze Tasche in der Hand trug.

Donner und Doria! rief er aus. warum hast du mir das nicht eher gesagt?

Weil ich noch nicht so weit war. Hetz mich nur nicht! Die Erzählung ist ziemlich ausgiebig, aber ich bin bald damit zu Ende. Ich war von der Ueberfahrt noch etwas abgeschlagen, und so brannte er mir durch. Die Ueberfahrt selbst ist mir ein böhmisches Dorf. Ich glaube, daß sie stürmisch war. Ich kann es nicht einmal mit Bestimmtheit behaupten. Auf jeden Fall befand ich mich schließlich in Newhaven, wo pünktlich ein Detektiv mich in Beschlag nahm. Er wollte sehen, was mein Handkoffer enthielt. Das Ergebnis seiner Untersuchung verblüffte ihn. Daher führte er mich in das Büro des Stationsvorstandes, wo er mir die Taschen umkehrte. Nunmehr aber begann ich Fragen zu stellen. Er entschuldigte sich einigermaßen, war aber nicht in der Stimmung, Fragen zu beantworten. Statt dessen gab er mir den Rat, mich zu beeilen und in meinen Zug zu springen, um ihn nicht zu verfehlen. Diesem Rat folgte ich. In Redhill kaufte ich mir den „Daily Telegraph“. Da begannen sich endlich meine verwirrten Gedanken zu ordnen. Der Nebel teilte sich mit einem Male. Jetzt fühlte ich mich wohler. Wo hätten sie mich untergebracht, hätte ich die verfluchte Tasche nicht verloren?

In Lewes, erwiderte Richard trocken. Es befindet sich dort ein komfortables Gefängnis. Natürlich wäre ich auf telegraphischen Wunsch hinuntergefahren und hätte dich wieder losgeeist, altes Haus!

Danke für den guten Willen. Ich weiß, wie ich mich das nächste Mal zu benehmen habe. Nun gut: als ich auf dem Victoriabahnhof anlangte, erblickte ich diesen rotbärtigen Halunken, die schwarze Tasche in der Hand.

Bist du ihm nicht nachgerannt?

Nachgerannt? Da war nichts zu wollen. Nein, ich nahm eine Droschke nach St. Johns Wood. In der Nähe der Villa Rabenhorst holte uns eine andere Droschke ein. Wer saß darin? Wieder mein rotbärtiger Freund! Und weißt du, wo er hinfuhr? Geradenwegs in den Wildwoodweg zu der

Villa des Baron Romer. Nun hast du endlich alles hübsch beieinander, was sagst du dazu?

Daß deine Erzählung in Wirklichkeit so ist, wie du mir angekündigt hast: nämlich ausgiebig. Eine andere Wertung wird, wie ich denke, bald folgen. Nun, und dann begabst du dich nach Haus und hast den ehrwürdigen Goliby gesprochen? Was meinte denn der zu deiner Moritat?

Ich hielt es für angebracht, bei dieser Gelegenheit etwas zurückhaltend zu sein. Daher erklärte ich mit vielen Ausdrücken des Bedauerns, daß mir die Tasche, die die Dokumente enthielt, abhanden gekommen sei und daß ich zuversichtlich hoffe, der Verlust möchte nicht unersetzlich sein.

Kein Wort über den Juwelendiebstahl oder über deinen Verdacht betreffs des Tascheninhalts?

Keine Silbe.

Mein lieber Ted, rief Richard aus und drückte mir herzlich die Hand, ich habe dir vielleicht schon unrecht getan. Dieses Mal hast du wirklich vernünftig gehandelt. Und dann?

Erst schien er ekelig verlegen, aber er erholte sich rasch und sagte, er könne die Dokumente in Paris noch einmal anfertigen lassen, wenn ich auch den Eindruck gewann, daß er durch die Wendung in der Sache stark aus dem Gleichgewicht geraten sei. Eins ist sicher, daß die Versicherungen sich glatt weigern, zu berappen.

Ich nehme es ihnen nicht übel, bemerkte Richard. Einbrecher können in der Regel ihre Finger nicht durch zehn Zentimeter dicken Stahl hindurchstecken und wertvolle Papiere herausziehen, ganz abgesehen von der elektrischen Leitung, die sie zum Schweigen veranlaßt haben. Die Geschichte ist faul, mein Junge. Goliby muß die Sache vor Gericht bringen, wenn er es riskiert. Das wird ein hübsches Skandälchen absetzen, und du wirst auch darein verwickelt werden. Weiß der Himmel, ob es nicht das Beste wäre, wenn du dich, ohne dich lange zu besinnen, drücken würdest.

Davon wollte ich eben reden, sagte ich. Ich habe ihm den Vorschlag gemacht, auf meine Stelle zu verzichten und ihm das vorgestreckte Geld zurückzubezahlen, aber der alte Herr wollte nichts davon wissen. Wenn ich ehrlich sein will, so muß ich gestehen, daß ich gespannt bin, wie sich die Geschichte weiter entwickelt und daß ich sie ganz gerne weiter verfolge. Ich habe reine Hände, und es kann mir unmöglich etwas geschehen. Es sind eine Reihe von Geheimnissen zu lösen. Insbesondere das von dem Weibe, das wie ein Geist in meine Zimmer hereinwandelt und von dem ich jetzt genau weiß, daß es kein Geist ist, dieses liebliche Geschöpf, das –

Aha, rief Richard, jetzt bin ich auf deiner Seite, Ted. Ganz recht! Stelle ihr doch eine Falle! Fange sie, wenn sie wieder einmal einen Geist markiert und ergreife Repressalien! Hol mich der Henker, wenn ich es an deiner Stelle nicht täte!

Bei diesem Ausruf mußte ich lachen.

Ich glaube, Richard, du bist selber ein wenig in das Weib verschossen, was? fragte ich.

Hol mich der und jener, wenn ich es nicht bin! erwiderte er freimütig, und ich würde mir nichts daraus machen, für eine Woche oder so mit dir zu tauschen.

Auch ich würde es mit Vergnügen tun, versetzte ich, wenn sich das machen ließe. Beiläufig: sie ist wieder in meinem Zimmer gewesen.

Wie? Wann? Letzte Nacht?

Nein, nicht letzte Nacht, aber während meiner Abwesenheit. Marie, das Zimmermädchen, hat mir die Geschichte erzählt. Auch sie hat allerlei in diesem Hause der Geheimnisse gesehen und gehört und infolgedessen gekündigt.

Ich erzählte ausführlich, was mir morgens Marie anvertraut hatte.

Richard starrte mich mit offenem Munde an.

Das ist, bei Gott, rief er aus, ein Geheimnis, das eine Lösung wert ist. Wann geht Marie?

In einem Monat, nehme ich an.

Gut. Mache ihr sofort kräftig den Hof! Sie wird sich geschmeichelt fühlen und nichts dagegen haben. Glaube meiner Erfahrung! Sie wird dir von Nutzen sein. Schon das von dem Giebelfenster ist ein wertvoller Wink.

Ich lachte abermals. Richards Methoden waren stets verführerisch, aber für mich etwas ungewohnt.

Gut, sagte ich, ich werde mir's überlegen. Mittlerweile aber habe ich den Glanzpunkt meines Berichtes bis zum Schluß aufgehoben. Es ist der Gipfel und Höhepunkt! Der Baron Romer hat, wie ich erfuhr, heute morgen bei Herrn Goliby vorgesprochen und gegen deinen ergebenen Diener eine Klage eingereicht.

Rasch berichtete ich Richard die näheren Umstände.

Nun, sagte ich abschließend, war er da oder nicht, und welcher Zusammenhang besteht möglicherweise zwischen dem Herrn Baron und dem ehr- und hochachtungswürdigen Herrn Goliby?

Ich geb's auf, sagte Richard, aber ich glaube, daß wir in dieser Beziehung sehr bald überraschende Entwickelungen erleben werden.

In diesem Augenblick trat ein Schreiber mit einem Briefe ein.

Soeben angekommen, Herr Hamilton, sagte er und verließ das Zimmer.

Weibliche Handschrift, murmelte Richard, da bin ich doch neugierig, von wem er stammt.

Er riß den Umschlag auf, starrte auf den Inhalt und übergab ihn mir, ohne ein Wort zu sagen.

Das Briefchen trug weder Datum, noch Ueberschrift und enthielt nichts als die Worte:

Ihr Freund Lart hat bereits zwei Briefe von jemand erhalten, der es gut mit ihm meint. Das ist der dritte und letzte, wollen Sie ihn davon gefälligst in Kenntnis setzen.

Ich sah auf. Unsere Augen begegneten sich.

Von dem gleichen Weibe, sagte ich.

Ohne allen Zweifel, erwiderte Richard.

Einundzwanzigstes Kapitel.

Ja wahrhaftig, bemerkte Richard, die Nebel ballen sich zusammen, die Sonne dringt durch. Von wem anders kann sie meinen Namen und meine Adresse erhalten haben als von Goliby?

Ganz richtig, und hiermit kommen wir wieder zu den Beziehungen zwischen Goliby und dem Baron Romer. Mein ehrwürdiger Herr Chef muß ein Lügner sein, denn er sagte mir ja, er sei dem Baron nie begegnet, was soll ich nun mit dieser sogenannten dritten Warnung beginnen?

Gar nichts. Feste bei der Stange bleiben und weitere Entwickelungen abwarten! Ich habe dir schon gesagt, daß das gerade jetzt das Beste ist. Vor einer Woche habe ich dir bereits zugesichert, daß ich dir durch diese Geschichte durchhelfen werde. Du hast den Nagel auf den Kopf getroffen, als du sagtest, deine Hände seien rein. Ich sehe ums Leben nicht ein, was du für Befürchtungen hegen solltest.

Ich auch nicht. Ich will deinem Rate folgen, Richard. Aber wir müssen noch etwas anderes besprechen. Le Noir sagte mir, ich solle ihm schreiben, sobald sich etwas Verdächtiges in St. Johns Wood ereignen sollte.

Laß das bleiben! Der Liebhaberdetektiv fällt gewöhnlich herein. Le Noir ist dafür bezahlt, die Dinge aufzuklären. Laß ihn ruhig machen! Halte dich abseits!

Dein Rat ist Goldes wert, Richard, ich werde ihn befolgen.

Richard blickte auf die Uhr.

Um zwölf Uhr habe ich in Piccadilly ein Rendezvous, sagte er. Wenn es dir recht ist, so begleite mich dorthin.

Unterwegs blieb er von einem Juwelierladen stehen und betrachtete die Auslage.

Einen Moment, bat er dann und betrat den Laden.

Nach wenigen Minuten kehrte er zurück und ließ ein kleines Päckchen in meine Hand gleiten.

Das wird seinen Zweck schon tun, bemerkte er. Es ist ein Armband. Schenke es der Marie, und sie wird dir eine ergebene Dienerin sein!

Du weißt, wie man es anstellen muß, erwiderte ich etwas erstaunt.

Stimmt! Man muß heutzutage praktisch sein, wo alles darauf ausgeht, seinen Nachbar an den Bettelstab zu bringen. – Uebrigens, was weiß denn die „Pall Mall Gazette“ Neues von dem Juwelendiebstahl zu berichten? vielleicht ist schon wieder Näheres bekannt geworden.

Ein Zeitungsverkäufer lief eben an uns vorbei, der aussah, als sei er zum größten Teile in Zeitungen gekleidet, die ihn einem Schurze gleich bedeckten. In großen Lettern las ich darauf die Worte:

Pariser Juwelendiebstahl. Neueste Telegramme.

Richard kaufte ein Exemplar. Es war an der Ecke der Adamstraße, wo der Riesenverkehr des Strand zu einem Stillstande kommt. Wir fanden rasch einen ruhigen Winkel, wo wir die Zeitung durchlesen konnten.

Aha, sagte Richard, da haben wir's ja!

Ueber seine Schulter weg las ich unter den „Neuesten Telegrammen“:

> „Im Zusammenhang mit dem großen Juwelendiebstahl wird nunmehr eine Verhaftung bestätigt. Ein gewisser Javotte, ebenfalls ein Gast des Hotel Continental, wurde, wie sich herausgestellt hat, beobachtet, wie er in den Gängen des Stockwerkes, in dem Ihre Kaiserliche Hoheit Zimmer innehatte, sich

herumtrieb. Dieser Javotte hat früher unter polizeilicher Aufsicht gestanden. Es wurde festgestellt, daß er das Hotel in auffälliger Eile verließ. Dieses Individuum ist in Rouen – jedenfalls aus dem Wege nach London – verhaftet worden. Es wurde indes nichts Belastendes bei ihm vorgefunden. Trotzdem wurde er als verdächtig in der Haft zurückbehalten. Das Auffallende an der Geschichte ist – und das zeigt die Schlauheit des Diebes und seiner Helfershelfer in vollem Lichte –, daß ein Mann, der diesem Javotte außerordentlich ähnlich sieht, mit der Obhut der gestohlenen Juwelen betraut worden ist. Man vermutet, daß sich dieselben jetzt in England befinden oder möglicherweise bereits auf dem Rückwege zum Kontinent, via Amsterdam. Daraus geht hervor, daß, während Javotte den Verdacht auf sich hinlenkte, der wirkliche Träger der Juwelen, deren Wert in keiner Weise übertrieben worden ist, ohne Verdacht zu erregen oder Schwierigkeiten zu begegnen, englischen Boden betreten konnte. Da soeben bekannt wird, daß sich unter den gestohlenen Juwelen auch ein Edelstein aus kaiserlichem Besitze von ungeheurem Werte befindet, sind überraschende Entwickelungen zu gewärtigen."

Hast du es gelesen, Ted? fragte Richard.

Ja.

Riesig spassig, was?

Ich finde, das ist für die gegebenen Umstände nicht der richtige Ausdruck, erwiderte ich ernst. Ich hätte gute Lust, schnellstens zu verduften.

Tu das nicht, mein Lieber, versetzte Richard. Vorwärts! Mir macht die Sache wirklich Spaß. Und du darfst dich nicht beklagen, potz Kuckuck! Du spielst in der Komödie mit, als harmloser Statist, und kannst dir das Stück aus nächster Nähe und dazu gratis ansehen. Im voraus bezahlt. Herz, was wünscht du noch mehr? Bleibe feste bei der Stange, sage ich dir, und jetzt vorwärts!

Wir trennten uns am Piccadilly-Zirkus. Da ich um diese Zeit noch nicht gut in die Villa Rabenhorst zurückkehren konnte, selbst wenn ich Lust dazu verspürt haben würde – denn ich muß gestehen, daß ich das Armband in der Tasche befühlte und dabei an das hübsche Zimmermädchen dachte –, mußte ich mir die Zeit bis zum Abend in anderer Weise vertreiben.

Bei schönem Wetter ist nun zwar diese Aufgabe in London leicht zu lösen, aber man muß dazu ohne Sorgen sein. Meine Gedanken wunderten immer wieder nach St. Johns Wood hinaus und zu dem Briefe zurück, den Richard erhalten hatte. Und mit diesem Gedanken stieg die prächtige, verführerische Gestalt jenes Weibes vor meinem geistigen Auge auf, das so innigen und unverständlichen Anteil an meinem Wohlergehen nahm. Ich war in den St. Jamespark eingetreten und saß so in meine Gedanken versunken auf einer Bank. Dann begann ich, um meinen Geist auf etwas anderes zu richten, die Enten zu füttern. Aber ich bekam den harmlosen Zeitvertreib bald satt. Bald war ich so wild, daß ich kaltlächelnd den Enten vor mir hätte den Hals umdrehen können, bald wieder so weich gestimmt, daß ich am liebsten hätte weinen mögen wie ein kleines Kind. In Wahrheit waren durch die Erlebnisse der letzten Tage meine Nerven derart zerrüttet worden, daß ich von den verschiedensten Gemütsbewegungen wie ein Ball hin und her geworfen wurde. Richards Ratschlag, bei der Stange zu bleiben, war sehr gut gemeint und sehr vernünftig, aber er war es ja nicht, der in den Sattel steigen und den Ritt mitmachen mußte. Endlich kam ich auf den vernünftigsten Gedanken in meiner Lage, nämlich meinen Nerven durch Speise und Trank wieder Stärke und Kraft zuzuführen. Und so begab ich mich ins nächstgelegene Restaurant und bestellte mir ein kräftiges Mittagessen.

Aber auch hier konnte ich ein Gefühl der Einsamkeit nicht loswerden. Ich grollte mir selbst und einen Augenblick auch meinem Vater, weil er zu oft seine Schritte zur Börse gelenkt hatte, das gute Gold in der Tasche, um es nur anderen zuzustecken. Es war ein unliebsamer Gedanke, daß nur dieser Umstand daran schuld war, wenn jetzt meine Zukunft in Frage gestellt war und ich meine Laufbahn damit begann, daß ich in einen der größten Diebstähle der Neuzeit verwickelt wurde. Diese Tatsache war nicht wegzuleugnen, noch wegzuscherzen, wie es Richard getan hatte. „Feste bei der Stange bleiben", sagte ich bei mir, was bleibt mir denn anderes übrig? Nur Geduld, auch diese Prüfung wird an mir vorübergehen. Denken wir an schönere Dinge!

Und ich dachte an das schöne Weib von St. Johns Wood, wie wäre es, sagte ich mir, wenn ich den Nachmittag dazu benützte, noch einmal die Villa des Barons im Wildwoodweg in Augenschein zu nehmen? In diese Frage mischte sich die Hoffnung, ich möchte vielleicht zufällig noch einmal das Weib in Wirklichkeit sehen, das doch immer wieder in meine Gedanken einkehrte. So kam es, daß ich eine Stunde später durch das Gitter in den prachtvollen Garten der Villa hineinblickte.

Plötzlich hörte ich auf dem Kiese des Weges Schritte näherkommen. Ein Fliederbusch verbarg mich vor den Blicken, die mich vom Garten aus hätten sehen können. Die Schritte kamen immer näher. Und richtig, die Gestalt, die jetzt sichtbar wurde, war niemand anderes, als das prachtvolle Weib. Nachdenklich schaute sie zu Boden, ohne von meiner Gegenwart etwas zu ahnen. In diesem Moment schoß mir ein Gedanke durch den Kopf, den ich nicht abzuweisen vermochte. Jetzt oder nie, flüsterte eine Stimme in meinem Innern.

Entschlossen trat ich hinter dem Busch hervor und stellte mich vor das Türgitter. Da sie mich immer noch nicht bemerkte, räusperte ich mich leise.

Sie blickte auf. Es war mir, als ob sie ein wenig zusammenzucke. Aber sie beherrschte sich und wollte schon weiter gehen. Da zog ich höflich meinen Hut. Als sie stehen blieb, ohne indes meinen Gruß zu erwidern, sagte ich:

Entschuldigen Sie, Madame, daß ich Sie anspreche. Ein Impuls, dem ich nicht zu widerstehen vermag, veranlaßt mich dazu. Ich möchte Ihnen höflichst für das liebenswürdige Interesse danken, daß Sie so freundlich waren, für mich zu bezeugen.

Sie war wirklich eine herrliche Erscheinung. Nie zuvor, noch später habe ich ein so prachtvolles Weib gesehen. Sie warf das Haupt stolz zurück und bedachte mich mit einem zornigen Blick, als habe ich sie gröblich belästigt.

Ich habe nicht das Vergnügen gehabt, Ihre Bekanntschaft zu machen, mein Herr, versetzte sie kalt. Sie begehen eine Verwechselung!

Damit wollte sie mich stehen lassen. Ich erwiderte rasch:

Ich kann mich nicht bewegen lassen, das zu glauben, Madame. Noch kann ich Ihr jetziges Benehmen mit Ihrer offenkundigen Sorge um mein Wohlergehen in Einklang bringen, die Sie in Ihrem Briefe an meinen Freund Richard Hamilton an den Tag gelegt haben, welchen ich nicht ohne Erstaunen vor wenigen Stunden gelesen habe.

Der Hieb hatte offenbar gesessen, wenigstens kam es mir so vor, denn ihre Antwort klang nicht mehr so sicher, wie ihre erste Erwiderung.

Sie reden in Rätseln, sagte sie. Wissen Sie denn, wie ich heiße?

Ich zögerte meinerseits. Einen Augenblick schwebte mir der Name „Lucette“ auf den Lippen. Aber ich besann mich eines Besseren und sagte:

Ich muß leider gestehen, daß ich das nicht weiß.

Und doch behaupten Sie, daß Sie einen Brief von meiner Hand gelesen haben, der auf Sie Bezug nimmt? Sehen Sie nicht ein, daß eine solche Behauptung sehr eigenartig klingt?

Unter gewöhnlichen Umständen ja, sogar sehr, erwiderte ich.

Sie finden also, daß ungewöhnliche Umstände obwalten?

Ich wiederhole es: sehr ungewöhnliche Umstände.

Wie kommen Sie dazu, zu glauben, daß der Brief von mir herrührt, wenn Sie doch meinen Namen nicht kennen? War der Brief unterzeichnet?

Nein.

Und doch halten Sie mich für den Schreiber.

In aller Ergebenheit, ja, Madame, versetzte ich, ganz erstaunt über meine Keckheit. Ich bin davon überzeugt, und wenn Sie so freundlich sein wollten, dies zuzugeben und mir die Art der Gefahr auseinanderzusetzen, in der ich mich befinde –

Welche Gefahr?

Gerade das wäre ich glücklich zu erfahren.

Abermals blickte sie mich forschend an, bevor sie antwortete. Dann sagte sie:

Ich weiß wirklich nicht, wie ich dazu komme, einem Fremden hier Rede und Antwort zu stehen. Wollen Sie die Güte haben, sich mir vorzustellen?

Ich hielt es für unnötig, Madame, da Sie ja in Ihrem Briefe meinen Namen erwähnten.

Und der wäre?

Lart. Eduard Lart.

Der Name scheint mir bekannt zu sein, sagte sie nach einer nachdenklichen Pause. Aber sicherlich haben Sie mich noch nie gesehen? Sie müssen Sinnestäuschungen unterworfen sein, Herr Lart.

Es ist noch nicht gar lange her, daß ich selbst dieser Ansicht zuneigte, erwiderte ich, aber ich bin jetzt anderer Meinung geworden, wer könnte Ihr Antlitz vergessen, Madame, wenn er es einmal gesehen hat?

Sie zuckte mit den Achseln und nahm wieder ihr unnahbarstes Benehmen an, als sie sagte:

Das hängt von äußeren Umständen ab, wie ich glaube. Reden wir offen miteinander: Haben Sie mich jemals gesehen?

Jawohl, Madame, ich habe das Vergnügen gehabt.

Wenn das der Fall sein sollte, wann und wo, bitte?

Ich schaute ihr so scharf in die Augen, als es mir möglich war, was mir nicht leicht fiel, da ihre glänzenden, großen, schwarzen Sterne mich blendeten, und antwortete:

Wollen Sie wirklich, daß ich Ihnen diese Frage beantworte?

Gewiß, warum stellen Sie *diese* Frage?

Ihre Stimme klang wieder hart.

Ich bin mir nicht ganz klar, antwortete ich, ob ich die schuldige Diskretion nicht verletze, wenn ich Ihre Frage in aller Offenheit beantworte. Darf ich fragen, ob Sie meine Antwort in strengster Vertraulichkeit entgegenzunehmen gesonnen sind?

Machen Sie das zur Bedingung? fragte sie ihrerseits.

Wenn Sie geruhen wollen, es als solche anzunehmen.

Gut, einverstanden. Ich mache von den meisten Frauen eine Ausnahme, indem ich nie verrate, was mir anvertraut wird.

Gut also, ich danke Ihnen. Ja, ich habe Sie einmal ebenso deutlich, wie ich Sie jetzt vor mir sehe, beobachtet. Es war im Savoy – noch nicht viele Abende her. Sie waren in Begleitung eines Herrn – eines Barons – und Sie dinierten zusammen in diesem Hotel mit einem Dritten.

Einem Dritten?

Ja, einem Franzosen.

Und der Baron hieß?

Romer.

Und der Franzose?

Javotte.

Sie zuckte zusammen, faßte sich aber rasch wieder.

Ich fürchte, Sie besitzen gefährliche Kenntnisse, Herr Lart, bemerkte sie.

Die ich zuversichtlich Ihrer sicheren Obhut anvertraue, Madame, erwiderte ich und verbeugte mich tief.

Darauf können Sie sich verlassen, versetzte sie. Und nun, darf ich fragen, ob Sie mich sonst noch bei irgend einer Gelegenheit gesehen haben?

Es schien mir, als ob sie mich mit gespanntem Blicke betrachte. Ich zögerte einen Moment, da ich mir wohl bewußt war, daß ich mich nun auf gefährlichem Gebiete befand.

Bestehen Sie auf einer Antwort, Madame? fragte ich sodann.

Ihre Augen blitzten auf.

Gewiß, sagte sie.

Gut, wenn Sie es haben wollen! Ich habe Ihr Gesicht zum ersten Male in einem Spiegel erblickt.

Zum ersten Male öffnete sie erstaunt den Mund. Auf jeder Wange erblühte ein köstliches Erröten, und ihre schneeweißen Zähnchen wurden sichtbar.

Das klingt ja wie ein Märchen, sagte sie.

Sie beschreiben die Lage aufs genaueste, Madame. Es war wirklich wie ein Märchenspuk.

Und wo, wenn ich fragen darf, ist diese Erscheinung vor sich gegangen?

Nicht sehr weit von hier.

Das ist nicht sehr genau bestimmt, bemerkte sie.

Um es genauer zu sagen, in der Villa Rabenhorst, Elsinorestraße.

Ist das möglich? fragte sie. Entweder sind Sie mit einer sehr lebhaften Phantasie begabt oder wissen Sie zuviel – welches von beiden trifft zu?

Keins, erwiderte ich, wenn ich auch gestehen muß, daß ich in der letzten Zeit mehrmals von schlimmen Phantasien heimgesucht worden bin. Kenntnisse besonderer Art habe ich keine.

Suchen Sie auch keine zu erwerben, sagte sie plötzlich mit fast beunruhigendem Ernste, wenn Sie Warnungen erhalten haben, so richten Sie sich darnach ein!

Sie hielt plötzlich inne und biß sich auf die Lippen. Dann fügte sie hinzu:

Betrachten Sie das als gesagt oder nicht, ich überlasse es Ihrer Diskretion. Und nun, Herr Lart, was wissen Sie mir von diesem Wunderspiegel zu erzählen?

Das Lachen, das diese Worte begleitete, kam mir etwas gezwungen vor.

Dieser Wunderspiegel, Madame, antwortete ich, hat mir Ihr Antlitz zum ersten Male vor die Augen gezaubert.

Und wo sagten Sie, daß sich dieser Wunderspiegel befindet?

In meinem Zimmer in der Villa Rabenhorst. Ich habe darin Ihr Antlitz so deutlich gesehen, wie in diesem Augenblicke. Ich sprang auf und schaute um mich und konnte niemand erblicken. Es war eine aufregende Geschichte. Und noch etwas! An einem anderen Tage erschien ein Blumenstrauß auf sehr geheimnisvolle Weise auf meinem Tische. Mitten in dem Strauße steckte ein Billett, das –

Plötzlich fuhr sie zusammen. Hinter ihr wurden Schritte hörbar.

Um Gottes willen, flüsterte sie ängstlich, da kommt Romer. Sagen Sie rasch, woher wir uns kennen. Haben Sie eine Mutter – oder Schwestern?

Beides – Blythedale House in Richmond, gab ich im selben Tone zurück.

Einen Augenblick später stand ich dem Baron Romer gegenüber.

Zweiundzwanzigstes Kapitel.

Der Baron war zum Ausgehen gekleidet. Auf seinem blassen Angesicht lag ein zorniger Ausdruck.

Ein unerwartetes Zusammentreffen, sagte er steif.

Kennst du den Herrn schon? fragte sie mit großer Sicherheit.

Nein, bemerkte er, ich meinte den Zufall, daß du einem Bekannten begegnet bist, hier in dem einsamen Sträßchen.

Für mich war das Zusammentreffen ebenfalls überraschend, sagte sie. Erlaube, daß ich dir Herrn Lart vorstelle. Ich bin mit seiner Mutter und seinen Schwestern in Richmond sehr gut bekannt.

Der Baron hatte die Gartentüre geöffnet und verbeugte sich. Ich tat desgleichen und wollte mich auf den Rückweg machen, als er mich zurückhielt. Er hatte nun sein Benehmen völlig verändert.

Lart, sagte er nachdenklich, Lart, ein etwas ungewöhnlicher Name, wäre es möglich, daß Sie Privatsekretär bei einem gewissen Herrn –ä–ä– auch ein kurioser Name –

Goliby, warf ich ein.

Richtig, daß Sie bei dem alten Kauz Privatsekretär sind?

Gewiß, dieses Individuum bin ich, erwiderte ich. Und wenn ich mich nicht täusche, Herr Baron, so haben Sie den „alten Kauz" heute morgen besucht.

Ueberrascht blickte er mich an. Für einen Moment war er etwas aus der Fassung gebracht. Dann sagte er:

Stimmt, und unser Zusammentreffen kommt mir sehr gelegen. Ich möchte Sie gerne gerade in Beziehung auf diesen Besuch für ein paar Augenblicke sprechen. Leider kann ich mich aber hier nicht länger aufhalten, da ich in der Stadt ein wichtiges Rendezvous habe. Aber wenn wir uns etwa in einer Stunde irgendwo treffen könnten, wäre es mir sehr erwünscht. Würde es Ihnen passen, um diese Zeit im Rover's Club nach mir zu fragen?

Mit Vergnügen, Herr Baron, antwortete ich und wollte mich schon wieder zurückziehen, als die Dame mir die Hand bot. Der Baron grüßte und eilte das Sträßchen hinab, während ich bei dem schönen Weibe stehen blieb.

Freut mich sehr, Sie wieder einmal gesehen zu haben, sagte sie mit, wie mir vorkam, unnötig lauter Stimme, wollen Sie so freundlich sein, Ihre Mutter und Schwestern von mir zu grüßen?

Ich werde nicht verfehlen, es zu tun, erwiderte ich so natürlich und ungezwungen, als es mir in diesem Augenblicke möglich war. Dann verbeugte ich mich grüßend vor der schönen Dame und entfernte mich in der gleichen Richtung wie der Baron, aber viel langsameren Schrittes als er.

Das erste Gefühl, das mir zum Bewußtsein kam, war das der Erleichterung. Aber dann überhasteten sich Gefühle der verschiedensten Art in meinem Innern. Ich beglückwünschte mich zu meiner Keckheit, mit der ich die Dame angesprochen hatte. Das Ergebnis war nicht ganz so ausgefallen, wie ich es mir vorgestellt hatte. Aber es war immerhin auch nicht entmutigend. Trotz ihrer ausweichenden Antworten hatte sie doch stillschweigend zugegeben, daß ich in betreff ihrer Identität mich nicht geirrt hatte. Außerdem waren jetzt einige meiner Zweifel zum Schweigen gebracht. Mochte sie heißen, wie sie wollte, sie war sicherlich keine Französin. Möglicherweise war sie nicht die Frau, von der Javotte gesprochen hatte. Ich war zu dem Schlusse, daß sie mit der „Lucette" identisch sei, ohne hinreichende Gründe, lediglich durch eine Vermutung gelangt.

Eine erfreuliche Einzelheit war die, daß ihre Geistesgegenwart, die sie mich dem Baron als alten Bekannten vorstellen ließ und die zweifellos der Furcht vor Romer entsprungen war, uns offenbar auf gleichen Rang gestellt hatte. Wir hatten nun ein gemeinsames Geheimnis, und nichts reißt so schnell die Schranken zwischen Männern und Frauen ein, als gemeinsame Geheimnisse.

Plötzlich rappelte ich mich zusammen, wurde ich denn schon sentimental? fragte ich mich, und alsbald verbannte ich diesen Gedanken. Nein, keine Spur! Trotzdem kam es mir seltsam vor, daß sie an einem einfachen, unbemittelten Baccalaureus ein solches Interesse haben sollte. Und zum tausendsten Male versuchte ich das unfaßbarste aller Wunder zu erklären: wie sie sich Eingang zu meinem Zimmer verschafft hatte. Wir lebten doch nicht in einem Zeitalter der Hexenkünste und des Zauberspuks, und selbst wenn Zeppelin den einen oder anderen auf dem Luftwege hinwegzaubern konnte, so blieben Backsteinwände doch unveränderte Backsteinwände, so undurchlässig wie je, und höchstens mit Hilfe von Brecheisen konnten Menschen diese physikalische Tatsache entwerten.

Und doch war das Wunder geschehen! Drei Augenpaaren hatte es sich geoffenbart. Die Theorie von den Halluzinationen war endgültig verworfen worden. Ich ahnte, daß eine Lösung des Rätsels nahe bevorstand, daß überraschende Wendungen nicht mehr ferne seien, – mit welchem Ergebnis freilich, ob es für mich unheilvoll oder ohne Harm sich erweisen würde, das ruhte in der Zukunft Schoße.

Ich war mittlerweile an einer Droschkenhaltestelle angelangt. Ich sprang in einen Wagen, gab dem Kutscher die Adresse, und wir fuhren der Stadt zu. Als wir am Trafalgar Square vorüberkamen, schoß mir plötzlich ein Gedanke durch den Kopf.

Die St. Martinsbibliothek ist ja in der Nähe, sagte ich mir. Da könnte ich rasch halten lassen und im Debrett nachschlagen, ob der Baron Romer verheiratet ist oder nicht!

Sofort wies ich den Kutscher an, bei der Bibliothek zu halten, und stieg aus. In weniger als zehn Minuten hatte ich in Erfahrung gebracht, daß der Baron Romer der einzige Sohn eines notorisch verarmten, irischen Landedelmanns und ledig sei.

Wieder erhob sich während des Weiterfahrens die Frage vor mir, wer dieses geheimnisvolle und berückende Weib sein könnte, wenn sie nicht die Frau des Barons war. Und dann: woher stammten die Diamanten, in denen sie an jenem Abend, wo ich sie im Savoyhotel gesehen, strahlte? Wie konnte der Sohn eines mittellosen Edelmanns, der keinen festen Beruf hatte, eine Frau in so verschwenderischer Weise ausstatten? Die Antwort lag nahe und bestätigte meine schlimmsten Befürchtungen. Und ihm sollte ich nun, und zwar als Gleichstehender, gegenübertreten!

Aber was hatte ich bei allem Mißtrauen zu befürchten? warum sollte ich nicht eine hochmütige Miene aufsetzen und mit ihm umspringen wie mit meinesgleichen?

Am Klub angelangt, entließ ich meinen Wagen. Der Portier sandte meine Karte hinauf, und einen Augenblick später wurde ich in das Besuchszimmer geführt. Fast gleichzeitig trat auch der Baron ein und schloß die Türe hinter sich zu.

Sein Benehmen war nun beinahe freundlich, als er mir die Hand drückte und mich bat, Platz zu nehmen.

Ich werde Ihre Zeit nicht lange in Anspruch nehmen, sagte er. Es ist sehr freundlich von Ihnen, daß Sie sich die Mühe gemacht haben, bei mir vorzusprechen. Darf ich eine kleine Erfrischung bestellen, Herr Lart?

Nein, danke, erwiderte ich, nunmehr völlig unbefangen.

Wie Sie wünschen, fuhr er fort. Es handelt sich also um Folgendes. Ich brauche wohl nicht vorauszuschicken, daß es Dinge gibt, die man vor Damen nicht gerne bespricht?

Ich war ganz seiner Meinung und teilte es ihm mit.

Daher, fuhr er fort, nahm ich mir die Freiheit, Sie hierher zu bitten. Es ist also ganz richtig, daß ich heute morgen einen Besuch bei diesem Herrn -ä-ä- hol's der Henker! – ich kann den Namen nicht behalten –

Goliby, bemerkte ich.

Nun ja – ein merkwürdiger Name das, und ich fand auch, daß es ein komischer Kauz war.

Sie waren ihm zuvor nie begegnet, wie ich annehme? warf ich ein.

Ich? Nein, nie. Und es war ein merkwürdiger Umstand, der für mich gleichzeitig ziemlich ernst war, der uns zusammenführte. Darf ich mir die Frage gestatten, wie lange Sie schon in seinen Diensten stehen?

Sehr kurze Zeit, antwortete ich, noch keine vierzehn Tage.

Würde es indiskret erscheinen, wenn ich mich nach der Art seiner Beschäftigung oder seines Berufes erkundigte?

Der Grund zu dieser Frage war mir nicht ganz klar. Daher antwortete ich in allgemeiner Weise:

Er hat keinen eigentlichen Beruf, wie ich glaube. Er ist ein bemittelter Herr und –

Ach so? Ich danke Ihnen. Nun, um zum Gegenstande zu kommen, und der berührt Sie persönlich – Sie sind, wie ich glaube, in letzter Zeit in Paris gewesen?

Jawohl, sagte ich, nunmehr sehr vorsichtig.

Auf Veranlassung des Herrn –ä– Godiby?

Goliby, wenn Sie erlauben. Jawohl, auf seine Veranlassung. Meine Reise stand im Zusammenhang mit einem Einbruchsdiebstahle, der in seinem Hause vorgefallen ist. Sie haben wahrscheinlich auch davon gehört.

Der Baron schüttelte langsam das Haupt.

Nein, sagte er, ich wüßte mich nicht zu erinnern. Doch halt! Natürlich, ich erinnere mich jetzt – es war mir doch, der Name komme mir bekannt vor. Ich habe etwas davon in den Zeitungen gelesen – ich glaube, es handelte sich um Wertpapiere, die geraubt worden sind. Ist davon die Rede?

Ganz richtig, Herr Baron, erwiderte ich. Französische Papiere im Werte von zwanzigtausend Pfund sind aus seinem Geldschrank entwendet worden.

Und Sie wurden im Zusammenhang mit dieser Affäre nach Paris gesandt? Ich verstehe jetzt. Und Sie sind, wie ich vermute, im Grand Hotel abgestiegen?

Jawohl, Herr Baron.

So. Nun wollen wir gleich von unserer Angelegenheit reden. Heute morgen erhielt ich einen Brief von einem Freunde in Paris, der mir viel Verdruß verursacht hat. Ich könnte einen weit stärkeren Ausdruck benützen, aber lassen wir es dabei bewenden. Er enthielt die Mitteilung, daß ein junger Mann namens Lart, der im Grand Hotel wohne und als der Privatsekretär eines Londoner Herrn namens Goliby bekannt sei, welcher in St. Johns Wood wohne –

Einen Moment, unterbrach ich ihn: Keiner Seele im Grand Hotel waren diese Umstände bekannt, wie ist es dann möglich, daß Ihr Korrespondent damit vertraut war?

Sie stammen von Ihren eigenen Lippen – wenigstens behauptet er es, versetzte der Baron ruhig.

Das ist eine Lüge, rief ich wütend aus. Wollen Sie die Freundlichkeit haben, mir diesen Brief zu zeigen?

Das kann ich in diesem Augenblicke nicht, erwiderte er, weil ich ihn nicht bei mir habe. Es tut mir sehr leid – und es tut mir auch leid, daß Sie sich so aufregen.

Aufregen! rief ich aus. Passen Sie mal auf, Herr Baron! Ich habe schon aus dem Munde des Herrn Goliby erfahren, welche Beschuldigungen Sie gegen mich erheben. Diese Anschuldigungen sind, ich wiederhole es, ungerechtfertigt, und sind Fabrikate irgend eines – eines – ich will nicht sagen, daß es Ihr Korrespondent ist – aber irgend eines Menschen, den ich nicht kenne. Daß ich Ihren Namen im Zusammenhang mit einer Dame nennen hörte, habe ich bereits Herrn Goliby erklärt, und er gab sich mit dieser Erklärung völlig zufrieden. Ich habe niemandem Rechenschaft darüber abzulegen.

Worum handelte es sich bei diesem Gespräche, wo Sie meinen Namen nennen hörten?

Ich erzählte ihm in wenig Worten den Inhalt des Gespräches, ohne ihm zu verraten, von wem ich es erfahren hatte. Er zog die Stirne zusammen, dann sagte er, offenbar, um von dem Thema loszukommen:

Sie sind aber mal ein erregbarer junger Mann! Sie werden doch verstehen, daß ich mich für derlei Gespräche interessiere. Ist denn dabei etwas Beleidigendes für Sie?

Nun war ich festgefahren.

Nicht unbedingt, antwortete ich, aber es ist trotzdem ärgerlich, falsch beschuldigt zu werden, insbesondere, wenn es sich um anonyme Verdächtigungen handelt. Sie haben sich bei Herrn Goliby darüber beschwert, daß ich jemand im Grand Hotel erzählt hätte, was ich von Ihnen gehört habe. Diese Behauptung, ich wiederhole es, ist vollständig falsch.

Ich bin völlig bereit, Ihrer Versicherung Glauben zu schenken, Herr Lart, bemerkte er in versöhnlichem Tone. Bitte, betrachten Sie diese Behauptung als zurückgezogen, wenn Sie es wünschen, mit meinen Entschuldigungen, aber ich würde Ihnen sehr verbunden sein, wenn Sie mir noch eine oder zwei Fragen beantworten wollten.

Gerne, Herr Baron, wenn es in meiner Macht liegt, es zu tun, sagte ich, ganz erfreut darüber, daß ich schließlich doch zu meinem Rechte gekommen war.

Gut, versetzte er, haben Sie eine Ahnung, wer es war, der diese Diskussion über mich und ä – jene Dame geführt hat?

Ich überlegte einen Augenblick.

Ja, wenigstens kann ich Ihnen einen Begriff von einem der beiden geben. Sie brauchen dazu nur mich selber anzusehen.

Wieso denn?

Indem einer der Herren eine auffallende Aehnlichkeit mit mir selbst hat.

Der Baron nagte ärgerlich an seiner Unterlippe.

Hm, sagte er, ich bin Ihnen sehr verbunden, Herr Lart. Und nun, zu der Dame! Sie nannten sie Lucette, nicht wahr?

Jawohl, Herr Baron.

Aus dem, was Sie von der Unterhaltung erfuhren, konnten Sie sich keine Meinung über die Person dieser Dame machen?

Nicht die geringste, auch interessierte es mich nicht.

Schade. Nun, Herr Lart, ich kann Ihnen nur wiederholen, daß ich Ihnen für Ihre Mitteilungen sehr verbunden bin und hoffe, Ihnen keine Unannehmlichkeiten bereitet zu haben.

Nicht im geringsten, Herr Baron, erwiderte ich, wenn Sie jetzt nur Ihren falschen Verdacht aufgegeben haben.

Vollständig, Herr Lart, versetzte er. Bitte wollen Sie meine Entschuldigungen entgegennehmen und die alberne Geschichte vergessen!

Er schüttelte mir liebenswürdig die Hand und führte mich bis zur Türe, wo ich mich verbeugte und das Zimmer verließ.

Als ich die Treppe hinunterstieg, kam mir ein Herr entgegen. Ich blieb vor Erstaunen stehen und starrte ihn an, als ob ich meinen Augen nicht traute, denn vor mir stand, als sehe ich mich in einem Spiegel, mein vollendetes Ebenbild.

Dreiundzwanzigstes Kapitel.

Nicht nur in Gestalt und Gesichtszügen, sondern selbst in der Kleidung glich mir der Mensch, wie ein Ei dem anderen. Sein Hut, seine Kravatte, selbst der Stoff seines Anzugs bis zu den Knöpfen schienen eine Kopie der meinigen zu sein. Ja sogar seine Schuhe hatten dieselbe braune Nüance, wie die meinigen. Nichts hätte erstaunlicher sein können, wenigstens für mich, denn er trug deutlich eine große Verlegenheit zur Schau, als er an mir vorübereilte und durch die Türe des Vestibüls verschwand.

Tausend gegen eins zu wetten, dachte ich, ist das der Mann, der die gestohlenen Papiere präsentiert und das Geld dafür in Empfang genommen hat. Er hat sich genau nach mir gekleidet, um mir zu gleichen. Kein Wunder, daß der Kassier in Paris mich als den Schuldigen bezeichnet hat.

Jetzt allmählich begann ich die Fäden des Komplottes zu entwirren. Im Falle des Mißlingens wäre diese Aehnlichkeit benützt worden, um die Schuld auf mich zu schieben, und ich verdankte es nur einem günstigen Zufall, daß ich bis jetzt noch heil und unversehrt aus der Affäre hervorgegangen war. Jetzt hegte ich nicht den geringsten Zweifel mehr, daß ich in eine gigantische Verschwörung verwickelt war, die von einem genialen Geiste ausgeheckt worden war und deren Verlauf zu meinem Ruin führen konnte.

Bis jetzt hatte ich indes Glück gehabt. Es war ein auf- und anregendes Spiel, und ich wollte meinem guten Sterne vertrauen und die Sache durchfechten, wie sie sich auch gestalten mochte.

So war ich, in Gedanken versunken, bis zum Piccadilly-Zirkus hinuntergeschlendert, als mir eine Inhaltstafel der Abendzeitungen in die Augen fiel. Ich las unter anderem darauf die Worte:

Pariser Juwelendieb stahl: Eine neue Verhaftung.

Ich kaufte mir sofort eine Zeitung und fand darin die Nachricht, daß ein Amerikaner, der Coddington zu heißen vorgab, ein Gast des Hotel Continental, von einem Zimmermädchen beobachtet worden war, wie er um die Zeit, wo der Juwelendiebstahl stattfand, aus dem Schlafzimmer der Großfürstin Alexina herausgekommen war. Er gab die Erklärung ab, daß er den Gang mit dem darüberliegenden verwechselt habe, wo er sein Zimmer hatte, und beteuerte bei seiner Verhaftung energisch seine Unschuld.

Diese Nachricht brachte mir keine Aufklärung. Daher steckte ich die Zeitung in die Tasche und schlenderte zum Strande. Hier fiel mir wieder Richards Auftrag und Geschenk ein, und ich beschloß, da ich ohnehin in der Stadt nichts mehr zu tun hatte, wieder nach St. Johns Wood zurückzukehren.

Als ich das Haus betrat, begegnete ich keiner Seele. Es machte einen unnatürlich ruhigen Eindruck auf mich. Ich begab mich auf mein Zimmer und klingelte. Nach wenigen Minuten erschien Marie mit strahlendem Gesicht.

Schon so frühzeitig zurück, Herr Lart? sagte sie. Ich dachte, Sie würden heute abend ins Theater oder in eine Musikhalle gehen.

Das ist schon noch möglich, Marie, erwiderte ich. Ist Herr Goliby zu Hause?

Ich weiß nicht, wo er ist. Ich habe ihn seit heute morgen nicht mehr gesehen.

Und Sawkins? Ich bin ihm drunten nicht begegnet.

O der! Der hat heute Ausgang, und die Köchin auch, und der Diener. Ein sauberer Kerl ist er, nie hat er sich mit uns unterhalten und wozu er eigentlich da ist, weiß ich auch nicht. Den ganzen Tag sitzt er da und dreht die Daumen und ißt sich voll, als sei er am Verhungern. Solch ein Haus hab ich mein Lebtag nicht gesehen, nie ein Besuch, keine Seele zum Essen, seit ich im Dienste bin.

Es ist allerdings etwas still hier. So sind Sie heute allein im Hause, Marie?

Jawohl, Herr Lart, außer Jenkins, dem Hausmeister, und der ist beduselt. Er ist fast immer beduselt, wie er sagt, hat er sonst nichts zu tun. Als ich heraufkam, hörte ich ihn in seinem Zimmer schnarchen, als wolle er Tote erwecken.

Ein Seufzer der Erleichterung entrang sich meiner Brust.

Somit haben wir, wie es scheint, das ganze Haus zu unserer Verfügung, bemerkte ich, nicht, Marie?

Sie lachte.

Ja, Herr Lart, erwiderte sie, das ganze Haus!

Dieser Gedanke brachte sie so wenig in Verlegenheit, daß ich etwas nervös wurde. Marie war, wie ich schon erwähnte, ein sehr nettes und anziehendes Wesen, und in unserem Tête-à-tête lag ein gefährliches Element, besonders im Hinblick auf die Verpflichtungen, die ich auf mich geladen hatte, Richards Anordnungen auszuführen.

Ich nahm indes einen Anlauf.

Marie, sagte ich. Sie sind sehr lieb mit mir gewesen.

Ich! erwiderte sie erstaunt. Wieso meinen Sie das?

Wie ich das meine? Nun, Sie haben mir immer so gutes Frühstück heraufgebracht und waren immer so gefällig und nett und zuvorkommend.

Ich machte eine kleine Pause und schaute sie an. Sie war beinahe starr vor Verwunderung.

Daher, fuhr ich fort und griff mit der Hand in die Tasche, um Richards Geschenk herauszuholen, dachte ich mir, daß ich Ihnen ein kleines Zeichen meiner Wertschätzung geben sollte.

Ich faltete das Seidenpapier auseinander und stellte das goldene Verführungsmittel zur Schau. Dann sagte ich, mich räuspernd:

Wenn Sie – hm – dieses kleine Schmuckstück von mir annehmen wollten, so – hm – würde es mich – hm – sehr freuen, Marie.

Nunmehr war ihre Verblüffung auf dem Höhepunkt angelangt, als ich meinen Spruch glücklich herausgebracht hatte. Ihre Gesichtsfarbe wechselte in rascher Folge, den Mund hatte sie vor Staunen zu schließen vergessen, ihre Augen waren unverwandt auf das glänzende Schmuckstück geheftet.

Oh, Herr Lart, stammelte sie, aber sie kam nicht weiter.

Darf ich es an Ihrem Arme befestigen, Marie? fragte ich, um der peinlichen Pause ein Ende zu machen.

Oh, Herr Lart, wiederholte sie, indem sie mir den Arm prompt hinhielt. Ein leiser Seufzer des Entzückens kam über ihre Lippen, als sie die Feder zuspringen horte und ihr Eigentum strahlend betrachtete.

Dann, bevor ich mir recht klar über den Vorfall wurde, ereignete sich etwas, das mich nicht wenig in Verlegenheit setzte. Sie sprang mir mit einem Male um den Hals, näherte ihre blühenden Lippen blitzschnell meiner Wange, und ein schallender Kuß saß darauf.

Oh, Herr Lart, sagte sie noch verwirrter als zuvor, wie sind Sie nur dazu gekommen, mir so was Schönes zu kaufen? Oh, ist das reizend!

Ich wußte wohl, daß die Sache sich so entwickelt hatte, wie Richard es im Sinne gehabt, ich müßte auch lügen, wenn ich ableugnen wollte, daß mir die Situation keineswegs unangenehm vorkam, aber ich hatte das Gefühl, daß ich einer weiteren Entwickelung vorbeugen mußte, und daher sagte ich, in dem kühlsten Tone, der mir unter diesen Umständen zur Verfügung stand:

Schon recht, Marie, schon recht, Sie brauchen mir nicht zu danken. Ich wollte Ihnen nur als Ihr Freund ein kleines Andenken bringen. Es hat – hm – wirklich weiter nichts zu bedeuten, Marie, verstehen Sie?

Sie starrte mich einen Augenblick etwas verblüfft an, als habe sie den Sinn meiner Rede nicht ganz verstanden.

Ach so, sagte sie schließlich und wurde puterrot dabei, wie wenn Sie nicht ein Herr wären, und ich es nicht wüßte! Ich habe es nicht so gemeint und muß Sie vielmals um Verzeihung bitten, daß ich so frech war!

Sie sagte das in einer so niedlichen und kindlich unschuldigen Weise, daß ich in die größte Versuchung geriet, sie meinerseits abzuküssen. Es kostete mich keine geringe Ueberwindung, dieser Versuchung zu widerstehen, aber es gelang mir noch rechtzeitig, mich zu beherrschen, und so sagte ich lachend:

Unsinn, Marie. Ich meinte nur, Sie sollen wegen der Kleinigkeit nicht so viele Worte machen!

Das nennen Sie eine Kleinigkeit? versetzte sie und hielt ihren runden Arm stolz in die Höhe. Entzückt betrachtete sie das Armband und fuhr fort:

Das ist schuld daran, Herr Lart. Ich habe mich darüber ganz vergessen, entschuldigen Sie nochmals!

Schon recht, Marie. Und nun, sind Sie ganz sicher, daß Sie in diesem Zimmer eine Dame gesehen haben?

So sicher, als ich hier stehe, erwiderte sie in überzeugtem Tone, oder war es ein Geist, trotzdem Mutter mir immer gesagt hat, daß es keine Geister gibt, denn als ich hereinkam, schien sie – ich glaube, ich habe es Ihnen schon gesagt, – geradenwegs durch die Wand hindurch verschwunden zu sein.

Können Sie mir sagen, wie sie ausgesehen hat? fragte ich.

Nun, Herr Lart, sie war sehr hübsch, mit Augen und Haaren so schwarz, wie die Nacht. Ich würde sie sofort wieder erkennen.

So? Das ist immerhin etwas. Und nun, Marie, da wir so gut wie allein im Hause sind, würden Sie mir Herrn Golibys Arbeitszimmer zeigen?

Warum nicht? wenigstens die Türe. Ich habe Ihnen ja schon gesagt, daß, seit ich hier bin, noch niemand hineingehen durfte, als Sawkins.

Sie führte mich die Treppe hinunter und deutete auf die Türe eines Zimmers, das, wie sich herausstellte, gerade unter dem meinigen gelegen war, und zwar unter meinem Schlafzimmer. Die Türe sah genau wie eine andere aus und hatte durchaus nichts Geheimnisvolles an sich. Ich drückte auf die Klinke und fand das Zimmer verschlossen, wie Marie vorhergesagt hatte. Dann nahm ich zum ersten Male in meinem Leben, aber ohne zu erröten, meine Zuflucht zu einem Mittel, das ich bisher streng verpönt hatte: ich schaute durch das Schlüsselloch hinein.

Gerade gegenüber der Türe erblickte ich ein Telephon. Dieses erklärte mir ein geheimnisvolles Geklingel, das gelegentlich schon meine Aufmerksamkeit auf sich gezogen hatte. Daneben konnte ich eine Portière sehen, die offenbar eine Türe verdeckte. Außerdem vermochte ich nichts anderes zu erblicken, als einen nackten Fußboden, leere Wände, einen einzigen Holzstuhl, die Hälfte eines großen Tisches und gerade noch ein Stückchen von einem kleinen Toilettenspiegel. Es war ein seltsames Allerheiligstes für einen reichen Mann und gab mir Stoff für ernste und düstere Reflexionen.

Ich sehe nicht viel, Marie, bemerkte ich wahrheitsgemäß. Und jetzt führen Sie mich zu jenem Giebelfenster, von dem Sie mir erzählt haben! Ich möchte einen Blick in den hinteren Garten werfen.

Ich fand, daß es ein kleines Fenster war; seltsamerweise war es mit einem Eisengitter versehen.

Das muß seinen Grund haben, dachte ich, aber es war mir nicht möglich, diesen Grund zu erraten.

Immerhin bot das Fenster eine vorzügliche Aussicht auf einen großen, dichtbestandenen Baumgarten und einen kleineren daneben, der von dem größeren durch eine Mauer abgesperrt war und zu dem die Dienerschaft Zutritt hatte. Wie man indes in den größeren Garten vom Hause aus gelangen sollte, war mir unverständlich. Was mich aber vor allem an der Aussicht interessierte, war der Umstand, daß man von hier aus sehr gut die Villa des Baron Romer unterscheiden konnte. Sie war keine hundert Meter von der Villa Rabenhorst entfernt. Ihre Gemüsegärten und Treibhäuser reichten bis zu den Mauern des Golibyschen Gartens. Ich überlegte mir eben, welche Verbindungen möglicherweise zwischen den beiden Villen bestehen konnten, als ich plötzlich eine weibliche Gestalt bemerkte, welche durch den Garten dahergewandelt kam. Keinen Augenblick zweifelte ich an der mir wohl bekannten Erscheinung. Ich wandte mich sofort um und beobachtete sie. Hier war eine Gelegenheit, meine Entdeckung zu bestätigen.

Ein hübsches Weib dort drüben im Garten, bemerkte ich und deutete nach ihr.

Heiliger Gott! rief das Mädchen aus. Das ist sie ja, die Dame, von der ich Ihnen erzählt habe.

Sie hat wenig Geisterhaftes an sich, sagte ich.

Ja wirklich, eben habe ich dasselbe gedacht. Ich – was war das?

Sie hielt die Hand ans Ohr und sagte: Es wird der Herr sein, der zurückkommt! – Nein, es ist Sawkins! Ich kenne ihn an dem Krachen seiner Schuhe. Er kommt die Treppe herauf. Um Gottes willen, er muß ja hier vorbeikommen, wenn er in sein Zimmer will. Was sollen wir denn tun, wenn er uns hier beisammen findet?

Vierundzwanzigstes Kapitel.

Marie hatte leider mit ihrer Frage nur zu sehr das Richtige getroffen. Ich befand mich in einer höchst zweideutigen Lage, und ich bezweifle, ob Marie trotz ihrer Angst sich auch nur zur Hälfte über den wahren Ernst derselben im klaren befand.

Ich sah mich rasch nach einem Ausweg um. Aber es war keiner zu entdecken, wir befanden uns in einer gewöhnlichen Rumpelkammer, die mit alten Möbeln angefüllt war, und ich konnte darin keinen Schlupfwinkel ausfindig machen. Mittlerweile stiegen die Schritte schon langsam die zweite Treppe empor. Ich wußte mir nicht aus der peinlichen Lage zu helfen und war gespannt, was die scharfsinnige Marie beginnen würde. Wir konnten nicht sprechen, ohne uns augenblicklich zu verraten, aber unsere Blicke begegneten sich, und ich glaube mich nicht zu irren, wenn ich vermute, daß der meinige sie um Hilfe anflehte.

Nunmehr schlich sie auf den Zehenspitzen in die entfernteste Ecke des Raumes und winkte mir, zu folgen. Dann blieb sie plötzlich stehen und war mit einem Schlage in einem Haufen Gerümpel verschwunden. Ich entdeckte dort ein altes Gartenzelt, das aufs Geratewohl über einige Stühle geworfen worden war, und mußte mich bequemen, auf Händen und Füßen in das dunkle, staubige Loch hineinzukriechen, was für einen Baccalaureus keine geringe Selbstverleugnung erheischte.

Zu meinem Aerger streifte ich auch noch an Maries Armband und brachte es dadurch gerade in dem Augenblicke zum Klirren, wo Sawkins auf der Bildfläche erschien. Nun aber brach mir der kalte Schweiß aus allen Poren. Durch einen Diener schimpflich ans Tageslicht gezogen zu werden, von Kopf bis zu den Füßen mit Staub bedeckt, das wäre doch die erniedrigendste Lage gewesen, die ich mir denken konnte! Sawkins hatte offenbar das Geräusch gehört und blieb stehen. Mein Pulsschlag stockte.

Er lauschte einen Augenblick. Dann ging er auf sein Zimmer.

Ich stieß einen tiefen Seufzer der Erleichterung aus. Durch ein Loch in dem Segeltuch entdeckte ich, daß er seine Türe hatte offenstehen lassen, und wir daher seine Gefangenen waren, solange er es für gut befand, sich dort aufzuhalten. Aber es hatte den Anschein, als ob er sich nicht zum Ausruhen heraufbemüht habe. Aus dem Zimmer drangen eigentümliche Geräusche. Dann sah ich ihn, eine leere Reisetasche in der Hand, rasch an der Türe vorübergehen.

Gleichzeitig verspürte ich den warmen Hauch von Maries Atem nahe an meinem Ohre und vernahm die leise geflüsterten Worte:

Er packt ein!

Eine Weile sahen wir ihn nicht mehr, aber dann erschien er in der Türe. Er hatte die Reisetasche, dieses Mal gefüllt, in der Hand, einen Ueberzieher über dem Arm und den Hut auf dem Kopf. Rasch durchschritt er die Rumpelkammer, und einen Augenblick später hörten wir ihn geräuschvoll die Treppe hinuntersteigen. Als ich mich wieder aus der schmutzigen Höhle herausgearbeitet hatte, hörte ich ihn die Haustüre zuschlagen, und ich verspürte die Gewißheit, daß ich Sawkins zum letzten Male gesehen hatte.

Wir schauten uns gegenseitig an und mußten beide über den erbarmungswürdigen Zustand lachen, in den wir in der staubigen Höhle geraten waren. Dann sagte Marie, mit erschreckter Miene:

Er geht wirklich fort! Das ist noch nie passiert. Den haben wir auch zum letzten Male gesehen.

Ja, sagte ich, mir gefällt die Geschichte gar nicht, warum verläßt er das Haus während der Abwesenheit Herrn Golibys? Ich bin der Ansicht, daß

Sie sich keinen Tag länger mehr hier aufhalten sollten. Es ist kein Aufenthaltsort für ein junges Mädchen wie Sie.

Und Sie, Herr Lart?

Kümmern Sie sich nicht um mich! Ich werde hier bleiben und sehen, was sich ereignet.

Dann bleibe ich auch, sagte sie in einem Tone felsenfester Entschlossenheit.

Gut, wie Sie wollen, Marie, bemerkte ich, aber vor allem wollen wir uns hier aus dem Staube machen. Wir haben beide dringend die Hilfe einer guten Bürste nötig.

Eine Viertelstunde später kamen zwei Briefe für mich an. Der eine rührte von dem Inspektor Beale her; er bat mich, ihn wenn möglich heute abend im „Goldenen Ochsen“ zu Hampstead zu treffen. Dieser Brief versetzte mich in eine fröhliche Stimmung, da er für mich die Aussicht eröffnete, den Abend außerhalb des unheimlich stillen Hauses zuzubringen.

Dann erbrach ich den zweiten. Schon aus der Aufschrift hatte ich entnommen, daß er von Richard herrührte.

Er schrieb mir:

> Lieber Ted!
>
> Bei meiner Rückkehr ins Büro fand ich einen Brief von Golibys Hand vor, in dem er mir mit vielfachen Entschuldigungen mitteilt, daß ihn ein wichtiges Geschäft, wie er befürchtet, für einige Zeit von England fernhalten wird. Daher müsse unser kleines Diner in der Villa Rabenhorst voraussichtlich um einige Wochen hinausgeschoben werden. Hat er Dir das auch schon gesagt? Ich dachte mir, es sei das Beste, es Dich sofort wissen zu lassen, denn mir erscheint die Sache etwas verdächtig, daß er gerade jetzt,

wo die Versicherungen solch einen Krach wegen der gestohlenen Papiere machen, auf Reisen gehen will. Ist es nicht seltsam, daß er nicht da bleibt, um einer Untersuchung beizuwohnen, deren Ergebnis über 20 000 Pfund von seinem Gelds entscheiden wird?

Ich muß offen gestehen, daß mir die Geschichte einen schlimmen Eindruck macht. Daher möchte ich meinen Rat von heute morgen zurückziehen und Dir vorsichtshalber vorschlagen, Dich auf der Stelle aus dem Staube zu machen und für acht oder vierzehn Tage irgend einen ruhigen Seeplatz aufzusuchen, bis sich die Diebereien ein wenig geklärt haben werden. Da es sich in der Pariser Angelegenheit um kaiserliches Eigentum handelt, wird die Polizei der ganzen Welt auf die Beine gebracht werden, und daher können Enthüllungen nicht lange auf sich warten lassen. Davon darfst Du überzeugt sein. Was die mysteriöse Schöne anlangt, so laß sie zum Henker gehen, und bringe Deine eigene Haut in Sicherheit, solange es noch Zeit ist. Wollte Gott, ich hätte Dich nie in die Geschichte hineingebracht!

Du sollst indes keinen Schaden erleiden, solange ich bin

Dein
Richard Hamilton.

Seltsam genug, aber dieser neue Rat Richards lief meinen Absichten zuwider. Hatte er mir denn nicht gesagt, daß mir nichts passieren könne, wenn ich in der Villa Rabenhorst bliebe? Meine Hände waren vollständig rein, und die Polizei war von diesem Umstande überzeugt. Was sollte sie hingegen denken, wenn ich Sawkins' Beispiel folgen und mich in irgend einem Schlupfwinkel verstecken würde? Wäre das nicht im Gegenteil ein Geständnis meiner Schuld gewesen oder wenigstens einer strafbaren Mitwissenschaft, das sicher zu meinem Verderben führen würde? Welche Sicherheit bot mir ein „ruhiger Seeplatz“? Offenbar hatte Richard nunmehr den Kopf verloren, wenn ich mich auch auf einem sinkenden Schiffe befand, so war ich doch ein unschuldiger Passagier und brauchte die Folgen nicht zu fürchten. Nein, ich wollte „feste bei der Stange bleiben“, wie mir Richard geraten hatte. In meinem Unternehmen steckte ein gut Teil Aufregung, und das liebte ich, und seit meiner Begegnung mit der „mysteriösen Schönen“, von der Richard ja noch nichts wußte, war ich mehr als je entschlossen, die Sache zu Ende zu führen.

Ich blickte auf die Uhr. Es war sieben, und so zu spät, ihn noch zu Hause zu treffen. Ich konnte ihn ja am folgenden Tage aufsuchen. Das war besser, als zu schreiben. Mittlerweile war ich hungrig geworden. Daher beschloß ich, nach Hampstead hinüberzubummeln und dort im „Goldenen Ochsen“ zu Abend zu speisen, wobei ich zu gleicher Zeit den Inspektor treffen würde.

Wie ich erwartet, traf ich ihn in dem einfachen Gasthause, wo der Junggeselle, der in Hampstead wohnte, seine Mahlzeiten einzunehmen pflegte.

Er war bei unserer Begegnung die Freundlichkeit selbst.

Sehr erfreut, rief er bei meinem Anblicke aus, Sie wieder zu sehen.

Ebenfalls, Herr Inspektor, erwiderte ich. Entwickelt sich die Sache in Paris?

Gewiß, Le Noir ist scharf dahinter. Aber es ist eine mächtig verwickelte Geschichte. Sie haben zweifellos von dem großen Juwelendiebstahle gehört, und von der Verhaftung Javottes?

Gewiß, antwortete ich, und was mehr ist, ich bin in Newhaven um ein Haar selber verhaftet worden, unter dem Verdachte, an dem Juwelendiebstahle beteiligt zu sein.

Er lachte aus vollem Halse.

Ich dachte mir's, sagte er, daß Sie es gewesen sein müssen, als es auf Scotland Yard gemeldet wurde. Ihre Ähnlichkeit mit Javotte hat Ihnen diese kleine Unannehmlichkeit bereitet. Ich hoffe, daß Sie sich die Sache nicht zu Herzen genommen haben.

Nein, erwiderte ich lachend, aber ich möchte die „kleine Unannehmlichkeit“ nicht gerade gerne noch einmal mitmachen.

Fürchten Sie nichts, Herr Lart, sagte er. Der Mann, den wir fassen wollten, war Javotte, und wir haben ihn hinter Schloß und Riegel. Er hat uns einige überraschende Dinge verraten. Aber nun will ich Sie nicht länger von Ihrem Abendessen abhalten, es könnte sonst kalt werden.

Als wir gemütlich zu Nacht gespeist hatten, sagte er leise zu mir:

Könnte ich nun ein paar Worte mit Ihnen sprechen, Herr Lart? Wir gehen zu diesem Zwecke am besten in den Garten!

Als wir uns im Freien befanden, fuhr er fort:

Herr Le Noir hat Ihnen gesagt, daß Sie uns möglicherweise unterstützen könnten, nicht?

Gewiß, bestätigte ich.

Und Sie haben sich bereit erklärt, uns diese Unterstützung zukommen zu lassen?

Versteht sich.

Gut. Ich brauche nicht auf Einzelheiten einzugehen, sondern will Ihnen nur verraten, daß das Haus, in dem Sie sich gegenwärtig aufhalten, in einem gewissen Verdachte steht. Es wäre am besten, wenn Sie es verlassen würden. Nehmen Sie das als einen freundschaftlichen Wink. Wir würden es indes lieber sehen, wenn Sie noch nicht sofort wegzögen, verstehen Sie?

Gewiß.

Zu meiner Ueberraschung zog er nun eine Pfeife aus der Tasche und ließ darauf einen scharfen Pfiff hören. Er klang sehr eigentümlich.

Würden Sie diesen Pfiff wieder erkennen? fragte er.

Unbedingt.

Gut. wenn Sie ihn eines Abends hören sollten – Sie sehen, ich bringe Ihnen ein großes Vertrauen entgegen –, wollen Sie dann so freundlich sein, unverweilt die Treppe hinabzueilen und die großen Riegel von der Haustüre zurückzuschieben?

Ich starrte ihn einen Augenblick an, bevor ich antwortete. Dann sagte ich:

Ich werde es tun. Verlassen Sie sich auf mich!

Besten Dank. Es wird Ihnen kein Haar gekrümmt werden. Dafür wollen wir schon sorgen. Und nun muß ich mich von Ihnen verabschieden. Nochmals besten Dank und leben Sie wohl! Auf Wiedersehen!

Damit verließ er mich. Ich ging noch ein wenig in der berühmten Umgegend spazieren, aber ich hatte kein Auge für ihre Schönheiten, und um halb zehn Uhr lenkte ich meine Schritte wieder St. Johns Wood zu.

Als ich in der Villa Rabenhorst anlangte, lag das Haus in völliger Dunkelheit da. Selbst in der Halle war kein Licht zu sehen. Und als ich das seltsam verlassen aussehende Haus betrat, verursachte mir seine Stille und Dunkelheit ein Unbehagen, das vom Gruseln nicht mehr sehr verschieden war. Ich tastete mich zu meinem Zimmer hinauf und zündete dort das Gas an, das indes nur mit schwacher, bläulicher Flamme brannte. Ein Schauder überlief mich, was war vorgefallen? War es möglich, daß Goliby auf Reisen gegangen war, ohne ein Wort zu hinterlassen, um mich davon zu benachrichtigen? Dieser Gedanke erschien mir lächerlich unglaublich, doch was sollte ich anderes denken? Das Haus schien von jeglichem lebendem Wesen verlassen zu sein. Und doch hatte mir Marie versprochen, daß wenigstens sie dableiben wollte, war sie schon schlafen gegangen? Ich hätte es gerne gewußt. Es war ja noch gar nicht spät. Sollte ich läuten und eine Erfrischung bestellen? Warum denn auch nicht? Und so ließ ich dem Gedanken die Tat folgen.

Ich wartete fünf Minuten, dann läutete ich zum zweiten Male, weitere fünf Minuten verflossen, ohne daß jemand kam. Die Sache begann ungemütlich zu werden. Nunmehr zündete ich alle Flammen am Leuchter an. Aber trotzdem blieb die Beleuchtung immer noch bläulich und etwas schaurig. Meine Nerven wurden allmählich unruhig, und ich wünschte von ganzem Herzen, ich wäre in ein Theater oder, wenn es sein mußte, in eine Musikhalle gegangen.

Dazu war es leider zu spät, wie es zu früh war, um schon zu Bett zu gehen. Dann fiel mir wieder der Roman ein, den ich auf der ereignisvollen Diepper Reise zu lesen angefangen hatte. Er lag auf dem Tische neben mir. Ich griff darnach, zog einen Lehnstuhl zum Gasleuchter heran, machte es mir darin bequem und nahm mir entschlossen vor, mir alle schlimmen Vorahnungen aus dem Kopfe zu schlagen.

Ich hatte eben ein Kapitel ohne große Aufmerksamkeit durchgelesen und begann nun warm zu werden, als mir plötzlich auf eine subtile und unerklärliche Weise die Anwesenheit einer anderen Person in meinem Zimmer zum Bewußtsein kam. Mit einem Mal rann mir das Blut kalt durch die Adern. Ich ließ mein Buch fallen und schaute auf. Aus meinem Schlafzimmer kam eine wilde Gestalt in unordentlichem Aufzug, mit entsetzten Augen und Blutflecken auf dem lieblichen Antlitz auf mich zugestürzt.

Es war kein Geist, sondern ein zitterndes lebendes Wesen.

Um des Himmels willen, Herr Lart, rief sie, beschützen Sie mich, verbergen Sie mich irgendwo!

Ich war schon aufgesprungen.

Sagen Sie mir, Madame, rief ich meinerseits, was das zu bedeuten hat!

Ich habe keine Zeit zu Erklärungen. Verbergen Sie mich irgendwo – wo Sie wollen – sofort oder ich bin verloren!

In einem Augenblick hatte ich meine fünf Sinne wieder gesammelt, wie es einem in gefährlichen Lagen bisweilen gelingt, und warf rasch einen Blick rings in dem Zimmer herum. Hier konnte ich sie unmöglich verstecken. Dann sagte ich: Hier herein! packte sie beim Arme und zog sie in mein Schlafzimmer, wo ich sie in den Kleiderschrank drängte und ihn von außen zuschloß.

In diesem Augenblick hörte ich an der äußeren Türe ein scharfes Pochen.

Rasch schlich ich geräuschlos zu meinem Lehnstuhl zurück und hob das Buch, das auf den Boden gefallen war, wieder auf.

Herein, rief ich sodann.

Die Türe ging auf, ich blickte in die Höhe und erkannte, daß auf der Schwelle Herr Goliby stand.

Fünfundzwanzigstes Kapitel.

Ei, Sie sind es, Herr Goliby? sagte ich und erhob mich. Ich hatte geklingelt, um eine Kleinigkeit zu bestellen, und dachte daher, Marie habe geklopft.

Sein Gesicht hatte viel von seiner gewöhnlichen Färbung eingebüßt. Auch schien er von einer außerordentlichen Aufregung erfaßt zu sein. Er sah sich rasch und, wie mir vorkam, argwöhnisch im Zimmer um.

Ich glaubte, als ich heraufkam, in Ihrem Zimmer Stimmen zu hören, bemerkte er.

Ich lachte, und ich werde nie müde werden, die Geistesgegenwart zu bewundern, mit der ich in diesem Augenblick meine Gemütsbewegungen verbarg.

Stimmen, Herr Goliby? fragte ich. Sie meinen wohl *eine* Stimme. Ich habe laut in meinem Buche da gelesen. Ich wußte eben nicht, daß mir jemand zuhörte.

Er beobachtete mich für einen Moment scharf durch seine Brille.

So, das war es? sagte er. Ich dachte mir, vielleicht sei Sawkins bei Ihnen. Haben Sie ihn irgendwo gesehen?

Nein, Herr Goliby, erwiderte ich. Ich bin schon lange da und habe niemand gesehen, trotzdem ich bereits zweimal geklingelt habe.

Sehr merkwürdig, bemerkte er. Ich bin eben nach Hause gekommen und kann ihn nirgends finden. Das ist außerordentlich seltsam. Er sollte um acht Uhr zurück sein. Sie sind ganz sicher, ihn nirgends gesehen zu haben?

Nein. – Das war wörtlich die Wahrheit, und er schien die Verdrehung nicht zu bemerken.

Ich kann mir das gar nicht erklären, fuhr er fort, wobei er seinen scharfen Blick noch einmal durch das Zimmer wandern ließ.

Ich auch nicht, versetzte ich. Als ich nach Hause zurückkehrte, fand ich die Halle in völliger Finsternis, und auch das Gas brennt heute, wie Sie bemerkt haben werden, sehr schlecht.

Jawohl, es ist mir schon aufgefallen, es brennt miserabel. Woher das kommt, kann ich mir nicht denken. Entschuldigen Sie, Herr Lart, daß ich Sie in Ihrer Lektüre gestört habe.

Bitte sehr, Herr Goliby, erwiderte ich lachend. Es war mir ein Vergnügen, zu sehen, daß jemand im Hause ist. Da Sie gerade hier sind, wäre es mir angenehm, wenn Sie mir sagen wollten, ob es morgen etwas für mich zu tun gibt.

Nein, ich habe gegenwärtig keine Beschäftigung für Sie, entgegnete er. Ich bin zurzeit ein wenig im Gedränge. Die Versicherungsgesellschaften handeln in einer sehr unangenehmen und für mich unerklärlichen Weise. Außerdem habe ich einige kleinere Schwierigkeiten zu beseitigen, und so ist es wohl möglich, daß ich auf acht oder vierzehn Tage verreisen muß. Ich habe Ihrem Freunde schon heute morgen geschrieben, daß ich das kleine Diner, von dem neulich die Rede war, verschieben muß.

So? warf ich ein.

Ich werde Sie meine Abreise noch rechtzeitig wissen lassen, und wenn ich wirklich verreisen muß, können Sie ja auch eine kleine Erholungsreise unternehmen, sagen wir an die See. –

Das erinnerte mich an Richards Vorschlag. Das seltsame Zusammentreffen nötigte mir ein Lächeln ab. Ich dankte ihm für seinen Rat.

Und nun, sagte er, indem er sich wieder der Türe näherte, will ich noch einmal im Hause nachsehen, wo denn dieser Sawkins steckt, Gute Nacht, Herr Lart!

Gute Nacht, Herr Goliby!

Ich begleitete ihn auf den Vorplatz.

Apropos, Herr Goliby, rief ich ihm über das Geländer nach, als er bereits die Treppe hinunterstieg, soll ich mich nicht wieder hinter das Buch über Norddakota machen?

Das ist ganz nutzlos, tönte es aus der Dunkelheit herauf, die Besitzung ist verkauft worden.

Einen Augenblick später hörte ich, wie er die Halle durchschritt, und nun kehrte ich in mein Zimmer zurück und drehte den Schlüssel geräuschlos im Schlosse um. Dann begab ich mich ohne weiteren Aufenthalt in mein Schlafzimmer und schloß den Kasten auf.

Die Bahn ist frei, flüsterte ich.

Aber zu meinem Erstaunen erhielt ich von drinnen keine Antwort.

Als ich hineinblickte, entdeckte ich, daß das Weib verschwunden war.

Sie schien zu Luft verflossen zu sein. Das war für meine angegriffenen Nerven doch zuviel. Was würde ich nicht, dachte ich, für ein gutes Schlückchen Brandy mit Sodawasser geben! Ich machte mich wieder an mein Buch, aber es enthielt für mich nur noch einen Mischmasch von Worten ohne Bedeutung. Der Band zitterte in meiner Hand. Ich war nahe daran, aus der Haut zu fahren, wie die Redensart lautet. Plötzlich sprang ich bis ins Innerste erschreckt auf.

Es hatte leise an der Türe geklopft. Was ist das für eine neue Teufelei? fragte ich mich, während ich mit etwas unsicheren Schritten der Türe zuging und den Schlüssel im Schlosse umdrehte. Im nächsten Moment fiel mein Blick auf das lächelnde Gesicht des Zimmermädchens.

Ich habe Sie klingeln hören, Herr Lart, sagte sie, aber ich war bereits zu Bett gegangen und mußte mich erst ankleiden und konnte meine Sachen im Dunkeln nicht gleich finden, da ich kein Licht hatte. Ei, sehen Sie nur, wie schlecht Ihr Gas brennt! wie haben Sie bei der Beleuchtung nur lesen können? Was steht zu Diensten?

Glauben Sie, erwiderte ich, daß Sie einen Brandy mit Sodawasser auftreiben können?

Gewiß, Herr Lart. Ich werde es sofort besorgen. Darf ich diese Schachtel Zündhölzer da mitnehmen?

Natürlich, und ich werde die Türe offen stehen lassen, bis Sie zurückkommen. Es ist ja so dunkel auf der Treppe.

Nach Verlauf von zehn Minuten kehrte sie zurück, und ich konnte nun mein Auge an der Brandyflasche, dem Siphon, einem Glase und einem Biskuitkörbchen laben.

Mein Wort, Marie, sagte ich, indem ich ihr die Last abnahm, Sie sind ein kleines Juwel!

Dann schloß ich die Türe wieder ab und braute mir eine bekömmliche Mischung zusammen. Ich glaube, daß mir nie in meinem Leben ein Brandy mit Sodawasser so gut geschmeckt hat, wie an jenem Abend.

Ich habe nämlich, flüsterte ich Marie zu, etwas ganz verflixt Aufregendes erlebt. Sie ist abermals in diesem Zimmer da gewesen.

Was? Die gleiche, die wir heute nachmittag im Garten drunten gesehen haben?

Ja. – Und leise erzählte ich ihr, was sich ereignet hatte.

Mit offenem Munde und weitaufgerissenen Augen hörte mir Marie verwundert zu, ohne eine Bemerkung fallen zu lassen. Als ich mit meinem Berichte zu Ende war, sagte sie:

Das ist ja gerade wie die „Verschwundene Dame“, die ich auf dem Theater einmal gesehen habe. Mein Gott, muß es Ihnen gegruselt haben! Mir wenigstens wäre es so ergangen. Kein Wunder, daß Sie einen Tropfen Brandy haben wollten, und ich bin wirklich froh, daß ich Sie habe klingeln hören. Aber was ich mir nicht erklären kann; ist das: wenn sie geprügelt worden ist und hierher kam, um sich zu verstecken, was hat sie dann veranlaßt, sich so schnell wieder zu drücken?

Das verstehe ich auch nicht, Marie, sagte ich, aber ich getraue mich nicht, Sie länger bei mir zu lassen. Diese Wände haben Augen und Ohren, davon bin ich überzeugt. Das ganze Haus ist verhext. Ich denke, das beste wäre es, wenn Sie gleich wieder zu Bett gingen. Können Sie diese Sachen da bis morgen früh hierlassen?

Natürlich, Herr Lart, und an Ihrer Stelle würde ich noch einen Schluck oder zwei davon trinken, sonst werden Sie heute nacht kein Auge zumachen können. Gute Nacht!

Gute Nacht, Marie. Sie sind wirklich ein Goldkäferchen. Frühstück um acht Uhr bitte!

Ganz recht, Herr Lart.

Einen Augenblick später war ich wieder allein. Meine Gefühle zu beschreiben, wäre zu viel von mir verlangt. Was ich allein zu sagen brauche, ist, daß das Rätsel unlösbarer war als je. Ich befolgte den Rat des Mädchens und nahm noch einen „Schluck“ zu mir. Das Getränk belebte meinen Mut wieder und würde, wie ich mir sagte, auch den Schlaf herbeirufen. Rasch kleidete ich mich aus, zündete das Gaslicht in meinem Schlafzimmer an, schlüpfte unter die Decke und versuchte von neuem, mich für mein Buch zu interessieren. Ich las auch etwa eine Stunde lang darin, dann fielen mir die Augen zu und ich versank in Träume, die ich keine Lust habe, hier wiederzugeben.

Pünktlich um acht Uhr brachte mir Marie mein Frühstück.

*

Der Tag verlief teilweise ohne weitere Ereignisse. Von Herrn Goliby hörte ich nichts mehr. Ich begab mich gegen Mittag in den Middletemple, in der Absicht, Richard aufzusuchen, aber er war für den ganzen Tag aus der Stadt abwesend, und so bummelte ich einige Stunden wie ein Träumender in der Stadt umher.

Es schlug gerade fünf Uhr, als ich vor dem „Criterion" stand und mir überlegte, ob ich nicht das Lokal betreten solle.

Zu meinem Erstaunen und zu meiner geheimen Freude erblickte ich, ohne daß er mich sah, meinen Doppelgänger, den jungen Mann, dem ich im Treppenhause des Rovers' Club nach meinem Besuche bei dem Baron Romer begegnet war. Er blieb ebenfalls einen Augenblick zögernd stehen, dann betrat er das Lokal.

Er hatte mich nicht bemerkt. Nach Verlauf einiger Sekunden folgte ich ihm und sah ihn wenige Schritte vor mir an der Bar stehen. Er führte eben ein Glas zum Munde, als ich leicht seinen Arm berührte.

Er zuckte zusammen, wandte sich um, und wir standen uns Auge in Auge gegenüber.

Wir begegnen uns schon zum zweiten Male, sagte ich. Ist das nicht ein seltsamer Zufall?

Er stellte sein Glas auf den Schanktisch ab und lächelte etwas blasiert.

Ja, erwiderte er sodann. Es ist seltsam – wir haben große Ähnlichkeit miteinander.

Ich schaute in den Wandspiegel. Das Bild, das ich darin erblickte, war wirklich verblüffend.

Allerdings, sagte ich, und deutete auf unsere Abbilder im Spiegel. Aber was noch viel seltsamer ist: ich habe nicht das Vergnügen gehabt. Sie kennen zu lernen, und wie kommt es dann, daß Sie augenscheinlich von Kopf bis zu den Füßen nach meinem Vorbilde gekleidet sind?

Ein merkwürdiger Zufall, erklärte er.

Das ist kein Zufall, versetzte ich erregt. Das ist nach reiflicher Ueberlegung und mit Absicht geschehen. Sie sind Franzose, nicht wahr?

Jawohl, erwiderte er.

Gut, dann wollen wir französisch sprechen. Es könnte Ihnen unangenehm sein, wenn unsere Unterhaltung mitangehört würde. Nein, ich kann mich mit dieser Erklärung in keiner Hinsicht zufrieden geben. Vom Kopf bis zu den Füßen sind Sie genau so gekleidet wie ich. Sie müssen mich schon früher gesehen und meine Kleidung zu irgend einem Zwecke kopiert haben.

Er protestierte lebhaft, aber ohne ihn anzuhören, fuhr ich fort:

Haben Sie schon etwas von einem gewissen Herrn Goliby gehört?

Niemals.

Auch nichts von dem Einbruchsdiebstahle, der neulich in seinem Hause verübt worden ist?

Wie wäre denn das möglich? fragte er, aber ich ließ ihn nicht weiterreden, sondern sagte in bestimmtem Tone:

Wollen Sie mir diese Frage beantworten!

Sie sind sehr kurz angebunden, Monsieur!

Kann sein. Wollen Sie antworten oder nicht?

Nein, wenn Sie es wissen wollen, ich habe kein Wort davon gehört.

Das kommt mir eigentümlich vor. Ich fürchte, Sie haben ein schlechtes Gedächtnis. Ich will es Ihnen stärken, indem ich Ihnen einige Einzelheiten wieder vor Augen führe. Am dreizehnten dieses Monats wurden Pariser Stadtobligationen im Betrage von 20 000 Pfund aus Herrn Golibys Villa entwendet. Am folgenden Tage wurden diese Papiere im Rathaus zu Paris durch einen Mann präsentiert, der ein genaues Ebenbild von mir selber ist und genau in denselben Kleidern steckte, wie Sie in diesem Augenblicke. Ich bin nun dieser Mann nicht, denn an dem fraglichen Tage war ich in London. Daher erlaube ich mir, den Schluß zu ziehen, daß derjenige, der die Papiere präsentierte und den Betrag dafür in Empfang nahm, niemand anderes war, als Sie selbst.

Plötzlich wurde er aschfahl, aber bevor er zu Worte kam, warf sich ein großer, breitschultriger Mensch zwischen uns und drängte uns mit seinen Ellenbogen heftig auseinander.

Sie möchten wohl die ganze Bar für sich allein haben, was?! schrie er mich an und stellte sich mit wütenden Blicken vor mich hin. Oder gehört vielleicht der „Cri" Ihnen? Wenn dem so ist, wann haben Sie ihn denn gekauft? Seien Sie gescheit, fügte er mit einer drohenden Geste hinzu, und schauen Sie mich nicht so unverschämt an oder Sie werden sehen, was Ihnen passiert. Einen kalten Brandy, Fräulein!

Voller Wut trat ich einen oder zwei Schritte zurück und entdeckte nun, daß ich mit dem Raufbold allein war. Mein Doppelgänger war verschwunden.

Sechsundzwanzigstes Kapitel.

In einem einzigen Augenblick durchschaute ich das Spiel und wurde mir klar, daß ich meine Rolle darin sehr schlecht gespielt hatte. Der Raufbold war ohne Zweifel ein Bundesgenosse meines Doppelgängers, und es kam mir sehr unangenehm zum Bewußtsein, daß das Talent zum Detektivberufe in keiner Hinsicht eine notwendige Folge akademischer Bildung sei.

Ich kümmerte mich nicht weiter um den Raufbold und verließ das Lokal, durch den Verlauf des Abenteuers sehr ernüchtert. Das einzige Ergebnis der dummen Geschichte war, daß ich ein oder zwei Mitglieder der Bande veranlaßt hatte, auf ihrer Hut zu sein. Die Folgen davon konnten für mich sehr unliebsam sein. Und der Fehler lag völlig auf meiner Seite. Es stand mir immer noch frei, dem Beispiel Sawkins' zu folgen, der offenbar wie eine Ratte das sinkende Schiff verlassen hatte. Ich konnte immer noch einen gemütlichen Seeplatz aufsuchen, wie Richard und Herr Goliby mir vorgeschlagen hatten. Bei diesem Punkte meiner

Ueberlegungen angelangt, verfiel ich plötzlich auf einen merkwürdigen Gedanken. Warum hatte mir Herr Goliby diesen Wink erteilt, wenn er es nicht in der wohlwollenden Absicht tat, mich vor den Folgen meiner eigenen Tollköpfigkeit zu retten? Daß er mich als einen Unschuldigen betrachtete, davon war ich felsenfest überzeugt. Wenn meine Theorie der Wirklichkeit entsprach, so war das ein sicherer Beweis für die freundlichen Gefühle, die der Mann gegen mich hegte.

In diesem Lichte besehen, enthielten seine Worte den deutlichen Wink, ich solle, sobald es mir beliebte, die Villa Rabenhorst verlassen. Ich hatte meine Schuldigkeit getan und seinen Zwecken gedient, und er war so dankbar, seinem Untergebenen zu gönnen, daß er nicht in irgend welche Unannehmlichkeiten verwickelt werde, die sich aus seinem weiteren Aufenthalte in der Villa Rabenhorst ergeben könnten. Wenn ich ihm Gerechtigkeit widerfahren lassen wollte, mußte ich zugeben, daß er mich von Anfang an sehr höflich und großmütig behandelt hatte. Einem geschenkten Gaul soll man, nach dem Sprichwort, nicht ins Maul schauen. Es kam mir nicht zu, etwas über die Gründe zu sagen, die ihn bewogen hatten, meine Dienste in Anspruch zu nehmen, welche Erklärung ich mir auch immer darüber bilden mochte. Und bei dieser Wendung meines Gedankenganges stieg eine Gewissensfrage in meinem Innern auf. Würde ich, angesichts der vielfachen Zeichen seines Wohlwollens, mich nicht als ein undankbares Scheusal erweisen, wenn ich in dem Hause bliebe und das Versprechen erfüllte, das ich dem Inspektor Beale gegeben hatte? Warum sollte ich nach allem, was vorgefallen war, an dem Untergange des Mannes mitarbeiten? Es blieb mir nichts anderes übrig, als meine sieben Sachen zu packen, den nächsten Zug nach Brighton oder in ein anderes Seebad zu besteigen und so aus dem bevorstehenden Wirrwarr zu flüchten. Natürlich müßte ich es dem Zimmermädchen mitteilen und sie veranlassen, meinem Beispiele zu folgen.

Je länger ich mir dies überlegte, desto mehr machte ich mich mit dem gefaßten Gedanken vertraut, trotz meines früheren Vorsatzes, die Sache zu Ende zu führen. Endlich entschloß ich mich, die weitere Entwickelung abzuwarten, die die Sache in den nächsten vierundzwanzig Stunden nehmen würde, und meine endgültige Entscheidung nach dem Verlauf der Dinge einzurichten.

Nunmehr begab ich mich zu Gatti, wo ich dinierte, während des Essens kam mir ein neuer Gedanke, der mich veranlaßte, alsbald nach beendeter Mahlzeit wieder nach St. Johns Wood hinauszufahren. Um halb neun Uhr fand ich mich daher im Wildwoodweg ein und verbarg mich dort in einem Gebüsche nahe bei dem Gartentor von Baron Romers Villa, das mir schon früher einmal Unterschlupf geboten hatte.

Ich erwartete zwar nichts Besonderes auszukundschaften, aber ein unwiderstehlicher Drang, das schöne Weib wieder zu sehen, führte mich auf diesen Platz. War sie wohl noch in der Villa? War ihr ein Unfall zugestoßen? Auf jeden Fall wollte ich in meinem Schlupfwinkel verharren, bis ich jemand zu Gesicht bekommen würde, und sollte es auch Stunden dauern.

Glücklicherweise stand heute der Mond nicht am Himmel. Es hatte sogar schon seit einigen Stunden ein Gewitter in der Luft gelegen, und über ganz St. Johns Wood war der Himmel mit schweren, schwarzen Wolken behangen. Ein weiterer Vorteil für mich bestand darin, daß die Gaslaterne am Gartentor einen scharfen Schatten von dem Gebüsch auf mich warf, während sie jeden Aus- oder Eintretenden hell beleuchten würde.

Die Villa selbst lag in der Dunkelheit fast verborgen da, und nur da und dort war ein beleuchtetes Fenster zu sehen. Ich war eben zu dem Schlusse gelangt, daß niemand zu Hause sein müsse, als ich einen Wagen das Sträßchen heranrollen hörte.

Ein Einspänner fuhr vor und hielt an dem Gartentore. Es stiegen zwei Herren aus, in denen ich beim Scheine der Gaslaterne den Baron Romer und zu meinem großen Erstaunen einen alten Bekannten von mir erkannte: Herrn von Montpelier. Beide trugen Gesellschaftstoilette und verschwanden eilig durch das Gartentor.

Aha, dachte ich. Ein vielversprechender Anfang!

Kaum war das Geräusch verklungen, das der Wagen beim Wegfahren verursachte, als eine Gestalt in den Lichtschein trat, die mir ebenfalls merkwürdig bekannt vorkam. Als sie vor dem Tore stehen blieb, erkannte ich sie.

Es war niemand anderes als der kleine Herr Vignaud. Vor Freude über meine Entdeckung hätte ich am liebsten wie ein Kind in die Hände geklatscht.

Auch er verschwand durch das Gartentor, und dann fuhr eine Equipage vor. Ihr entstiegen ein mir unbekannter Herr und zwei Damen, alle in großer Toilette, und einen Augenblick war das gelbe Gaslicht ganz mit Diamantengeglitzer durchsetzt.

Es muß heute hier eine Festlichkeit stattfinden, sagte ich bei mir, aber wie kommt es, daß das Haus beinahe gar nicht erleuchtet ist?

Zu den spärlichen Lichtern in der Villa war kein einziges hinzugekommen. was in aller Welt mochte das bedeuten?

Dann ward ein neues Gefährt sichtbar, das wieder von geschmückten Damen besetzt war. Hierauf erschienen zwei Herren zu Fuß,. Arm in Arm. Sie sahen aus wie Fremde und waren mir gleichermaßen unbekannt. Sie beeilten sich und warfen argwöhnische Blicke um sich, als sie durch das halbgeöffnete Tor hineinschlüpften. Bis jetzt hatte ich noch keine Silbe reden hören. Das ganze Schauspiel kam mir wie ein Geisterspuk vor, der einen Augenblick in dem hellen Gaslicht auftauchte, um dann vom Dunkel des Gartens verschlungen zu werden. Wo waren sie alle hinverschwunden? Sicherlich nicht in die Villa, denn immer ließ sich noch kein weiteres Licht in der Villa blicken, während die Räume im ersten Geschoß, wo sich zweifellos die Empfangsräume befanden, in völlige Dunkelheit gehüllt waren.

Es folgte wieder ein Einspänner. In dem Herrn, der daraus ausstieg, erkannte ich meinen Doppelgänger, den ich vor wenigen Stunden im „Criterion“ getroffen hatte. Er war jetzt im Gesellschaftsanzug. Bald darauf erschien ein Trüppchen von vier Herren, dem eine Equipage mit weiteren schönen Damen folgte. Und immer war noch kein Wort gesprochen worden. Der ganze Aufzug erschien mir so unreal und unheimlich, daß mir der Kopf wirbelte. Ich fühlte mich wie von einem wilden Traume umfangen.

Eine halbe Stunde währte diese Prozession von Phantomen durch das Gartentor. Endlich war sie zu Ende. Zehn volle Minuten vergingen, ohne daß jemand ankam. Da sah ich, daß sich das Gebüsch hinter dem eisernen Gartenzaune fast unmerklich bewegte, und durch den engen Zwischenraum zwischen zwei Gitterstangen wurde vorsichtig ein Kopf hindurchgesteckt. Er schaute einen Augenblick auf die Straße und verschwand dann wieder. Eine Minute später schlüpften zwei Männer aus dem Gartentor. Als sie in den Lichtschein kamen, erkannte ich einen der beiden.

Es war Le Noir.

Sie kamen schnell über die Straße herüber und stellten sich in einer Entfernung von einem oder zwei Metern von mir auf. Dann sagte der eine:

Haben Sie nicht vorhin, ehe die Gäste ankamen, einen jungen Menschen vorübergehen sehen? Ich konnte ihn von meinem Platze nicht beobachten.

Doch. Soweit ich in der Dunkelheit sah, war es ein harmloser Spaziergänger, der vorbeigeschlendert ist.

Ich lächelte behaglich, als ich hörte, daß ich, ohne es zu wollen, die Wachsamkeit der beiden Polizeibeamten getäuscht hatte.

Nun, und denken Sie nicht, daß es auf heute abend hätte angesetzt werden sollen?

Nein, erwiderte Le Noir, es sind zu viele Weiber dabei. Es hat keinen Sinn, sich von den Wildkatzen die Augen auskratzen zu lassen. Das ist heute abend nur so ein kleines Abschiedsfest. Weder der Yankee noch der Russe sind dabei. Ich denke, daß sie heute nacht herüberfahren. Nach den Informationen, die ich erhalten habe, trifft sich die Bande morgen in corpore hier in Geschäftsangelegenheiten. Das ist erst die Gelegenheit, die wir beim Schopfe packen müssen. Beale ist ganz mit mir einverstanden.

Nun wollte ich nicht länger den Horcher spielen. Ich räusperte mich leise und war sofort von einer kräftigen Hand am Kragen gefaßt.

Le Noir zog mich aus meinem Schlupfwinkel hervor und fragte, indem er mich tüchtig schüttelte:

Wer zum Teufel ist denn das?

Ich lachte.

Lassen Sie mich los, Herr Le Noir, sagte ich leise, ich werde es Ihnen sagen. Oder vielleicht werden Sie es selber sehen, wenn Sie mich bei Licht betrachten wollen.

Er zog mich in den Lichtschein der Gaslaterne.

Sie sind es, Herr Lart? fragte er. Bitte vielmals um Entschuldigung! Hoffentlich war ich nicht zu unsanft. Aber was in aller Welt hat Sie heute abend hierhergeführt?

Neugierde.

Also haben Sie gesehen, wie –

Ich habe alles gesehen. Was bedeutet denn das?

Können Sie sich's nicht denken?

Teilweise schon. Aber wo sind denn alle diese Leute hingegangen?

Das weiß ich bis jetzt noch nicht. Aber wir werden es binnen Kurzem herausbringen. Beale sagte mir, er habe Ihnen gewisse Verhaltungsmaßregeln erteilt.

Jawohl.

Und Sie werden uns natürlich nicht im Stiche lassen?

Gewiß nicht, erwiderte ich. Die Worte waren meinem Munde entschlüpft, ehe mir noch zum Bewußtsein kam, was ich getan hatte.

Gut. Man darf uns hier nicht beisammen überraschen. Es könnte jemand zufällig durch den Garten kommen und uns sehen. Das könnte uns den ganzen Plan verderben.

Damit trennten wir uns, worauf ich mich, ohne mich länger aufzuhalten, in die Villa Rabenhorst zurückbegab. Als ich die Halle betrat, begegnete ich dem Zimmermädchen.

Das Gas ist, wie ich sehe, heute in Ordnung, Marie, bemerkte ich.

Jawohl. Ich denke, daß Sawkins den Gasmesser zugedreht hatte, das meint auch die Köchin. Und alles geht weg, Herr Lart. Der Hausmeister ist hinausgeworfen worden, weil er soviel trinkt und nicht auf Sawkins aufgepaßt hat, und nun hat die Köchin auch gekündigt. Das ist eine Auswanderung, Herr Lart! Die Köchin ist auch gleich weggegangen, und so sind wir jetzt die Einzigen, die noch im Hause geblieben sind!

Ich antwortete nur:

Bringen Sie mir eine Kleinigkeit zu essen auf mein Zimmer, Marie! Uebrigens muß ich Ihnen etwas Wichtiges mitteilen, setzte ich flüsternd hinzu.

Sehr wohl, Herr Lart, sagte sie und warf mir einen erschreckten Blick zu, als ich die Treppe hinaufeilte.

Als sie zehn Minuten später ein kleines Abendessen auf meinen Tisch gestellt hatte, sah sie mich fragenden Blickes an.

Ach ja, richtig, sagte ich, es handelt sich um Folgendes, Marie. Ich möchte, daß Sie dieses Haus in Bälde verlassen. Sie dürfen wirklich nicht länger dableiben.

Warum denn, Herr Lart? Ich dachte doch –

Sie unterbrach sich und ihr Mund nahm einen weinerlichen Ausdruck an.

Ja, ja, ich weiß schon, was Sie meinen. Aber ich habe es mir anders überlegt. Etwas Fürchterliches wird hier in kürzester Zeit sich ereignen, und ich gehe auch weg.

Wann denn, Herr Lart?

Morgen, höchst wahrscheinlich. Und Sie dürfen hier nicht allein zurückbleiben!

Ihr Gesicht hellte sich wieder auf.

Keine Angst, Herr Lart. Wenn Sie gehen, bleibe ich auch nicht länger hier. Ja wahrhaftig!

Gut also. Gehen Sie eilends auf Ihr Zimmer und packen Sie auf der Stelle zusammen. Sie dürfen keine Minute mehr hierbleiben. Kümmern Sie sich nicht um dieses Geschirr! Heute nacht gehen seltsame Dinge vor. Man darf Sie nicht mit mir im Gespräche treffen.

Sie wollte diesen Punkt einer Kritik unterziehen, aber ich ließ sie nicht zu Worte kommen.

Nicht wahr, Marie, Sie wollen nicht, daß ich Ihnen böse bin?

Um Gottes willen nicht, Herr Lart! sagte sie flehentlich.

Gut, dann aber gehen Sie sofort, und bringen Sie mir zeitig mein Frühstück!

Sie warf mir noch einen bittenden Blick zu und verließ dann das Zimmer. Ich schloß die Türe ab, drehte das Gas aus, sperrte die Fenster weit auf, zog einen Lehnstuhl ins Schlafzimmer, warf mich in denselben und lauschte nun mit scharfem Ohre auf – Ja, auf was? Ich wußte es eigentlich selber nicht.

Eine Stunde ging vorüber, ohne daß die Stille gestört wurde, dann drang ein unterdrücktes Gemurmel an mein Ohr, das nichts Bestimmbares erkennen ließ. Nach und nach aber schienen sich die Geräusche zu nähern und deutlicher zu werden. Es folgte schrilles Gelächter aus weiblichen und lautes Geschrei aus männlichen Kehlen, und zuletzt ein wahrer Chorus, der in Bravorufe ausbrach.

Dieser immer mehr anschwellende Lärm war zu gleicher Zeit eine Erleichterung und eine Beängstigung für mich. Ich erhob mich und legte mein Ohr an die Wand. Sofort gewann ich die Ueberzeugung, daß der Lärm nicht von einem angrenzenden Raume herkam. Es mußte ein kleiner Zwischenraum vorhanden sein, und doch wurden die Geräusche von Minute zu Minute deutlicher hörbar.

Nichts war klarer, als daß mich nur wenige Meter Zwischenraum von dem Schauplatze einer wilden Orgie trennten, in dem schrilles Gelächter aus weiblichen Kehlen die Hauptnote bildete.

Dies ging annähernd eine Stunde so weiter, dann erstarb auf einmal das Gelächter. Es erhoben sich streitende Männerstimmen, in die sich aufkreischende Weiberstimmen mischten, dann vernahm ich deutlich, daß Glas zerschellte und Möbel umgeworfen wurden. Und zuletzt wurde der ganze Lärm durch zwei scharfe, klare Schüsse übertönt, denen ein tödliches Schweigen nachfolgte.

In diesem Augenblick füllte ein blauer leuchtender Blitz mein Zimmer mit seinem Lichte. Er paßte zu der Sachlage. Ich war überzeugt davon, daß das warme Blut eines Ermordeten nicht weit von mir auf den Fußboden sickerte. Ich erinnerte mich an Maries Erzählung von elektrischem Lichte, das den Garten erhellt hatte und von dem sie nicht wußte, woher es kam. Es war nur einige Schritte zu der Rumpelkammer droben. Rasch eilte ich hinauf. Aber ich fand, daß der Garten in gänzlicher Dunkelheit dalag. Und die weiße Villa des Baron Romer war überhaupt nicht zu erblicken, bis ein Blitzstrahl aufflammte und sie für einen Augenblick beleuchtete, wobei die Glasdächer der Treibhäuser wie Fischschuppen glitzerten. Dann sah ich wieder in ebenholzschwarze Finsternis hinaus.

Ich mochte so etwa eine Viertelstunde am Fenster gestanden haben, als meine lauschenden Ohren auf der Terrasse unter mir Schritte vernahmen und ein leise geflüstertes Gespräch unterschieden.

Wir wollen jedenfalls sicher gehen, sagte eine Stimme. Er kann vielleicht da droben sein. Sagtest du nicht, daß ein Fenster da ist, von dem man den Garten übersehen kann?

Unsinn! versetzte eine andere Stimme, in der ich sofort die des Baron Romer erkannte, du hast ja selber gesehen, daß sein Bett nicht berührt worden ist. Er ist noch nicht nach Hause zurückgekehrt.

Man muß seiner Sache sicher sein, war die Antwort. Hanf ist am Halse kein angenehmer Stoff. Du hältst den Burschen für ein unschuldiges

Kindlein. Ich aber nicht. Er weiß mehr, als du ihm zutraust. Ich habe es aus der Art und Weise entnommen, wie er mit dem anderen heute mittag im „Criterion“ umsprang. Ich habe in der letzten Zeit die Verantwortung und die Last getragen, du nicht. Und ich will in dieser Sache meinen eigenen Willen haben, wenn der Kerl nicht droben ist, um so besser für ihn, denn ich habe noch eine Kugel in meinem Revolver übrig –

Pst! sei doch kein Esel, fiel eine mir unbekannte Stimme ein, geh doch hinauf, wenn es dir Spaß macht, wir werden dich begleiten.

Kalter Schweiß brach mir aus allen Poren, wohin sollte ich denn fliehen? Da war ja Sawkins' Zimmer, aber das würde sicher durchsucht werden. In meiner Angst fiel mir das Versteck ein, das Marie ausfindig gemacht hatte. Aber wie sollte ich es in der Dunkelheit finden?

Gott sei Dank! atmete ich erleichtert auf, als in diesem Augenblick ein Blitz aufflammte und das Zimmer tageshell beleuchtete. Ich ergriff die Gelegenheit, und dank den Pantoffeln an meinen Füßen fühlte ich mich eine Sekunde später in Sicherheit, wenn auch mein Herz so laut gegen die Rippen hämmerte, daß ich fürchtete, das Geräusch möchte mich den Ankömmlingen verraten.

Trotzdem sie leise auftraten, krachte die Treppe unter ihren Füßen. Dann ging die Türe auf, und es wurde ein Zündholz angestrichen.

Nun, sagte der Baron Romer, bist du befriedigt? Ich sage dir doch, der Mann ist ausgegangen. Und warum zum Henker sollte er heraufkommen? Er kennt sich im Hause gar nicht aus und weiß nichts von diesem Fenster. Muß ich dir denn diese Tatsache eintrommeln?

Aber da ist ja noch ein Zimmer.

Gut. So gehe doch hinein und durchsuche es! Aber ich sage dir, wir vergeuden damit nur unsere wertvolle Zeit.

Schlag der Teufel drein, so ist es! bemerkte ein dritter. Vorwärts, du benimmst dich ja wie ein Kind! Mir ist es zu dumm. Ich schiebe ab!

Im nächsten Moment hörte ich ihn die Treppe hinabsteigen. Die beiden anderen folgten sogleich.

Ich kroch mehr tot als lebendig aus meinem Schlupfwinkel. Mein ganzer Mut war dahin. Warum hatte ich Richards Rat nicht befolgt? Was sollte ich Narr nun beginnen? Welche Gefahr stand mir nun auf dem Wege bis zu meinem Zimmer bevor? Ich mußte vorderhand bleiben, wo ich war. Das stand fest.

Ich schlich mich wieder zu dem Fenster vor. Bis jetzt war noch kein Regen gefallen. Aber der Himmel war, wie ich bei den häufigen Blitzen sah, ganz mit schweren Wolken bedeckt. Unter anderen Umständen wäre es ein prachtvolles Schauspiel gewesen. Aber in meiner Lage hatte ich kein Auge für die zuckenden Blitze. Ich lauschte angestrengt in die Nacht hinaus. Aber ich vernahm nichts als die Donnerschläge, die mein Gehör für feinere Töne abstumpften. Eine halbe Stunde mochte ich so, pochenden Herzens, am Fenster gestanden haben, als mir plötzlich das Licht eines fürchterlichen Blitzes im Garten drunten einige Gestalten zeigte, die in den Garten hinausgingen. Es war mir, als ob sie etwas Großes trügen, aber die Erscheinung dauerte nur einen Augenblick, und so war ich ungewiß, ob es ein Spiel meiner aufgeregten Phantasie oder die Wirklichkeit gewesen war. Sicher war ich, daß ich Gestalten drunten erblickt hatte. Ein Donnerschlag folgte, der alle Fensterscheiben im Hause zum Klirren brachte. Dann öffnete der Himmel seine Schleußen. Ein wahrer Wolkenbruch rauschte hernieder, und der Garten blieb in Finsternis begraben.

Nunmehr durchzuckte mich ein Gedanke, was auch immer die Männer im Garten tun mochten, jedenfalls hatten sie eine wichtige Arbeit vor. Das hatte auch die Ungeduld des Barons und des zweiten der drei hier oben verraten. Und da es gleichzeitig nicht mehr blitzte, war dank diesen zwei Umständen die Gelegenheit gekommen, wo ich mich in Sicherheit bringen konnte. Und diese wollte ich nicht unbenutzt verstreichen lassen.

Siebenundzwanzigstes Kapitel.

An allen Gliedern zitternd, eilte ich zu meinem Zimmer hinunter. Dort vertauschte ich meine Pantoffeln mit Schuhen, setzte meinen Hut auf, rannte die Treppe hinunter und durch die Halle, schloß die Haustüre auf und stürmte ins Freie. In wenigen Sekunden hatte ich den Garten durchmessen und stand auf der Straße. Der Regen kam in Strömen vom Himmel herunter, und die Straße bestand nur noch aus einem weichen Brei von Straßenschmutz und Wasser. Es war stichdunkel und mir drohte keine Gefahr mehr. Aber ich rannte wie ein Besessener, als ob es mein Leben gälte. So rannte ich weiter, bis mein Schrecken buchstäblich aus mir herausgewaschen war. Als ich zuletzt vor Erschöpfung nicht mehr weiter konnte, suchte ich unter dem breiten Geäste einer alten Eiche den spärlichen Schutz, den sie mir zu bieten vermochte, und versuchte, meine fünf Sinne wieder zu sammeln.

Ich blickte auf die Uhr. Es war gerade zwei Uhr. In einer Stunde sollte der Tag anbrechen. Wohin sollte ich gehen? Wie sollte ich die Zeit verbringen, bis die schlafende, bei Tage arbeitende Menschheit wieder aufwachen würde? Es kam mir auch zum Bewußtsein, daß es nicht angenehm war, bis auf die Knochen durchnäßt zu sein. Meinem Gemütselend folgte leibliches Unbehagen. Bald kam ich mir als das unglücklichste Wesen auf Erden vor. Was hatte ich denn verbrochen, daß ich ein so trauriges Schicksal erleiden mußte? Es fehlte nicht mehr viel, daß ich geweint hätte, als mir plötzlich ein Trostesmittel einfiel. Meine Hand fuhr in die Tasche und holte daraus meine geliebte Pfeife und den Tabaksbeutel hervor. Im nächsten Augenblick freute ich mich wieder an etwas: an dem roten Glimmen und dem leichtgekräuselten Rauche des Tabaks. Allmählich durchdrang mich ein Gefühl des Behagens. Es hatte mittlerweile aufgehört zu regnen. Ein Sperling begann zu piepsen, eine zweiter stimmte freudig und munter ein. Ich hörte das Rollen eines Eisenbahnzuges, der in der Nähe vorüberfuhr. Die Welt war immer noch am Leben. Und beim Zeus, war ich nicht ein wichtiger Bestandteil derselben? In dieser Weise ergab ich mich einer trostreichen Melancholie.

Ich schüttelte mich, um die anhängenden Regentropfen loszuwerden, wie ein nasser Hund, und griff dann, herzhaft an meiner Pfeife ziehend, tüchtig in der Richtung des Schweizerhäuschens aus. Die Wolken hatten sich gelichtet. Der Sturm hatte seinen letzten Hauch ausgeblasen. Im

Osten wurde eine blasse Verheißung des kommenden Tages sichtbar. Meine Gefühle begannen rasch vom Gefrierpunkt aufzusteigen. Ich verspürte nun auch Hunger und Durst, und an einer Straßenecke machte ich meine erste Bekanntschaft mit einer Kaffeebude.

Der Dampf des duftenden Getränkes stieg mir wohltuend in die Nase. Es war ein unerwarteter Genuß. Nie im Leben werde ich diese im Freien genossene Tasse Kaffee, die ich möglicherweise unter anderen Umständen mit Ekel zurückgewiesen haben würde, und die zwei harten Eier vergessen, die sie zur großen Befriedigung meines schwer gestörten Verdauungssystems begleiteten. Für mich war es ein lukullisches Mahl, und ich zog die Finchleystraße neugestärkt hinunter.

Jetzt kam mir ein Gedanke. Sollte ich nicht vor allem der Polizei Mitteilung von den zwei Schüssen machen, die ich in meinem Zimmer vernommen hatte? Doch wozu? Die Polizei schien ja das verdächtige Haus zu bewachen und schließlich waren es ja alles Gauner, um deren Streitigkeiten ich mich nicht zu bekümmern brauchte. Jedenfalls wollte ich erst Richard fragen, was ich in dieser Sache für Schritte tun sollte.

Es wurde immer heller, während die dunkleren Wolken sich allmählich nach Westen verzogen, blitzte es an ihren Rändern dann und wann noch schwach auf, und ein oder zwei Mal ließ sich noch ein leises Grollen vernehmen. Aber die tolle Walpurgisnacht der entfesselten Elemente war zu Ende. Jetzt war die Reihe an der Sonne, und lange bevor ich noch die Oxfordstraße erreichte, verwandelten sich die leichten Wölkchen über mir in Rosenblätter, während der Zenith sich in den ganzen Pomp und Stolz lauteren Goldes kleidete.

Dann hatte ich zum ersten Male in meinem Leben das Gefühl, als ob das ganze London mir allein gehöre. Da und dort ward eine blaue Uniform, die von einem Manne ausgefüllt war, sichtbar, aber sie schien, wie die Briefkästen, einen Teil der Straße selbst zu bilden, auf jeder Seite aber waren lange Reihen toter Backstein- und Mörtelmauern zu erblicken, ein häßlicher und deprimierender Anblick für jeden durchnäßten Menschen, wenn er nicht gleich mir eine Tasse heißen Kaffees und zwei harte Eier im Leibe hatte, die ihn für seine Reise stärken sollten.

Der Grund dafür ist darin zu suchen, daß London, im Gegensatze zu seinen großen Brüdern Paris und New York Zeit braucht, um seine Glieder zu strecken und zu gähnen, bis es wach wird, und noch lange nach dem ersten Hahnenschrei bieten seine Straßen einen ungewöhnlich leeren und verlassenen Anblick, während die Bewohner der anderen Weltstädte weit früher sich im Freien sehen lassen.

Mit dem Tage in London aufzustehen, kann, wenn nicht ein wichtiger Grund dafür vorliegt, nur zu dem Zwecke geschehen, die Zeit totschlagen zu lernen. Zu dieser Erkenntnis gelangte ich, als ich endlich, nach planloser sechsstündiger Wanderung, in der Nähe der Seven Dials sah, wie an einem unappetitlichen Frühstückslokal die Rolläden heraufgezogen wurden. Ich machte beinahe einen Freudensprung, als ich das beobachtete. In zwei weiteren Stunden wäre es mir vielleicht möglich, Richard aufzusuchen! Allmählich begann mir die Ahnung aufzudämmern, daß die Zeit in London totzuschlagen unter Umständen gleichbedeutend war mit Selbstmord. Da indes auch in den unglücklichsten Lagen ein kleiner Trost verborgen liegt, fand ich den meinigen darin, daß meine Kleider durch das Herumwandern getrocknet waren, und ich müßte den Sinn des Wortes schlecht verstehen, wenn das nicht ein wahrer Komfort für mich war.

Die Sonne war an diesem Tage in übermütiger Stimmung. Sie brannte mitleidslos herunter, und ich stand erhitzt im Pump Court herum, als Richard in weißen Hosen und einen Panamahut auf dem Kopf erschien.

Was? rief er. So früh schon?

Das nennst du früh? erwiderte ich. Und dabei habe ich geschlagene sieben Stunden gewartet!

Diese Behauptung erfordert eine Aufklärung, bemerkte er. Komm herauf!

Ich folgte ihm in sein Privatzimmer.

Ja, ja, diese Hitze! Sie wäre schon imstande, dem stärksten Manne die Gedanken zu verwirren. Nimm Platz!

Ich folgte seiner Einladung. Er setzte sich ebenfalls, ganz in meine Nähe.

Sieben Stunden sagtest du?

Eher acht, mein Lieber.

Ist dir nicht ganz wohl? fragte er ernst.

Nicht besonders. Aber es handelt sich nicht darum, Richard. Tod und Teufel ist in dem Hause dieses lieben alten Herrn Goliby los. Kannst du eine freudige Miene aufsetzen?

Wenn es die Umstände erheischen, ja.

Sie erheischen es. Freue dich, mich noch am Leben zu sehen!

Tu ich auch. Doch zum Teufel, was willst du damit sagen? Was ist denn los mit dir? Du siehst ja aus, als ob du in deinen Kleidern eine kleine Schwimmreise unternommen hättest!

Schlimmer als das. Meine Kleider sind auf mir geschwommen, versetzte ich.

Richard begann ein unglückliches Gesicht zu machen.

Ich fürchte, ich bin schuld daran, sagte er.

Natürlich. Du hast mir ja geraten, bei der Stange zu bleiben.

Allerdings. Aber gestern schrieb ich dir, die Stange fahren zu lassen.

Zu spät, erwiderte ich.

Warum zu spät? Du scheinst in einer tragischen Stimmung zu sein.

Bin ich auch.

Warum denn? Ist in eurem Haus etwa jemand ermordet worden?

Ja.

Er sprang auf.

Heiliger Gott! Doch nicht Goliby?

Nein, der nicht. Habe keine Ahnung, wer es ist. Wurde heute nacht bei einem Gelage erschossen. Einer wollte seine Kunstfertigkeit im Schießen auch an mir üben. Aber ich bin ihm durch die Lappen und habe auf Kosten meines Schuhleders seit sieben guten Stunden die Londoner Straßen studiert.

Komm, Ted, sei vernünftig!

Vernünftig soll ich sein! rief ich aus. Großer Gott! Was verstehst du denn unter „vernünftig"? Willst du Ammengeschichten oder die Wahrheit hören? Ich wiederhole dir, daß heute nach Mitternacht jemand in unserem Hause ermordet worden ist. Mir hat um ein Haar dasselbe Schicksal geblüht, und du nun, in deiner üblichen freundlichen Weise, ersuchst mich, vernünftig zu sein. Ist denn ein Mord etwas so Lachhaftes?

Er bot mir die Hand.

Nein, Ted, nein, verzeih mir! Aber ich konnte es nicht glauben, alter Junge. Ist das alles denn möglich? Erzähle mir das etwas genauer!

Ich folgte seiner Aufforderung.

Mein lieber alter Ted, sagte er, als ich mit meinem Berichte zu Ende war, das ist ja entsetzlich. Ich habe dich da in eine saubere Geschichte hineingebracht! – Weißt du auch, was die Männer im Garten zu schaffen hatten?

Ich sah ihn fragend an.

Den Ermordeten haben sie begraben, erwiderte er.

Wie hatte ich nur nicht daran denken können? Ich verstehe es lediglich, wenn ich daran mich erinnere, wie sehr ich in jenem Augenblicke um mein eigenes Leben besorgt sein mußte. Nach einer kleinen Pause fragte ich Richard:

Was meinst du, soll ich der Polizei Mitteilung davon machen?

Wenn die Polizei das Haus bewacht, erwiderte er nach kurzer Ueberlegung, halte ich es für unnütz. Später kannst du es ihr immer noch mitteilen. Sonst könnte man dich wieder in diese Geschichte hineinverwickeln. Danke dem Himmel, daß du glücklich aus dem Haus herausgekommen bist und es nie mehr betreten wirst.

Ich schüttelte den Kopf.

Ich kehre heute abend zurück, sagte ich in bestimmtem Tone.

Wahnwitz!

Wahnwitz oder nicht, ich kehre zurück. Bitte gib mir Papier und Tinte!

Richard leistete kopfschüttelnd meinem Wunsche Folge. Ich setzte mich an seinen Schreibtisch und verfaßte den folgenden Brief, den ich meinem Freunde zu lesen gab, bevor ich den Umschlag zuklebte. Er lautete:

> Geehrter Herr Goliby!
>
> Ich teile Ihnen in aller Kürze mit, daß ich die vergangene Nacht bei meinem Freund Hamilton verbracht habe. Ihren Worten entnahm ich die Erlaubnis dazu. Auf jeden Fall werde ich mich heute abend einfinden, um Ihre Instruktionen entgegenzunehmen.
>
> Hochachtungsvoll
> Ihr ergebener
> Eduard Lart.

Achselzuckend gab er ihn mir zurück.

Aha, meinte er, du hast jetzt, wie mir scheint, die Zügel selbst in die Hand genommen. Nun, schließlich bewundere ich deinen Mut. Soll ich heute abend nicht mitkommen?

Ich schrieb die Adresse auf den Umschlag, dann sagte ich:

Nein, ich möchte die Sache auf eigene Gefahr durchführen. Kann dein Schreiber dieses Billett zum Briefkasten besorgen?

Er klingelte. Der Angestellte trat ein und nahm den Brief mit.

Ich habe dir versprochen, Ted, fuhr nun Richard fort, dir durch die Geschichte durchzuhelfen. Sie ist mit Gefahr verbunden. Darum laß mich um unserer alten Freundschaft willen mittun!

Nein, Richard, erwiderte ich, und abermals nein! Ich muß meine Rolle in dieser – sagen wir – Tragödie spielen. Und ich habe die Absicht, sie bis zum Ende durchzuführen. Nicht um alles in der Welt möchte ich dich hineinziehen. Du hast es gut gemeint, als du mich nach St. Johns Wood hinausschicktest. Was mir auch geschehen mag, dein Gewissen braucht dir auch nicht den geringsten Vorwurf zu machen. Und nun, lassen wir das Thema fallen. Ich möchte jetzt an andere Dinge denken und den Rest des Tages angenehm verbringen. Es lebe das Vergnügen und der Frohsinn, und zum Teufel mit den Sorgen!

Richard schmunzelte und griff zu seinem Hute.

Ich hätte dir nicht soviel Courage zugetraut, bemerkte er. Komm, wir wollen einen Schluck miteinander trinken. Das wird keinem von uns schaden!

Als ich mich eine Stunde später von Richard verabschiedete, sagte er:

Fällt mir eben ein! Ich hätte bald vergessen, dir mitzuteilen, daß Golibys Kupferminen sich als eine großartige Flunkerei herausgesteckt haben. Die Aktionäre sind mit einer Viertelmillion hereingefallen, was sagst du dazu?

Nicht viel, erwiderte ich. Es ist bloß eine Einzelheit. Ich bin nachgerade solche kleine Ueberraschungen gewöhnt!

*

Der Tag verstrich, wie derlei Tage zu verstreichen pflegen.

Ich entschloß mich, der Polizei keine Mitteilung über die Ereignisse zu machen. Dem Toten war ja doch nicht mehr zu helfen. Und schließlich hatte die Polizei in diesem Falle mehr zu tun, als nur einen einzelnen Mörder festzunehmen.

Nach dem Mittagessen mietete ich mir in einem Hotel ein Zimmer, wo ich trotz der aufregenden Ereignisse der vergangenen Nacht in einen kräftigenden Schlaf verfiel, aus dem ich gerade rechtzeitig erwachte, um noch einen Imbiß zu mir zu nehmen, bevor ich meine Schritte wieder nach St. Johns Wood lenkte.

Erst als ich mich gegen neun Uhr wieder in der Elsinorestraße einfand, begann mein Herz lauter als gewöhnlich zu schlagen.

Ich wollte eben das Gartenpförtchen aufschließen, als sich mir ein Polizist näherte.

Herr Lart? fragte er, indem er militärisch grüßte.

Jawohl, antwortete ich.

Ich habe vom Inspektor etwas auszurichten.

Nun? fragte ich, gespannt auf seinen Auftrag.

Zwei Worte nur, Herr Lart: *heute Nacht*.

Gut. Danke. Ich verstehe.

Er legte die Hand wieder an den Helm und entfernte sich. Ich schloß auf, durchschritt den Garten und betrat das Haus.

Die Halle war schwach beleuchtet. Ich ging auf mein Zimmer hinauf und klingelte und klingelte wieder, bis ich es endlich als nutzlos aufgab.

Es scheint außer mir keine Seele im Hause zu sein, dachte ich. Ich möchte wissen, ob Marie meinem Rate gefolgt ist und weggegangen ist.

Ich sah mich im Zimmer um, ob ich nicht ein Anzeichen zur Entscheidung dieser Frage finden könnte. Zuletzt fiel mein Blick auf einen Zettel, der auf dem Kaminsims lag.

Aha, dachte ich, da haben wir's ja! Das ist von ihr. Was schreibt sie denn?

Ich trat ans Licht und las die folgende Mitteilung:

Geehrter Herr Lart!

Ich habe getan, wie Sie mir rieten, insbesondere weil ich sehe, daß Sie sich selber gedrückt haben.

Als ich das Frühstück für Sie heraufbrachte, sah ich, daß Sie das Bett nicht berührt hatten. Ich glaube, vergangene Nacht ist etwas Schreckliches hier passiert. Weil Sie weg sind, kann ich es nicht länger mehr aushalten. Ich hoffe, daß Sie diesen Brief erhalten. Meine Adresse ist bei meiner Mutter, Mulberrystraße 24, Kentish Town.

Ihre ergebenste Dienerin
Marie Gibbs.

Haha, dachte ich, das gibt eine fröhliche Geschichte. Die Razzia ist auf heute abend angesetzt. Die Nachricht war offiziell und kann nicht bezweifelt werden. Aber zu welchem Zwecke? Das Nest ist leer. Ich kann wohl die Haustüre aufsperren, wie ich versprach, aber was nützt es? Ich werde nur sagen können: Freut mich, meine Herren, daß Sie da sind, aber ich kann Ihnen nicht helfen: außer mir ist keine Menschenseele im Hause! Nun, das ist ihre Sache, und ich glaube, es ist nun höchste Zeit, daß ich meine sieben Sachen zusammenpacke und mich ebenfalls für den Abzug bereit halte! Ich begab mich in mein Schlafzimmer und zündete das Gas an. Dann leerte ich meine Schubladen und packte meine wenigen Habseligkeiten in meinen Handkoffer. Als ich damit zu Ende war und befriedigt aufsah, zog ein merkwürdiger Anblick meine Aufmerksamkeit auf sich. Der große, vom Boden bis zur Decke reichende Spiegel stand schief von der Wand ab. An dieser Entdeckung war nicht zu zweifeln. Es konnte keine optische Täuschung sein. Und als ich nähertrat, bemerkte ich, daß auf jeder Seite dahinter ein Spalt sichtbar war, in den ich mit Leichtigkeit die Hand stecken konnte. Im nächsten Augenblick entdeckte ich, daß der Spiegel oben und unten in der Mitte in Zapfen ruhte, um die er drehbar war. Ich zog ihn vor, bis er senkrecht zur Wandfläche stand, und siehe da: zu beiden Seiten des Spiegels gähnte eine Oeffnung, die in einen dunkeln Gang führte.

Jetzt endlich hatte ich eine Erklärung für die geheimnisvollen Besuche gefunden, die ich zu verschiedenen Malen erhalten hatte.

Achtundzwanzigstes Kapitel.

Diese Entdeckung brachte mich gleich auf den Gedanken, daß ich durch sie auch noch andere Geheimnisse aufdecken könnte. Ich tappte in den dunkeln Gang hinaus, etwas ängstlich, wie ich gestehen muß, aber die Finsternis hemmte meine Schritte. Ich konnte mir nicht denken, wohin er führte. Trotzdem ich vor Neugierde brannte, blieb ich doch stehen. Der Selbsterhaltungstrieb, der auch die lebhaftesten Impulse hemmt, hielt mich zurück. Vor allem mußte ich Licht haben und dazu brauchte ich meine Zündhölzer, die ich auf meinem Waschtische hatte liegen lassen. Rasch tastete ich mich an den Wänden entlang zurück und holte meine Zündhölzer. In diesem Augenblick klopfte es an der Türe meines Wohnzimmers.

Das Pochen kam mir so unerwartet, daß mich ein Schauder überlief. Rasch drehte ich den Spiegel wieder in seine gewöhnliche Lage zurück und zog die Türe zu meinem Schlafzimmer leise hinter mir zu. Dann ging ich langsam zur Türe und machte sie auf.

Herr Goliby trat ein.

Ich habe Licht in Ihrem Zimmer gesehen, als ich durch den Garten kam, sagte er, aber was ist Ihnen denn? Sind Sie unwohl? Störe ich Sie?

Es war klar, daß ich mich um ein Weniges verraten hätte. Ich machte nun eine verzweifelte Anstrengung, mich zusammenzurappeln.

Nicht im geringsten, Herr Goliby, erwiderte ich. Ich bin selber erst vor kurzem nach Hause zurückgekehrt und habe wiederholt geklingelt, ohne daß jemand gekommen wäre. Daher dachte ich, ich sei allein im Hause, und als Sie anklopften, erschrak ich ein wenig und –

Ja, ja, versetzte er, ich verstehe. Sie haben sich auch in einer Hinsicht nicht getäuscht: sämtliche Dienstboten sind dem Beispiel Sawkins' gefolgt, und durchgebrannt. Der Himmel weiß warum. So kommt es, daß das Haus nahezu verlassen ist. Ich habe es bereits heute morgen entdeckt. Es war ihnen wahrscheinlich zu eintönig hier. Nun, glücklicherweise schadet es nichts, indem ich morgen selbst verreise. Leider habe ich in letzter Zeit Pech gehabt.

Das tut mir sehr leid, warf ich ein.

Nun, man muß auf derlei Wendungen gefaßt sein – das Glück ist ein unsicherer Kamerad. Die Besitzungen in Norddakota haben sich als nicht so einträglich erwiesen, wie ich mir ursprünglich dachte. Es ist betrübend – sehr betrübend.

Ich bin sehr überrascht, Herr Goliby. So weit ich in den Stoff eingedrungen bin, schienen sie mir sehr aussichtsreich.

Mir auch. Es ist ein harter Schlag, Herr Lart!

Ich kann es fast nicht glauben! Haben Sie, beiläufig, mein Billett von heute morgen erhalten, Herr Goliby?

Gewiß. Aber Sie hätten sich nicht die Mühe machen sollen, zu schreiben. Ich dachte, Sie hätten gestern verstanden, daß ich es Ihnen freigestellt habe, zu kommen und gehen, wie es Ihnen beliebt.

Jawohl. Aber ich hielt es für meine Pflicht –

Nicht im geringsten, unterbrach er mich. Und das bringt mich auf den Grund, warum ich Sie heute abend noch störe. Da morgen das Haus verlassen und niemand zu Ihrer Bedienung anwesend sein wird, so wäre es das Beste, wenn Sie, wie ich Ihnen andeutete, einen kleinen Urlaub nehmen würden. Sobald ich nach London zurückkehre, werde ich mich an Ihren Freund, Herrn Hamilton, wenden.

Wie Sie wünschen, Herr Goliby. Haben Sie mittlerweile noch einen Auftrag für mich?

Nein, nicht daß ich wüßte. Ich wünsche Ihnen viel Vergnügen, Herr Lart. Lassen Sie sich's gut gehen! Unsere Beziehungen sind sehr angenehm gewesen. Leben Sie wohl! Hoffentlich sehen wir uns bald wieder. Adieu!

Besten Dank, Herr Goliby. Leben Sie wohl!

Ich geleitete ihn bis zur Türe und schloß sie dann leise hinter ihm ab. Dann kehrte ich in mein Schlafzimmer zurück und wandte mich wieder dem geheimnisvollen Spiegel zu. Ich wäre fast umgesunken vor Schrecken, als ich davor das mysteriöse Weib erblickte, von dem in meinem Berichte soviel die Rede gewesen ist.

Ich schnappte nach Luft. Endlich sagte ich:

Sie wieder hier, Madame?

Trotz ihrer leichenhaften Blässe und einer roten Strieme auf der Stirne erschien sie mir schöner als je.

Jawohl, erwiderte sie, zum letzten Male. Was mich wieder hierhergetrieben hat, weiß ich nicht. Sie haben ja meinen wiederholten Warnungen nicht die geringste Beachtung geschenkt. Sie haben Augen, um zu sehen und Ohren, um zu hören, und doch verfolgen Sie blind und taub Ihren Weg, ohne zu merken, was um Sie vorgeht. Warum ich zum ersten Male hierherkam, weiß ich nicht, es sei denn, daß ich mit Ihnen, einem jungen unschuldigen Menschen, Mitleid hatte, weil Sie in diese ruchlose Höhle gelockt worden sind. Erinnern Sie sich des Wortlautes meiner ersten Warnung?

Gewiß. Sie sprachen darin von einem „verfluchten Haus“.

Es ist ein dreimal verfluchtes Haus, warum sind Sie nach dieser Warnung doch dageblieben?

Ich will es Ihnen offen sagen, erwiderte ich. Die Warnung wurde mir auf eine, wie ich damals glaubte, geradezu übernatürliche Weise zugestellt. Ich sah in meinem Spiegel ein prachtvolles Gesicht. Soll ich weiterfahren?

Ja.

Ich blickte mich nach dem Gesicht um. Es war verschwunden. Ein Hirngespinst, sagte ich mir. Ich versuchte, zu glauben, daß ich das Opfer einer angenehmen Sinnestäuschung geworden sei. Dann jedoch fand ich Ihr Billett, die Warnung, von der Sie reden, und ich erkannte sofort, daß mich nicht meine Phantasie getäuscht hatte. Ein prachtvolles Weib hatte auf irgend eine Weise seinen Weg zu meinen Zimmern gefunden.

Und wie haben Sie sich das erklärt?

Gar nicht. Ich bin ein Mensch wie ein anderer auch. Meine Neugier war geweckt. In meinem Bestreben, dem Geheimnis auf den Grund zu kommen, ließ ich die Warnung außer Acht. Ich weiß auch, was in diesem Hause vor sich geht. Was mir geschehen kann, weiß ich nicht. Sollte mir das Schlimmste zustoßen, so wird es nicht Ihre Schuld sein. Ich habe das Wagnis auf mich genommen und muß nun auch die Folgen tragen. Die Hälfte des Geheimnisses habe ich bereits gelöst.

Damit deutete ich auf den Spiegel.

Aha, sagte sie. Sie haben also den Kunstgriff entdeckt. Er ist sehr einfach.

Ja, stimmte ich bei, wenn man ihn kennt.

Und nun, was die andere ungelöste Hälfte des Geheimnisses anlangt?

Die können *Sie* allein lösen.

Bringen Sie die Frage in eine bestimmte Form! erwiderte sie. Ich werde dann entscheiden, ob ich sie Ihnen beantworte.

Gut, versetzte ich. Um es deutlich zu sagen: wer sind Sie?

Der Schatten eines Lächelns huschte über ihre Lippen.

Sie fragen in Ihrer Ehrlichkeit sehr ungeschminkt, antwortete sie. Nun, es ist ein Geständnis, das mir nicht leicht über die Lippen geht, aber ich will es Ihnen sagen: durch ein schlimmes Verhängnis bin ich dazu gekommen, das Weib des größten Schurken in ganz Europa zu sein.

Und der ist?

Der Mann, den ich vor wenigen Minuten mit Ihnen reden hörte.

Heiliger Himmel! rief ich aus. Sind Sie Frau Goliby?

Sie blickte mich einen Moment sehr eigentümlich an, dann erwiderte sie mit einem Zug des Unwillens um ihre Lippen:

Sie sind wirklich sehr einfältigen Herzens, Herr Lart, und es hat nicht den geringsten Wert, Sie zu warnen. Ja, wenn Sie so fragen, ich bin die

Frau des Herrn Goliby. Aus reiner Barmherzigkeit will ich Ihnen einen letzten Wink geben, verlassen Sie dieses Haus durch das Hauptportal, so schnell Ihre Beine Sie tragen, denn sollten Sie es wagen, mir zu folgen – hiebei drückte sie auf eine unter der Tapete verborgene Feder, die den Spiegel wieder langsam herausschwingen ließ – wenn Sie toll genug wären, dies zu tun, dann sei Ihnen der Himmel gnädig! Ihr Leben wird keinen Pfifferling mehr wert sein. Adieu.

Wie ein Blitz verschwand sie durch die Oeffnung. Ich sprang hinzu, um den Spiegel am Zuschnappen zu verhindern.

Vielleicht ist es Wahnsinn, ihr zu folgen, sagte ich bei mir, aber man kann nur einmal sterben!

Es lag nicht in meiner Natur, die Sache vor der letzten Enthüllung aufzugeben, insbesondere in der erregten Stimmung, in der ich mich jetzt befand, selbst wenn mein Schritt mich, wie sie behauptet hatte, in die gefährlichste Lage bringen sollte. Und so drehte ich den Spiegel wieder auf und schlüpfte in die Oeffnung hinein.

In diesem Augenblick hörte ich den Spiegel hinter mir wieder in die Feder einschnappen. Das ernüchterte mich ein wenig. Ich kehrte mich um und versuchte, ihn zurückzudrehen, aber es ging nicht. Dann zündete ich ein Streichholz an und suchte an der rohbeworfenen Mauer nach einer Feder. Es war umsonst. Und als das Zündholz ausging, befand ich mich in äußerster Finsternis mit dem Bewußtsein, ein Gefangener zu sein.

Neunundzwanzigstes Kapitel.

Das war ein schlechter Anfang meiner Entdeckungsreise. Meine Abenteuerlust war auf den Nullpunkt gesunken. War es ein Zufall, der mir den Rückweg abgeschnitten hatte? Vermutungen darüber anzustellen, war nutzlos. Es blieb mir nichts übrig, als den Gang zu verfolgen und vielleicht einen anderen Ausweg zu entdecken.

Der Gang führte geradenwegs zu einer Treppe. Als ich unten angelangt war, bemerkte ich, daß ein zweiter Gang von dem ersten abzweigte. Aber ich hatte keine Zeit, über diesen Umstand nachzugrübeln, denn zu meinem Schrecken unterschied ich deutlich in einiger Entfernung von mir ein Stimmengewirr, das mich zum Stehenbleiben veranlaßte.

Großer Gott, dachte ich, jetzt laufe ich ja geradenwegs dem Löwen in den Rachen!

Zurückzugehen nützte mir nichts, vielleicht würde der zweite Gang, der offenbar von dem Raume, von dem die Stimmen herkamen, wegführte, ins Freie gehen. Schnell entschlossen betrat ich ihn. Aber ich kam nicht weit, denn plötzlich öffnete sich an seinem Ende eine Türe, eine elektrische Taschenlaterne warf ihren Schein durch den Gang hinunter auf mich, und in der Gestalt, die drohend auf mich zukam, erkannte ich den Baron Romer.

Als er vor mir stand, war er so überrascht, daß er eine Minute lang keine Worte finden konnte. Endlich sagte er mit heiserer, aber gedämpfter Stimme:

Wie zum Teufel kommen Sie hierher, Sie Unglücksmensch?

Ich hatte mit einem Schlage meine Geistesgegenwart wieder erlangt und erwiderte unbefangen:

Ich habe entdeckt, daß sich hinter dem Spiegel in meinem Schlafzimmer ein Gang befindet, und die Neugier trieb mich, nachzusehen, wo er wohl hinführe. Ich wäre froh, wenn ich wieder draußen wäre!

Sind Sie schon dorthin vorgedrungen? fragte er argwöhnisch und deutete nach der Richtung, von der, an diesem Punkte kaum noch hörbar, die Stimmen herkamen.

Nein, beteuerte ich, ich komme eben die Treppe herunter.

Der Baron überlegte einen Augenblick.

Sie müssen mir doch überall in die Quere kommen, brummte er ärgerlich. Ich werde Sie auf diesem Wege hinausführen. Geben Sie mir Ihre Hand!

Er hatte seine Laterne in die Tasche gesteckt und mich bei der Hand gefaßt. Nun zog er mich in der Dunkelheit denselben Weg zurück, den er gekommen war. Nach wenigen Schritten hörte ich, daß er eine Türe aufschloß, dieselbe, aus der er herausgekommen war. Ich hatte keine Zeit zur Ueberlegung und dachte auch gar nicht daran, Widerstand zu leisten.

In diesem Augenblick erhob sich, am anderen Ende des Ganges scheinbar, ein wildes Geschrei. Der Baron blieb unwillkürlich stehen. Dann sonderte sich von dem Lärm eine alles übertönende Stimme ab, die die Worte hinausbrüllte:

Sie hat uns verraten! Die Polizei hat die Villa umzingelt – sie sind schon halbwegs durch den Tunnel hindurch – ich habe die Riegel vorgeschoben! Aber sie schlagen schon die Türe ein. In einer Minute sind sie da. Ich wußte, daß es dazu kommen müßte! Sie hat zuviel gewußt und sie allein hat es getan!

Ich fühlte, daß der Baron wie von einem Blitzstrahl getroffen zusammenzuckte, als er diese Worte vernahm. Er stieß einen gräßlichen Fluch aus und schleuderte mich in den Raum hinein, dessen Türe er geöffnet hatte. Und ehe ich mich von meiner Ueberraschung erholt hatte, war die Türe zugeschmettert, und ich befand mich hinter Schloß und Riegel, in tiefster Finsternis.

Meine Lage war nicht beneidenswert. Offenbar hatte mich der Baron in das Gemach geworfen, um mich unschädlich zu machen. Glücklicherweise hatte ich meine Zündhölzer bei mir. Ich strich eines an und besah mir meinen Aufenthaltsort. Zu meiner großen Verwunderung entdeckte ich, daß ich in dem „Blaubartszimmer", wie Marie es genannt hatte, in Golibys Arbeitszimmer eingeschlossen war, in das ich am Tage zuvor einen Blick durch das Schlüsselloch geworfen hatte. Auf der Stelle erkannte ich es wieder. In einer Ecke stand ein Feldbett, in der gegenüberliegenden ein Kleiderschrank, dessen eine Türe offenstand. Auf dem Tische lag, vor dem Spiegel, den ich schon das letzte Mal gesehen hätte, ein Kästchen, das auffallend an den Schminkkasten eines Schauspielers erinnerte. Daneben erblickte ich eine goldene Brille und eine weiße Perücke. Beim Anblick dieser Gegenstände ging mir mit einem Male ein Licht auf. Goliby war in Wirklichkeit offenbar gar kein alter Herr, und jetzt sah ich mit einem Male ein, was ich für ein Einfaltspinsel gewesen war.

Aber rasch machte ich auch eine zweite Entdeckung, die mich in meiner gegenwärtigen Lage noch weit mehr interessierte. Die zur Halle führende Türe war einzig und allein durch eine Feder verschlossen. Ich brauchte sie nur zurückzuziehen und konnte dann ungehindert als freier Mann in die Halle hinausschlüpfen. Das hatte offenbar der Baron in seiner Aufregung vergessen oder auch gar nicht gewußt. Anstatt auf Beales Signal zu warten, konnte ich einfach die Riegel am Hauptportal zurückschieben und durch dasselbe mich ins Freie flüchten. Ich war durch die Ereignisse so abgestumpft, daß ich gar nicht befürchtete, Goliby in die Hände zu laufen. Seine Verkleidung lag ja in dem kleinen Zimmer, und so würde er sich hüten, sich in seiner wahren Gestalt vor mir zu zeigen.

Als ich die Türe eben leise öffnete, drang aus der Richtung, von der ich zuvor die Stimmen gehört hatte, ein mächtiger Aufruhr an mein Ohr. Schreie und Flüche, vermischt mit Schüssen, erfüllten die Luft. Ich eilte durch die Halle und war beinahe schon am Portal angelangt, als mich plötzlich ein durchdringender Schrei, der zweifellos von einem Weibe herrührte, zum Stehen brachte. Offenbar kam er aus meinem Zimmer droben her.

Ich vergaß meinen ersten Entschluß und eilte die Treppe hinauf. Währenddessen hörte ich eine vor Wut überschnappende Stimme die Worte brüllen:

„Du lügst, du Hexe, du lügst! Du hast uns verraten!“

Abermals erhob sich ein Geschrei, das aber prompt durch den Knall eines Revolverschusses abgeschnitten wurde. Ich konnte den dumpfen Fall, der dem Schusse folgte, beinahe fühlen.

Als ich in das Zimmer stürmte, sah ich den Baron Romer mit rollenden Augen, die noch rauchende Waffe in der Hand, neben dem Leichnam eines entzückenden Weibes stehen, wer es war, brauche ich wohl nicht deutlicher zu sagen.

Er wandte sich wütend nach mir um.

Was! schrie er. Da sind Sie schon wieder!

Ja, sagte ich entschlossen und deutete auf den Leichnam. Was bedeutet das?

Ich bin verraten worden, und die Verräterin hat ihre Schuld mit dem Leben bezahlt. Das ist es. Und jetzt machen Sie sich auf die Beine! Laufen Sie, wenn Ihnen Ihr Leben lieb ist!

Entsetzlich, stammelte ich, wo ist denn Herr Goliby?

Verdammter Schafskopf, sagte er in gänzlich verändertem Tone, kennen Sie mich denn nicht?

Die Schuppen fielen mir von den Augen, als ich Golibys Stimme aus dem Munde des Mörders wieder erkannte. Aber er ließ mir keine Zeit, sondern fuhr, nun wieder im alten Tone, fort:

Gehen Sie jetzt, Sie verfluchte Klette, laufen Sie!

Er hatte den Revolver auf mich gerichtet. Ich rannte aus dem Zimmer. Im gleichen Moment vernahm ich Beales Pfeife. Ich stürmte die Treppe hinunter, durchquerte die Halle und zog, so rasch ich es in meiner Aufregung vermochte, die Riegel am Hauptportal zurück.

Der Inspektor stürzte in die Halle, gefolgt von einem Dutzend Polizisten.

Aha, Sie haben Wort gehalten, sagte er. Wo ist Goliby?

Während er diese Frage stellte, ertönte im ersten Stock ein zweiter Revolverschuß. Ohne zu antworten, führte ich ihn die Treppe hinauf und deutete auf den Toten, der neben dem ermordeten Weibe lag.

Dreißigstes Kapitel.

Aber das ist ja der Baron Romer, sagte der Inspektor voller Erstaunen.

Er hat mir vor einer Minute verraten, daß er selbst den Goliby gespielt hat. Ich muß es ihm wohl glauben.

Teufel! bemerkte er. Das haben wir nicht geahnt. Das erklärt ja eine Menge Dinge!

Allerdings, erwiderte ich. Ich war mit Blindheit geschlagen.

Hat *er* sie erschossen? fragte Beale und deutete auf die Tote.

Ja.

Warum?

Weil er glaubte, sie habe ihn der Polizei verraten.

Das ist ein Irrtum, wir haben unsere Informationen von Javotte. Er hat die ganze Bande verraten. Und nun, wie komme ich zur Hinterseite dieses verfluchten Hauses?

Ich führte ihn zu dem Spiegel, der nunmehr wieder offen stand.

Das ist die Lösung. Ich habe sie erst diesen Abend entdeckt. Gehen Sie geradeaus, nach wenigen Schritten kommen Sie an eine Treppe. Sie können den Weg nicht verfehlen.

Vorwärts, rief er seinen Leuten zu, als ein wildes Getöse an unser Ohr drang. Drunten ist harte Arbeit zu tun. Ich denke, Le Noir wird froh sein, wenn wir der Bande in den Rücken fallen.

Die Polizisten verschwanden in dem Gange. Einige Momente später schwoll der Lärm an, bis schließlich ein Aufruhr drunten losbrach, als ob alle Höllenteufel einander in den Haaren lägen.

Ich hatte mittlerweile genug davon bekommen. Ein Schauer überrieselte mich, als ich, um hinauszukommen, über die Tote hinwegsteigen mußte, deren Augen in stummer Bitte mich anzuflehen schienen. Ich griff nach meinem Hute, setzte ihn auf, nahm eilends meinen Handkoffer zur Hand und stürmte, ohne mich noch einmal umzusehen, die Treppe hinab, zur Türe hinaus und durch den Garten auf die Straße. Seltsamerweise versperrte mir dort kein Polizist den Weg, und so schnell als es mir meine Beine erlaubten, eilte ich von dannen.

Zum Glück begegnete ich am Ende der Straße einer Droschke. Ich gab dem Kutscher ein Zeichen und sprang hinein.

Fahren Sie wie der Wind in die Stadt, wohin Sie wollen, rief ich dem erstaunten Kutscher zu.

Jawohl, lautete die Antwort. Die Peitsche knallte und der Wagen rollte davon. Nur allmählich begann sich meine Aufregung zu legen. Endlich konnte ich wieder frei atmen. Ich öffnete das Kutscherfensterchen und rief:

Fahren Sie zum Charing Croß Hotel, Kutscher!

Nunmehr fragte ich mich, ob wohl Richard im „Savageclub" sei.

Im Hotel angekommen, sicherte ich mir ein Zimmer und begab mich dann sofort durch die Villiersstraße zur Adelphiterrasse. Im „Savageclub" begegnete ich Richard in der Halle.

Heiliger Gott! Mensch, wie siehst denn du aus? Was ist vorgefallen?

Das Schlimmste!

Komm sofort hinauf und trinke einen Brandy! Ich habe dich noch nie in einer solchen Verfassung gesehen.

Zehn Minuten später fühlte ich mich besser. Das Reizmittel hatte mich wieder gekräftigt. Wir waren die einzigen Gäste im Schreibzimmer des ersten Stockes.

So, sagte ich, jetzt bin ich wieder auf dem Damm! Und nun will ich dir die ganze Geschichte erzählen.

Richard saß mit offenem Munde da, als er meinem grauenhaften Berichte folgte. Als ich geendet, ergriff er meine Hand.

Mein lieber Ted, sagte er. Ich weiß nicht, wie ich dich für diese schlimme Geschichte entschädigen soll.

Wenn du so weiterredest, kündige ich dir die Freundschaft, erwiderte ich. Wenn *du* dich von Romer oder Goliby oder wie wir ihn nennen wollen hast täuschen lassen, was soll ich denn von *mir* sagen, der ich ihn Tag für Tag gesprochen habe, ohne den geringsten Zweifel an seiner Person zu hegen? Sein wahrer Beruf wäre die Bühne gewesen. Schließlich hat er mich anständig behandelt. Nur der Blick auf seinen Revolver hat mir, während meiner kurzen Unterredung heute nacht mit ihm, nicht sehr gefallen. Einen Augenblick stand die Sache auf Spitz und Knopf. Ich bin wirklich meinem Geschicke dankbar, das mir erlaubt, jetzt deine liebenswürdige Gesellschaft hier zu genießen.

So saßen wir bis zu später Stunde beisammen und unterhielten uns über die Vorfälle in St. Johns Wood. Zum Schlusse begleitete er mich bis zu meinem Hotel. In jener Nacht habe ich kein Auge zugetan.

Da ich keinen Anlaß dazu hatte, bin ich seitdem nicht wieder in der Gegend gewesen, wo die nächtliche Schreckensszene stattgefunden hatte.

Am nächsten Morgen in aller Frühe stattete ich Scotland Yard einen Besuch ab. Da ich mir wohl bewußt war, daß ich eigentlich schon früher hätte eine Meldung machen sollen, begnügte ich mich, anzudeuten, daß ich den Verdacht habe, es sei in der vorhergehenden Nacht etwas Unsauberes in der Villa vorgefallen. Man möchte doch den hinter der Villa Rabenhorst liegenden Garten näher untersuchen. Ich könne mich ja täuschen, aber ich möchte sie doch auf meine Vermutung aufmerksam gemacht haben.

Das Ergebnis dieser Andeutung war, daß am folgenden Tage der Leichnam meines zweiten Doppelgängers, des jungen Mannes, den ich im Criterion getroffen hatte, aus einem hastig und oberflächlich gemachten Grabe zu Tage gefördert wurde. Wie Javotte verriet, war der junge Mann niemand anderes als sein Zwillingsbruder, wodurch der fast unglaublich erscheinende Zufall, daß ich sogar mit zwei Doppelgängern zusammengetroffen war, in natürlicher Weise erklärt wurde.

Es wurde bekannt, daß eine reichliche Anzahl von Polizisten bei der Razzia verwendet worden waren. Nicht ein einziger Punkt rings um die beiden Villen war unbewacht geblieben, und diejenigen Mitglieder der Bande, die ihr Heil in der Flucht durch die Fenster gesucht hatten, sprangen ihren Verfolgern buchstäblich in die Arme. Man war der Ansicht, daß nicht ein einziger entkam. Seit vielen Jahren hatte die Polizei keinen so wichtigen und sensationellen Fang mehr gemacht: es handelte sich um die verwegenste Verbrecherbande, die während des ganzen Jahrhunderts entlarvt worden ist. Zu meinem großen Erstaunen erfuhr ich, daß auch der ehrwürdige Anwalt aus Cliffords Inn dazu gehört hatte und der Polizei bei dieser Gelegenheit in die Hände gefallen war.

Nicht allein die geraubten Juwelen der Großfürstin Alexina wurden im Hause vorgefunden, sondern auch riesige Summen in Gold und Wertpapieren. Die unschuldig aussehende Villa im Wildwoodweg war mit der ebenso ruhig und behäbig dreinschauenden Villa Rabenhorst verbunden, und zwar zuerst vermittels der Gewächshäuser hinter der ersteren, und sodann durch einen kleinen Tunnel, der zu einem Keller führte, welcher unter dem Raume lag, in dem die Bande gefangen genommen wurde. Es stellte sich heraus, daß er ursprünglich als Billardzimmer gedient hatte. Von da aus führte eine Wendeltreppe in das darüber gelegene Zimmer, das, wie ich gute Gründe habe zu glauben, der Schauplatz mancher wilden Orgie gewesen ist.

Eine Entdeckung interessierte mich vielleicht noch mehr als die anderen, da sie den Geldschrank betraf, aus dem die Wertpapiere verschwunden waren. Es ergab sich nämlich, daß seine hintere Wand sich wie eine Türe öffnen ließ und durch einen geheimen Zugang mit dem von mir entdeckten Korridor in Verbindung stand. Auf diese Weise brauchte der Dieb nur auf eine Feder zu drücken, mit dem Arm in den Geldschrank hineinzugreifen und die Wertsachen herauszuholen, ohne daß es nötig war, das Schloß zu öffnen und so die Verbindung mit den elektrischen Klingeln im Hause herzustellen.

Die Entdeckung, daß Baron Romer das Haupt der Bande war, erregte großes Aufsehen. Jedermann wunderte sich über das Doppelleben, das er so erfolgreich gespielt, und das niemals Verdacht erweckt hatte.

Ich mußte natürlich bei der Totenschau als Zeuge auftreten, und eine Zeitlang wurden allerlei Theorien über die Identität des ermordeten Weibes und ihre Beziehungen zum Baron Romer, insbesondere, ob die beiden verheiratet gewesen, laut.

Genaues ist indes, wie ich glaube, niemals zu Tage gefördert worden. Was mich anlangt, so bin ich geneigt, ihr Zeugnis für richtig zu halten, ob sie nun insgeheim oder öffentlich verheiratet waren; ich bin davon so fest überzeugt, als daß sie ihm bis zu ihrem Ende die Treue bewahrt hat und einem Mißverständnisse zum Opfer gefallen ist.

Dies sagte ich zu Richard bei Gelegenheit unserer nächsten Zusammenkunft.

Er schüttelte langsam das Haupt und sagte:

In einem gewissen Sinne indes hat sie das Spiel von Anfang an verraten.

In einem gewissen Sinne, ja, erwiderte ich, oder vielmehr in einer allgemeinen Weise.

Das kam mir immer merkwürdig vor, bemerkte er.

Mir erscheint es heute noch so, stimmte ich ihm bei, aber nie hat sie mir auch nur mit einem Worte die Identität des Baron Romer verraten.

Das stimmt. Dieses Weib wird uns, wie ich glaube, immer mehr oder weniger ein Rätsel bleiben.

Ohne Zweifel, Richard. – Ich erhob mein Glas und fuhr fort:

Weihen wir ihr ein stilles Glas. Sie hat es immer gut mit mir gemeint!

Gewiß, erwiderte er, und schweigend leerten wir unsere Gläser.

Nach einer kleinen Pause ergriff Richard wieder das Wort und sagte:

Und nun, mein Junge, wo du deinen Hals aus der Schlinge gezogen hast, was hast du jetzt vor? Willst du dich wieder nach einer Privatsekretärstelle umsehen?

Wie, nach *meinen* Erfahrungen? war meine Antwort. Nicht für ein Königreich!